古龍自署

國際學術研討會

古龍武俠小說 領先時代半世紀

【記者賴素鈴／報導】江湖代有才人出，這廂古龍凋零二十載，那廂今朝懸賞百萬獎新秀，浪淘不盡，唯有武俠熱愛，不隨時間變易，在學術研討會上更見分明。以「一代鬼才：古龍與武俠小說」爲主題，淡江大學第九屆文學與美學國際學術研討會昨起在國家圖書館，展開爲期兩天的議程，紀念武俠小說家古龍逝世二十周年，新生代學者與古龍故舊齊聚一堂，以文論劍話武俠。

日前與淡大中文系教授林保淳共同發表《台灣武俠小說發展史》，武俠小說評論家葉洪生昨天在專題演講中，直批胡適1959年底發表「武俠小說下流論」是「胡說」，學界泰斗的不當發言以及隨即展開的「暴雨專案」，反而促成1960年起台灣武俠新秀的繁興，「武俠小說迷人的地方，恰恰在門道之上。」，葉洪生認定，武俠小說審美四原則在文筆、意構、雜學、原創性，他強調：「武俠小說，是一種『上流美』。」

集多年心血完成《台灣武俠小說發展史》，葉洪生認爲他已爲從十歲起迷上武俠小說的半世紀畫上完美句點，並且宣布他「以後決心退出武俠論壇，封劍退隱江湖」。

雖然葉洪生回顧武俠小說名家此起彼落，套太史公名言「固一世之雄也，而今安在哉？」，認爲這是值得深思的嚴肅課題，昨天意外現身研討會而備受矚目的溫世禮，則爲了紀念同是武俠迷的哥哥溫世仁，推出第一屆「溫世仁武俠小說百萬大賞」，即日起至今年10月3日截止收件，經兩階段評選後於明年12月7日公布首獎得主，預料將會是一場武林新秀的龍虎爭霸戰。

看明日誰領風騷？風雲時代出版社發行人陳曉林眼中的古龍，其實領先他的時代半世紀，以致如今雖然古龍逝世20年，陳曉林認爲大家對古龍的了解仍然有限，預言未來世代更能和古龍的後設風格共鳴。

昨天這場研討會，也凸顯武俠小說作爲一項文學研究門類，仍有待開發學習空間。多位與會者都指出，武俠小說的發表、出版方式和管道具考證難度，學術理論與論文格式的建立待加強。而武俠名家的版權之爭、市場競爭力，也增加出版推廣困難，古龍武俠小說的版權糾紛、司馬翎作品的版權官司也成爲研討會的場外話題。

與

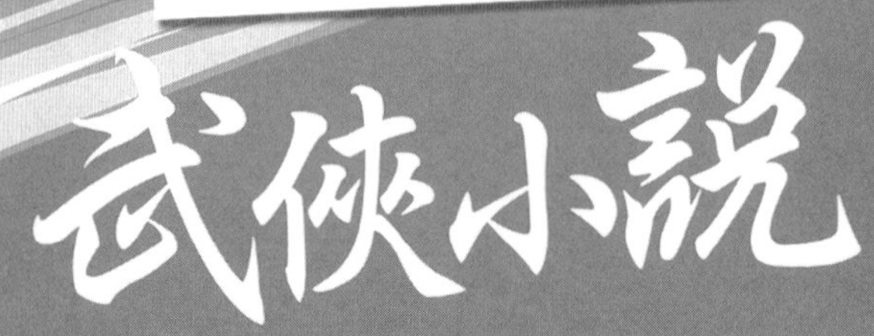

第九屆文學與美

古龍兄為人慷慨豪邁，跌蕩自如，變化多端，文如其人，且復多奇氣，惜英年早逝。余與古兄當年交好，且喜讀其書，今既不見其人，又無新作可讀，深自嘆惜。

金庸

一九九六．十．十一．香港

流星・蝴蝶・劍
（下）

古龍精品集 12

流星・蝴蝶・劍（下）

目錄

十五 以身相代

孟星魂道：「這麼說來，現在老伯的朋友好像已沒有仇敵了。」

律香川淡淡道：「你現在是不是已覺得這一注押錯了？」

孟星魂笑了笑，道：「問題並不在朋友多少，只在那朋友是否真的朋友。」

他目光卻注視著遠方，慢慢的接著道：「有些朋友多一個卻不如少一個好。」

他看著遠處一座小橋，陸漫天往橋上走過。

律香川沒有看到。

這時是午時三刻，距離黃昏已不遠了。

午後某時某刻。

一片烏雲掩住月色，天陰了下來。

風也更冷了。

一個青衣人拉起衣襟、壓低帽沿、低著頭，匆匆走過小橋，小橋盡頭的竹林裡，有三間明軒。

窗子是開著的，陸漫天正坐在窗口，手裡提支筆，卻沒有寫什麼，只是對著窗子發愣。

灰衣人沒有敲門就走進去，窗子立刻落下。

窗子落下後灰衣人才將頭抬起，露出一張平凡樸實的臉。

只看這張臉，沒有人能看得出他是叛徒。

所以沒有人會想到馮浩是叛徒，陸漫天回頭面對著他，道：「一切都已照計劃安排好了，他已決定今天黃昏時動手。」

馮浩面上雖露出滿意之色，卻還是追問了一句：「你看他會不會臨時改變主意？」

陸漫天道：「絕不會，高老大的命令他從不敢違抗，何況……」他嘴角泛起一絲惡毒的笑意，緩緩接著道：「他也沒有這麼聰明。」

馮浩又笑了，道：「不錯，這計劃的重點他當然想不到，無論誰都不會想到的。」

午後某時某刻。

天色陰沉，花園中異常平靜。

孟星魂和律香川準備回去。

他們已走過很多地方，幾乎將這花園每個角落都走遍。

走過之後，孟星魂才發現自己什麼也沒有看到。

他看到很多花、很多樹，但他能看到的只不過是這些，對這裡所有的一切他還是和沒有看見時完全一樣一無所知。

他還是不知道這裡究竟有多少人？暗卡是如何分佈的？卡上的人什麼時候換班？老伯究竟

有多大勢力？

陸漫天至少有一句話沒有說錯！

「老伯絕不會給任何人殺他的機會。」

若不是陸漫天出賣了老伯，孟星魂也許真的沒機會殺他。

沒有人能揣測老伯的實力，也沒有人猜到他的想法。

孟星魂心裡忽然有種奇怪的想法。

他不知道自己若是作了老伯的朋友，情況是不是比現在愉快得多？

老伯雖然可怕卻不可惡，也不可恨，有時甚至可以說是個很可愛的人，世上有很多人都比他更可恨，比他更可惡。

至少陸漫天就是其中之一，這人簡直可殺。

孟星魂忽然發覺自己要殺的若是陸漫天，情況一定比現在愉快得多。

花園中實在很靜，四下看不見人，也聽不見聲音。

這地方的確就像個墳墓，也不知埋葬了多少人的生命。

園外隱隱有鈴聲傳來。

鈴聲單調嘶啞，極有規律。

律香川忽然停下腳步凝神傾聽。

他剛開始聽了沒多久，老伯就已自花叢後轉出來，道：「你聽出了什麼？」

律香川道：「外面有個賣藥的人在搖鈴。」

老伯道：「還聽出什麼？」

律香川道：「他搖的是個已用了很久、上面已有裂痕的銅串鈴。」

老伯道：「還有呢？」

律香川道：「他距離這裡還有二、三十丈。」

老伯道：「你去叫他進來。」

律香川道：「是。」

老伯道：「他若不肯來，你就殺了他！」

他聲音冷淡而平靜，就像吩咐別人去做一件很平常的事。

律香川也沒有再問，就轉身走了出去。

他從不問「爲什麼」，也不問這種做法是錯?是對?

他只知執行老伯的命令。

孟星魂目中卻不禁露出驚異之色，他發覺人命在這裡似已變得賤如野狗。

老伯目光移向他，似已看透他的心，忽然道：「你是不是在奇怪我爲什麼要他這樣做？」

孟星魂點點頭。

在老伯的面前，你最好還是莫要隱瞞自己的心事。

老伯道：「他剛才已聽出了很多事，這在一般人說來已很難得。」

孟星魂道：「的確很難得。」

老伯道：「但他還有很多事沒能聽得出來，你呢？」

孟星魂笑了笑，道：「我還不如他。」

老伯盯著他，過了很久，才緩緩道：「那賣藥的人一定武功不弱。」

孟星魂忍不住問道：「爲什麼？」

老伯道：「因爲他要走一段很長的路才能到這裡，但他的手還是很穩。」

那鈴聲的確穩定而有規律。

孟星魂道：「普通的賣藥人，也決不會走到這種荒僻的地方來。」

老伯道：「這還不是最重要的一點。」

孟星魂道：「不是？」

老伯道：「他也許是因爲迷了路，也許是想到這裡來碰運氣。」

他笑了笑，接著道：「江湖中人有很多人都知道孫玉伯一向都很喜歡交朋友。」

孟星魂沉吟著，道：「但這賣藥的人卻不是爲此而來的？」

老伯道：「絕不是，他搖鈴搖得太專心，而且鈴聲中彷彿有殺機。」

孟星魂動容道：「殺機？」

老伯道：「一個人心裡若想殺人時，無論做什麼都會露出殺機，那隻搖鈴的手上有殺機！」

園外鈴聲已停止。

孟星魂只覺老伯的目光銳利如尖刀，似已刺入他心裡。老伯難道已看出了他的殺機？沒有。

因爲他並不是真的自己要殺老伯，他心中並沒有憤怒和仇恨。

殺機往往是隨著憤怒而來的。

孟星魂的心裡很平靜，所以臉色也很平靜。

老伯又笑了笑，道：「這種事你現在當然還聽不出來，但再過幾年，等到有很多人要殺你，你隨時隨地都可能被殺時，你也會聽出來的。」

他笑容中有苦澀之感，慢慢的接著道：「要聽出這種事不止要用你的耳朵，還要用你的經驗。只有從危險和痛苦中得來的經驗，才是真正可貴。」

這種經驗就是教訓，不但可以使人變得更聰明，也可以使人活得長些。

孟星魂望著老伯面上被痛苦經驗刻劃出的痕跡，心中不覺湧起一種尊敬之意，忍不住道：「這些話我永遠都會記得的。」

老伯的笑容逐漸溫暖開朗，微笑著道：「我一直將律香川當做自己的兒子一樣，我希望你也是一樣。」

孟星魂低下頭，幾乎不敢仰視。

他忽覺得站在自己面前的，是個高不可攀的巨人。而他自己卻已變得沒有三尺高。

他忽然覺得自己齷齪而卑鄙。

就在這時，律香川已走回來，一個穿著灰衫的人跟在他身後，身後背著藥箱，手裡提著串鈴。

孟星魂全身的肌肉忽然抽緊。

他永遠沒有想到這賣野藥的郎中竟是葉翔。

最近已很少有人能看到葉翔，現在他卻很清醒。

他清醒而鎮定，看到孟星魂時，目光既沒有迴避，也沒有任何表情。

他就像從未見過孟星魂這個人。

孟星魂卻要等很久才能使自己放鬆下來，他第一次真正覺得自己的確有很多事不如葉翔。

他更想不出葉翔是爲什麼來的。

老伯顯然也不能確定，所以微笑著道：「你來得正好，我們這裡正需要一位郎中先生。」

葉翔也在微笑著，道：「這裡有病人？」

老伯道：「沒有病人，只有受傷的人，還有些死人。」

葉翔道：「死人我治不了。」

老伯道：「受傷的人呢？想必你總會有治傷藥！」

葉翔道：「不會。」

老伯道：「你會治什麼病？」

葉翔道：「我什麼病都不會治。」

老伯道：「那麼你賣的是什麼藥？」

葉翔道：「我也不賣藥，這藥箱裡只有一罐酒和一把刀。」

他面上全無表情，淡淡的接著道：「我不會治人的病，只會要人的命。」

這句話一說出來，孟星魂的一顆心幾乎跳出腔子。

老伯卻反而笑道：「原來你是殺人的，那好極了，我們這裡有很多人好殺，卻不知你要殺的是哪一個？」

葉翔道：「我也不是來殺人的。」

老伯道：「不是？」

葉翔道：「我若要來殺人，當然就要殺你，但我卻不想殺你。」

老伯道：「哦？」

葉翔道：「我殺人雖然從不選擇，只要條件合適，無論什麼人，我都殺，但你卻是例外。」

老伯道：「爲什麼？」

他臉上一直保持微笑，好像聽得很有趣。

葉翔道：「我不殺你，因爲我知道我根本不能殺你，根本殺不死你。」

他淡淡的一笑，接著道：「世上所有活著的人，也許沒有一個人能殺死你，想來殺你的人一定是瘋子，我不是瘋子。」

老伯大笑道：「你雖不是瘋子，但卻未免將我估計得太高了。」

葉翔道：「我不估計，因爲我知道。」

老伯道：「只要是活著的人就有可能被別人殺死，我也是人；是個活人。」

葉翔道：「你當然也有被人殺死的一天，但那一天還沒有到。」

老伯道：「什麼時候才到？」

葉翔道：「等到你老的時候！」

老伯笑道：「我現在還不夠老？」

葉翔道：「你現在還不算老，因爲你還沒有變得很遲鈍、很頑固，還沒有變得像別的老頭子那樣顢頇小氣。」

他冷冷的接著道：「但你遲早也有那一天的，每個人都有那一天的。」

老伯又大笑，但目中已掠過一陣陰影，道：「你既非來殺人的，那是爲什麼來的呢？」

葉翔沉吟著，道：「你要我說真話？」

老伯微笑道：「最好連一個字都不要假。」

葉翔又沉吟了半晌，終於道：「我是來找你女兒的。」

老伯臉色忽然變了，厲聲說道：「我沒有女兒呀！」

葉翔道：「那麼就算我是來找別人好了，我找的那人叫孫蝶。」

老伯道：「我不認識她。」

葉翔道：「我知道你已不承認她是你女兒，所以我來帶她走！」

老伯道：「帶她走？」

葉翔道：「你不要她，我要她！」

老伯厲聲道：「你想帶她到哪裡去？」

葉翔道：「你既已不要她，又何必管我帶她到哪裡去？」

老伯銳利清澈的眼睛突然發紅，鬢邊頭髮一根根豎起。

但他還在勉強控制著自己，盯著葉翔看很久，一字字道：「我好像見過你。」

葉翔道：「你的確見過我。」

老伯道：「幾年前我就見過你，而且……」

葉翔道：「而且還曾經叫韓棠趕我走，趕到一個永遠回不來的地方。」

老伯道：「你還沒有死？」

葉翔只笑笑。他還沒有開口，老伯突然撲過來，揪住他的衣襟，將他整個人都提了起來，厲聲道：「小蝶那孩子是不是你的——」

葉翔不開口。

老伯怒道：「你說不說？……說不說？」他拚命搖著葉翔，似乎想將葉翔全身骨頭都搖散。

葉翔臉上還是全無表情，淡淡道：「我衣服被人抓著的時候，從不喜歡說話！」

老伯怒目瞪著，他眼珠都似已凸出，額上青筋一根根暴起。

律香川似已嚇呆了，他從未見到老伯如此盛怒，從來想不到老伯也有不能控制自己的時候。

孟星魂也嚇呆了。一聽到了「孫蝶」這名字的時候，他就已嚇呆了。

他做夢也未想到，他要來殺的人，竟是葉翔心上人的父親。

但他卻已知道葉翔的來意。葉翔就是來告訴他這件事的，免得他做出永遠無法彌補的大錯。

葉翔冒著生命的危險來告訴他這件事，不僅是爲了孟星魂，也是爲了小蝶——原來他唯一真正愛過的人就是小蝶。他不惜爲她而死！

「爲什麼？……爲什麼？」

「難道小蝶那孩子的父親，真的就是葉翔？」孟星魂只覺天旋地轉，整個世界都似在他面前崩潰。

他整個人似乎也已崩潰，幾乎已支持不住，幾乎已將倒了下去！

老伯站在葉翔面前發抖，全身都已發抖。

他終於鬆開手，雙拳卻握得更緊，道：「好，現在你說，那孩子是不是你的？」

葉翔道：「不是。」

他長長嘆息一聲，接著道：「但我卻希望是的，我寧願犧牲一切，去做那孩子的父親。」

老伯咬著牙嘶聲道：「那畜牲，那野種……」

葉翔道：「你爲什麼要恨那孩子？孩子並沒有錯，他已沒有父親，已夠可憐，做祖父的就該分外疼他才是。」

老伯道：「誰是他祖父？」

葉翔道：「你，你是他祖父。」

他也提高聲音，大聲道：「你想不承認也不行，因爲他是你血中的血、肉中的肉。」

他的話沒有說完，老伯已撲過來，揮拳痛擊他的臉。

他沒有閃避，因爲根本無法閃避。

老伯的拳靈如閃電、如蛇信，卻比閃電更快；比蛇信更毒。

葉翔根本沒有看到他的拳頭，只覺眼前一黑，宛如天崩地裂。

他並沒有暈過去，因爲老伯另一隻拳頭已擊上他的下腹。

痛苦使他清醒，清醒得無法忍受。

他身子一曲，倒下，雙手撫住小腹，彎曲著在地上痙攣嘔吐。

鮮血和膽汁酸水一齊吐出來，他只覺滿嘴又腥又酸又苦。

孟星魂整個人都似已將裂成碎片。

他受不了，不能忍受。

他幾乎已忍不住要不顧一切出手。

但他必須看著，忍受著，否則他也得死！

那麼葉翔爲他犧牲的一切，就也變得全無代價，死也無法瞑目。

他更不忍這樣做。

葉翔還在不停的痙攣和嘔吐，老伯的拳頭就像世上最毒的毒刑，令他嚐到重大的痛苦。

老伯看著他，怒氣已發洩，似已漸漸平靜，只是在輕輕喘息著。

突然間，牽機般抽縮著的葉翔又躍起。

他手裡的串鈴突然暴射出十餘點寒星，比流星更迅急的寒星。

他的右手已抽出一柄短劍，身子與劍似已化爲一體。

劍光如飛虹，在寒星中飛出，比寒星更急。

寒星與飛虹似已將老伯所有的去路都封死！

這一擊之威，簡直沒有人能夠抵抗，沒有人能夠閃避。

孟星魂當然知道葉翔是個多麼可怕的殺人者，卻從未親眼看到過。現在他看到了。

最近他已漸漸懷疑，幾乎不相信以前有那麼多人死在葉翔手上。現在他相信了。

葉翔這一擊不但選擇了最出人意外的時機，也快得令人無法想像。最出人意外的時機，就是最正確的時機。

只要一出手，就絕不給對方留下任何退路。

狠毒、準確、速度。

這就是殺人最基本的條件，也是最重要的。

這三種條件加在一起，意思就等於是「死」！

最近看過葉翔的人，絕不會相信他還能發出如此可怕的一擊。他似已又恢復了昔日巔峰時的狀況，對孟星魂的友情、對小蝶的戀情，使得他發出了最後一分潛力。

這已是最後一擊！

沒有人能避開他這一擊。

沒有別人，只有老伯！

短劍沖天飛出，落下來時已斷成兩截。

葉翔的身子騰起、跌下，右腕已被折斷。

老伯還是站在那裡，神像般動也不動的站在那裡。他雖然用袖子揮開十餘點寒星，但孟星魂還是看到有幾點寒星打在他胸膛上。

至少有四、五點。

孟星魂看得清楚，確信絕不會看錯。

他也很清楚這種暗器的威力，因爲他準備用來殺老伯的也是這種暗器。

無論誰被這種暗器擊中，都立刻要倒下，倒下後立刻就死！

老伯沒有倒下，也沒有死！

暗器打在他身上，就好像打在鐵人身上，甚至還發出「叮」的一響。

老伯也許可以算是個超人，是個巨人，但無論如何，總不是鐵人！

孟星魂終於發現，在老伯身上穿的那件平凡而陳舊的布袍下，一定還有件不平凡的衣服。

他雖然不知道這件衣服是不是用金絲織成的，但卻已知道世上絕沒有任何暗器能夠射透這件衣服的。

他若以這種暗器來殺老伯，他就死！

這就是孟星魂得到的教訓。

這教訓卻不是從他自己的痛苦經驗中得來的，而是用葉翔的命換來的。

葉翔掙扎著，要爬起，又重重跌倒，伏在地上，狗一般喘息，忽然大笑道：「我沒有錯，果然沒有錯！」

他笑聲瘋狂而淒厲，又道：「我果然殺不死你，果然沒有人能殺得死你！」

老伯道：「但卻有很多人能殺得死你！」

他忽然說出這句話，忽然轉身而去。

他沒有再看葉翔一眼，卻看了看律香川。

律香川懂得他的意思。

老伯要這人死，但卻不願殺一個已倒下去的人。

老伯不願做的事，律香川就要做。

律香川冷冷的看著葉翔在地上掙扎，看了很久，目光突然轉向孟星魂，道：「你的刀呢？」

孟星魂道：「我沒有刀。」

律香川道：「你殺人不用刀？」

孟星魂道：「用，用別人的，別人手裡的兵器，我都能用。」

他的確已能說話，已說得出聲來。

但他自己卻好像是在聽著別人說話，這聲音聽來陌生而遙遠。

律香川看著他，目中露出滿意之色，忽然自地上拾起那柄短劍道：「你用這柄斷劍能不能殺人？」

孟星魂道：「能。」

律香川笑了笑，道：「你還沒有爲老伯殺過人，這就是你的機會。」

他笑得很奇特，慢慢的接著道：「我說過，你不必著急，這種機會隨時都會有的。現在你總該相信吧。」

孟星魂根本沒有聽到他在說什麼。

劍本來就短，折斷後就顯得更笨拙醜陋。

孟星魂接過劍，轉向葉翔。

他根本也不知道自己在做什麼。

他耳朵嗡嗡的發響，眼前天旋地轉，根本什麼也聽不到，什麼也看不到。

但他卻知道葉翔的意思，就算想裝作不知道都不行。

爲了這一刻，葉翔已準備了很久，等了很久。

他來的時候已沒有想再活著回去，因爲他自己活著也全無意義，全無希望，他只希望孟星魂能替他活下去。

他已將孟星魂看成他的影子，已將自己的生命和愛情全部轉移到孟星魂身上。

孟星魂就是他生命的延續。

這種感情也許很少人能瞭解，但孟星魂卻是很瞭解，他知道葉翔他這樣做，是表示願意死在他手上。可是他不忍。

他寧死也不忍下手！

劍柄上纏著綢，白綢被他掌心流出的冷汗濕透。

他突然拋下劍，道：「我不能殺這個人的。」

律香川盯著他，過了很久，才淡淡道：「爲什麼？他是你的朋友？」

孟星魂冷冷道：「我可以殺朋友，但卻不殺已倒下的人。」

律香川道：「爲了老伯也不肯破例？」

孟星魂道：「我可以爲老伯殺別的人，可以等下次機會，這種機會反正隨時都會有。」

律香川看著他，既不憤怒，也不驚異，既不威迫，也不勉強。

他連一句都不再說，就這樣靜靜的等著孟星魂從他面前走開。

孟星魂也沒有回頭。

他還沒有走遠，就已聽到葉翔發出一聲短促的慘呼。

他還是沒有回頭，甚至沒有流淚。

他眼淚要等到夜半無人時再流。

雖非夜半，卻已無人。

孟星魂伏在地上，眼淚濕透了枕頭。

「小蝶是老伯的女兒！」

「你殺不死老伯。」

葉翔犧牲了自己的生命，爲的就是要告訴他這兩件事。

葉翔要他活下去，要他跟小蝶一起，好好的活下去。

這是葉翔自己做不到的。

「我能做到嗎？」

孟星魂握緊拳頭，對自己發誓，無論如何一定要做到！

這已是他唯一報答葉翔的法子。

他欠高老大的雖然還很多，但那以後可以用別的法子報答。

這件事他必須放棄，現在他必須離開這裡。

他能走得了嗎？

花園外面很多墳墓，墳墓裡埋葬的都是老伯的「朋友」。

「無論誰只要一進入我們這種組織，就永遠休想脫離，無論死活都休想。」

「你就算要死，也得死在這裡。」

「但是無論是死是活，老伯都會一樣好好照顧你的。」

這是他們經過那些墳墓時，律香川對孟星魂說的。

他說出這些話的時候心裡也彷彿很多感慨。

孟星魂並不知道律香川這是真的有感而發，還是在警告他。

他總覺得律香川對他的態度很特別，剛才的態度尤其特別，好像已看出了他和葉翔的關係，看出了他的秘密。

但是他並沒有勉強他做任何的事。

「律香川也許會放我走的，但陸漫天呢？」

孟星魂心裡的激動稍微平靜時，就開始想得更多。

「連葉翔都知道老伯是殺不死的，陸漫天又怎會不知道？」

「陸漫天和老伯的關係比誰都密切，對老伯的瞭解自然也比別人多。」

「他既然知道我沒有殺死老伯的能力，爲什麼要叫我來做這件事？」

孟星魂的眼淚停止，掌心卻已出了冷汗。

他忽然發現陸漫天的計劃，遠比他想像中還要可怕得多。

這計劃的重點並不是要他真的去殺死老伯，而是要他來做梯子。陸漫天先要從這梯子上踩過去，才能達到目的。

孟星魂心中的悲慟已變爲憤怒。

沒有人願意做別人的梯子，讓別人從自己頭上踩過去。

孟星魂擦乾眼淚，坐起來，等著。

等著陸漫天。

他知道陸漫天一定不會讓他走，一定會找他的！

陸漫天來得比孟星魂預料中還要早。

律香川還沒有回來，屋子裡好像沒有別的人，靜得很，所以陸漫天一推門走進來，孟星魂就聽到了他的腳步聲。

他的腳步聲沉著而緩慢，就好像回到自己的家裡來一樣，顯然對一切事都充滿自信。

他的神情更鎮定，無論怎麼看都不像是個心懷叵測的叛徒。

無論誰要出賣老伯這種人，都難免會覺得有點緊張不安，但是他卻完全沒有。

他臉上甚至還帶著微笑，一種將別人都當做呆子的微笑。

孟星魂勉強抑制著心中的憤怒，冷冷道：「你來幹什麼？」

陸漫天微笑著道：「沒有什麼，我只是來看你準備好了沒有，現在時候已快到了。」

孟星魂道：「我沒有準備。」

陸漫天皺皺眉，道：「沒有準備！無論你多有經驗，殺人前還是要準備的。」

孟星魂道：「我沒有準備殺人。」

陸漫天道：「可是你非殺不可。」

孟星魂突然冷笑，道：「假如我一定要殺人，殺的不是老伯，而是你！」

陸漫天好像很吃驚，道：「殺我？爲什麼？」

孟星魂道：「因爲我不喜歡讓人往我頭上踩過去，不喜歡被人當做梯子。」

陸漫天道：「梯子？什麼梯子？」

孟星魂道：「你要我來，並不是真的要我刺殺老伯，因爲你當然早已知道，我根本沒有成功的機會。」

陸漫天臉上並沒有什麼表情，但瞳孔卻已開始收縮，道：「那麼我爲何要你來？」

孟星魂道：「也許你已有了刺殺老伯的計劃，而且確信一定成功。」

陸漫天道：「那麼我就更不必要你來了。」

孟星魂道：「但你卻不承擔刺殺老伯的罪名，因爲你怕別人會爲老伯復仇，更怕別的人不肯讓你代替老伯的地位，所以，要我來替你承擔這個罪名。」

陸漫天道：「說下去。」

孟星魂道：「你要我在那地洞中等待著刺殺老伯，但我也許根本就沒有機會出手，你也許就已先發現了我。」

陸漫天道：「然後呢？」

孟星魂道：「你一開始就表示不信任我，老伯當然絕不會懷疑這計劃是你安排的，你為他捉住了刺客，他當然更信任你。」

陸漫天道：「然後呢？」

孟星魂道：「你就會在他最信任的時候，向他出手。」

陸漫天道：「你認為我能殺得了他？」

孟星魂冷笑道：「你是他多年的朋友，而且是最好的朋友，當然比別人更知道他的弱點，何況你早已計劃周密，他對你卻完全沒有防備。」

陸漫天道：「所以你認為我的機會很大？」

孟星魂道：「世上假如只有一個人能殺得了老伯，那人就是你。」

陸漫天忽然笑了，但笑得很特別，道：「謝謝你，你好像把我看得很高。」

孟星魂道：「你殺了他之後，就可以對別人宣佈，你已抓住了刺殺老伯的刺客，已經替老伯報了仇，別的人自然更不會懷疑你，你就可順理成章的取代老伯的地位。」

他冷笑著接著道：「這就是你的計劃，你不但要出賣老伯，也要出賣我。」

陸漫天冷冷道：「但你也有嘴，你也可以說話的。」

孟星魂道：「誰會相信我的話？何況，你也許根本不會給我說話的機會。」

陸漫天看著他，臉上還是全無表情，過了很久，忽然笑了笑，道：「想不到你居然很聰明，做刺客的人本不應如此聰明的。」

他微笑著，好像在爲孟星魂解釋，又道：「因爲自己冒險動手去殺人，已是件很愚蠢的事，爲別人殺人更愚蠢，聰明人絕不會做的。」

孟星魂目中露出痛苦之色，因爲他知道陸漫天這句話並沒有說錯。

這句話實已觸及了他的隱痛。

陸漫天正欣賞他的痛苦，目中帶著滿意的表情，悠然道：「但聰明人通常都有個毛病，聰明人都怕死。」

孟星魂道：「怕死的人不會做這種事。」

陸漫天道：「那只因你以前還不夠聰明，但現在，你顯然已懂得能活著是件很好的事，無論如何總比死好些。」

他忽又笑了笑，問道：「你知不知道剛才來的那個人叫葉翔？」

孟星魂咬緊牙。

陸漫天又道：「你當然知道，因爲他是你最好的朋友，但你卻看著他在你面前被人殺死，連一點反應都沒有，那又是爲了什麼？」

他微笑著，接著道：「那只因你已變得聰明了，已不願陪他死，就算你還有別的理由，也一定是自己在騙自己。」

孟星魂的心在刺痛。

他的確是看著葉翔死的，他一直在爲自己解釋，這麼樣做，只不過因爲不忍葉翔的犧牲變得毫無代價，只不過因爲葉翔要他活下去。

但現在，陸漫天的話卻像是一根針。

他忽然發覺自己並不如想像中那麼偉大，他那麼做也許真的只不過是因爲怕死。

他現在的確不願死。

陸漫天緩緩道：「你說的不錯，到現在爲止，還沒有人會懷疑我，我隨時都可以揭破你的身分，隨時都可以要你死。」

他凝視著孟星魂，就像是貓在看著爪下的老鼠，微笑著接道：「所以你若還想活下去，就只得聽我的話去做，因爲你根本已無路可走。」

孟星魂握緊雙拳，哼聲道：「我就算做了，結果豈非還是死？」

陸漫天道：「你若做得很好，我也許會讓你活著的，我可以找另外一個人來替你死，我可以將那人的臉打得稀爛，要別人認爲他就是你，那樣你就可以遠走高飛，找個沒有人認得你的地方活下去，只要你不來麻煩我，就沒有別人會去麻煩你。」

他微笑著又道：「我甚至還可以給你一筆很大的報酬，讓你活得舒服些，一個人只要能舒舒服服的活著，就算活得並不光榮也很值得的。」

十六　陰霾逼人

他的微笑動人，說的話更動人。

孟星魂遲疑著，道：「你說的話，我怎能相信？」

陸漫天道：「你非相信不可，因爲這是你唯一的機會，你根本沒有選擇的餘地。」

陸漫天走了，走的時候還充滿了自信。

「你好好準備吧，最好莫要玩別的花樣，因爲我隨時隨地都在注意你。」

他當然並不信任孟星魂，但卻知道孟星魂根本沒有花樣可玩。

孟星魂已是他網中的魚。

「我難道真的沒有第二條路走？」

就算真的已無路可走，也不能走這條路。

「我絕對不能去殺老伯，絕對不能去殺小蝶的父親。」

何況，陸漫天說的話，孟星魂連一個字都不能相信。

他知道陸漫天無論如何都不會讓他活下去的。

「那麼，我難道只有死？」

死，有時的確是種很好的解脫。

很久以前，孟星魂就曾經想到過自己遲早要用這種方法來解脫。

他久已覺得厭倦，死，對他來說，非但不困難，也不痛苦。但現在呢？

秋已深，秋日的黃昏彷彿來得特別早。

菊花雖已漸漸開始凋零，但在暮色中看來，還是那麼美麗。

菊花和蝴蝶一樣，它的生命總是在最美麗的時候就已開始枯萎凋謝。

這豈非是件很令人悲哀的事？

孟星魂忽然想起了小蝶的話！

「蝴蝶的生命雖然如鮮花般脆弱，可是牠活得芬芳，活得美麗，牠的生命已有價值，所以就算死，也沒有什麼值得悲哀的。」

人的生命豈非也一樣？

一個人能活多久並不重要，重要的是，要看他怎麼樣活著？活得是否有價值？

晚風中已傳來悅耳的鈴聲！

孟星魂的心忽然抽緊。

他站起來，大步走出去。

「我絕不能死。」

他還沒有真正的活過，所以絕不能死！

可是，要怎麼樣他才能活下去呢？秋風蕭索，連菊花都已到了將要凋謝的時候。

尤其是這一叢菊花！這叢菊花開得很早，也開得最美，所以也凋謝得最快。

老伯以指尖輕撫著脆弱的花瓣，心裡忽然有很多感慨。

他的手指雖仍如少年時那麼穩定而有力，但心境卻已和少年時大不相同。

少年時他對什麼事都看得很開。

「菊花謝了，還有梅花，梅花謝了，還有桃花，既然我四季都有鮮花可賞，爲什麼要爲那些枯萎的花木去惋惜感嘆？」

花若謝了，就已不再有任何價值，就已不值得他去顧念。

人也一樣。

他從不同情死人，從不爲死人悲哀，因爲人一死也就變得全無價值，他從不將任何一樣沒有價值的東西放在心上。

但現在，他的想法卻似已漸漸在變了。

他已漸漸發覺，一個人對另一個人的價值並不在他的死活，而在於和那人之間的感情。

他已漸漸將情感看得更重。

「難道這就是老人的心情？難道我已真的老了麼？」

老伯輕輕嘆了口氣，抬起頭，就看到孟星魂正向他走過來。

孟星魂的臉色雖沉重但腳步矯健輕快。在暮色中看來，他的眼睛依然發著光，皮膚依然光滑緊密，肌肉充滿彈性，身材依然筆挺。

他還年輕。

老伯看著這年輕人，心裡忽然有種羨慕的感覺，也許嫉妒更多於羨慕。

本來只有孫劍是他老來唯一的安慰，是他生命唯一的延續。但現在孫劍已死了。

世上爲什麼有這麼多老年人不死，死的爲什麼偏偏是孫劍？

孟星魂已走過來，走到他面前。

老伯忽然道：「律香川難道沒有告訴你？你不知道這是吃飯的時候？」

孟星魂道：「我知道。」

老伯的臉色很難看，道：「你知不知道我爲什麼要選這時候出來散步？」

孟星魂道：「因爲你不願被人打擾。」

老伯道：「所以你就根本不該來的。」

孟星魂忽然笑了笑，道：「我現在本該在什麼地方，你也許永遠想不到。」

老伯道：「你本該在哪裡？」

孟星魂道：「就在這裡！」

他忽然拔起老伯面前的菊花，露出花下的洞穴。

老伯凝視著這個穴，目中露出深思之色，過了很久，才緩緩道：「你本該在這裡幹什麼？」

孟星魂道：「殺你！」

老伯霍然抬起頭，盯著他，但面上並沒露出驚訝的表情，只是冷冷的盯著他，像是想看穿他的心。

孟星魂說道：「我到這裡來，爲的本就是要殺你。」

老伯又沉默了很久，忽然笑了笑，道：「你以爲我不知道？」

孟星魂反而吃了一驚，道：「你知道！」

老伯道：「你不是秦中亭。」

孟星魂動容道：「你怎麼知道的？」

老伯淡淡道：「你看來彷彿終年不見陽光，是以絕不似從小在海上生活的人。」孟星魂的臉色蒼白，他當然知道自己的臉是什麼顏色。

這次行動看來本全無破綻，他一直認爲高老大的計劃算無遺策，卻想不到還是算錯了一件事。

她低估了老伯。

任何人都不該低估老伯。

孟星魂目中不禁露出敬佩之意，才長嘆了一口氣，道：「你知道我是來殺你的，卻還是將我留下來？」

老伯點點頭。

孟星魂道：「因爲你知道我殺不了你？」

老伯笑笑道：「假如只有這一個原因，你現在已死了。」

孟星魂道：「還有什麼別的原因？」

老伯道：「因爲我需要你這樣的人，你既然可以爲別人來殺我，當然也可以爲我去殺別人。」

他又笑笑，接著道：「你連我都敢殺，還有什麼不敢殺的？殺人要有膽子，而真正有膽子的人並不多。」

孟星魂道：「你想收買我？」

老伯道：「別人能買到的，我也能，我的價錢出得比別人高。」

孟星魂道：「你也知道是誰要我來殺你的？」

老伯道：「我知道的事至少比你想像中多。」

孟星魂道：「你既然知道，還讓那叛徒活著？」

老伯道：「他活著比死有用。」

孟星魂道：「有什麼用？他出賣你。」

老伯道：「他既能出賣我，也就能出賣別人。」

他目中帶著殘酷的笑意，緩緩接著道：「每個人都有利用的價值，只看你懂不懂利用而已。」

孟星魂道：「你要他出賣誰？」

老伯道：「他一個人還不敢做這種事，他還沒有這麼大的本事，也沒有這麼大的膽子。」

孟星魂道：「你認爲他還有同謀？」

老伯點點頭。

孟星魂道：「你要他說出那些人是誰？」

老伯道：「用不著他說，我自己遲早總能看出來的。」

孟星魂凝視著他，忽然長嘆了口氣，道：「我現在終於相信了一件事。」

老伯道：「什麼事？」

孟星魂道：「你能有今天的地位，並不是運氣，能活到今天，也不是運氣。」

老伯微笑道：「所以你若跟著我，絕不會吃虧的，你至少能學到很多事，至少能活得長些，你的選擇的確很聰明。」

孟星魂道：「你認爲我這麼樣做，是爲了想投靠你？」

老伯道：「你不是？」

孟星魂道：「不是！」

老伯這才覺得有些意外，道：「那麼你爲的是什麼？」

孟星魂道：「我要你讓我走。」

老伯又笑了，道：「你想得很天真，你憑什麼認爲我會讓你走？我若不能利用你，爲什麼要讓別人來利用你？」

孟星魂道：「因爲你的女兒！」

老伯的笑容忽然凝結，目中出現怒意，厲聲道：「我早已沒有女兒。」

孟星魂道：「我不知道你爲何不肯承認她是你女兒，我只知道一件事，無論你怎麼想，她還是你女兒，血總比水濃。」

他凝注著老伯，老伯的怒容雖可怕，但他卻全無懼色，接著又道：「有些事是無論誰都無法改變的，連你也不能。」

老伯握緊雙拳，道：「她和你有什麼關係？」

孟星魂說道：「我願意作她的丈夫。」

老伯忽然一把揪住他，厲聲道：「那麼我就要你爲她死！」

孟星魂道：「我不能死，因爲我要爲她活著，我也要她爲我活著，你若殺了我一定會後悔的！」

老伯逼視著他的眼睛，額上已因憤怒而暴出青筋，說道：「後悔？我殺人從不後悔！」

孟星魂的眼睛真誠而無懼，也許就是因爲真誠，所以無懼：「你已沒有兒子，她已是你唯一的骨血。」

老伯大怒道：「你爲什麼在我面前說這些話？」

孟星魂道：「因爲我知道你是講理的人，所以不願騙你。」

老伯道：「你已認識她很久？」

孟星魂道：「不久。」

老伯道：「你知不知道她是一個怎樣的人？」

孟星魂道：「無論她是個怎麼樣的人都一樣。」

老伯道：「她以前……」

孟星魂打斷了他的話，道：「她以前的遭遇愈悲慘，以後我就會對她愈好，何況，以前的事都已過去，我根本就不想知道。」

老伯的手忽然放開，目中的怒意也消失。

他看來彷彿老了很多，黯然道：「你說的不錯，我已經沒有兒子，她已是我唯一骨血……」

孟星魂道：「所以你應該讓她們好好的活著，她跟她的兒子。」

老伯突又咬緊牙，道：「你知不知道誰是那孩子的父親？」

孟星魂道：「我不知道，也不在乎。」

老伯道：「你真的不在乎？」

孟星魂道：「我既然願意做她的丈夫，就也願做她兒子的父親。」

他逼視著老伯，一字字道：「連我都能原諒她，你爲什麼不能？」

老伯低下頭，目中露出痛苦之色，喃喃道：「我只恨她，爲什麼一直都不肯說出那孩子是誰的？」

孟星魂道：「每個人都有不可告人的苦衷，何況，那本是她的傷心事，她也許連自己都不願意再想，你是她的父親，爲什麼一定要苦苦逼她？」

老伯又沉默了很久，忽然道：「她現在活得怎麼樣？」

孟星魂道：「她總算是活著，也許就因爲她是你的女兒，所以才能夠支持到現在，還沒倒下。」

老伯抬起頭道：「你真能讓她好好活下去？」

孟星魂道：「我一定盡力去做。」

老伯長長嘆息一聲，黯然道：「也許我真的老了，老人的心腸總是愈來愈軟的。」

他抬頭看著孟星魂，目光漸漸變得溫暖。

他看得出這少年是個可信賴的人，只要說出的話，就一定能做到。

他彷彿已從這少年身上看到一絲希望。

「我畢竟有個女兒，還有下一代……」

他忽然緊緊握住孟星魂的手，道：「你若真的要她，我就將她交給你。」

孟星魂只覺一陣熱血衝上咽喉，熱淚幾乎奪眶而出，過了很久，才能哽咽著道：「我，不會讓你後悔的。」

老伯道：「你還要什麼？」

孟星魂道：「有了她，我已經心滿意足。」

老伯目中現出了溫暖的笑意，道：「你準備帶她到哪裡去？」

孟星魂沉吟著，還沒有說話，老伯又道：「我希望你帶她走遠些，愈遠愈好，因爲……」

他臉色忽又變得很沉重，接著道：「這裡的情況已愈來愈危險，我不希望你們牽連到這裡面來。」

孟星魂看著這老人，看著他臉上的皺紋和目中的憂慮之色，心裡忽然有種說不出的感受！

他畢竟已是個老人，而且比他自己想像中孤獨。孟星魂忽然對這老人有了種奇異的感情，他們之間彷彿已有了種奇妙的聯繫，使得他們忽然變得彼此關心起來。

因爲他已是他女兒的丈夫。

孟星魂忍不住道：「你一個人能應付得了？」

老伯笑笑，道：「你用不著擔心我，我已應付了很久，而且應付得很好。」

孟星魂道：「以前不同，以前，你有朋友，現在……」

老伯道：「我也是賭徒，一個真正的賭徒，從不會真正輸光的，就算在別人都以爲他已輸光的時候，但其實他多多少少還留著些賭本的。」

他微笑著又道：「因爲他還要翻本。」

孟星魂也笑了，道：「只要賭局不散，翻本的機會隨時都會來的。」

老伯緩緩道：「就算這次賭局已經散了，他還會有下一次賭局，真正的賭徒，隨時隨地都可以找得到賭局的。」

他微笑著拍了拍孟星魂的肩，又道：「只可惜你不能陪我一起賭。」

孟星魂道：「爲什麼？」

老伯眨眨眼，笑道：「因爲你已是我女婿，沒有人願意以他女婿做賭注的。」

「女婿」，這是多麼奇妙的兩個字，包含著一種多麼奇妙的感情。

世事的變化是多麼奇妙！

孟星魂又怎想到自己竟會做老伯的女婿？

夜已深，風更冷。

孟星魂心裡卻充滿了溫暖之意，人生原來並不像他以前想得那麼冷酷。

老伯道：「她是不是在等你？」

孟星魂點點頭，「有人在等」這種感覺更奇妙，他只覺咽喉彷彿被又甜又熱的東西塞住，連話都說不出。

老伯道：「那麼你快去吧，我送你出去。」

他忽又笑了笑，道：「無論你帶她到哪裡去，我只希望你答應我一件事。」

孟星魂道：「你……你說。」

老伯緊握著他的手，道：「等你有了自己的兒子，帶他回來見我。」

路很長，在黑暗中顯得更長。

老伯看著孟星魂的背影，想到他的女兒，不禁輕輕嘆了口氣！

「他們的確還有段很長的路要走。」

他只希望他們這次莫要迷路！

雖然他心裡有很多感觸，卻並沒有想太久，因爲他也有段很長的路要走，這段路遠比他們的更危險、艱苦。

他轉過身的時候，身子已掠出三丈。園中已亮起燈火，他掠過花叢，掠過小橋。

陸漫天住的屋子裡也有燈光，窗子卻關著。

昏黃的窗紙上，映著陸漫天瘦長的人影，他筆直的站著，彷彿在等人——是不是還在等著孟星魂的消息？

老伯沒有敲門。

他既已下了決定，就不再等，三十年來，老伯從沒有給任何人先出手的機會，他很懂得

「先下手爲強」這句話的道理。

他也時常喜歡走最直的路。

「砰」，窗子被撞得粉碎，他已穿窗而入。

然後他就愣住。

陸漫天不是站著的，是吊著的。

他懸空吊在樑下，腳下的凳子已被踢得很遠。老伯伸手一探他胸口，已完全冷透，冷得就像是他的鐵膽。

那對終年不離他左右的鐵膽，整整齊齊的擺在桌上，鐵膽下壓著一張紙，紙上的字跡潦草零亂：「你既沒有死，所以我死。」

沒有別的話，就只這簡簡單單九個字。

他畢竟還是未能出賣別人，卻出賣了自己。因爲他的計劃周密，卻還是算錯了一樣事。

他忘了將人與人之間的情感算進去。

也許大多數走上陰謀失敗之路的人，都因爲忘了將這一點算進去。

人與人之間的情感本就是無法計算的，但卻能決定一切，改變一切。

正因爲如此，所以人性永存，陰謀必敗。

老伯抬起頭，看著陸漫天猙獰可怖的臉，彷彿還想問出什麼來，只可惜他的舌頭雖長，卻已無法說出任何秘密了。

律香川不知何時已來到窗外，面上帶著吃驚之色，他聽到窗子被撞破時那「砰」的一響，立刻就趕來。

花園裡無論有什麼風吹草動，他都會立刻趕到。

所以老伯用不著回頭，就知道他來了，忽然道：「你在想什麼？」

律香川道：「我在想……他，不像是個會自己上吊的人。」

老伯道：「還有呢？」

律香川嘆了口氣道：「他也不像是個叛賊。」

老伯道：「他是叛賊，但卻不是自己上吊的。」

他總喜歡先問別人的意見然後自己再下結論。

這就是他的結論，他的結論很少錯。

律香川倒抽了口冷氣道：「是誰殺死了他？」

老伯並沒有直接回答，緩緩道：「我要他去找易潛龍時，就已知道他出賣了我。」

律香川不敢再問，只是聽著。

老伯道：「因為易潛龍突然失蹤的消息，本不該有別人知道，但萬鵬王卻好像比我先知道。」

律香川道：「現在江湖中知道的人已不少。」

老伯道：「就因為他將這消息洩露給萬鵬王就立刻傳佈出去，好讓江湖中人都知道孫玉伯已孤立無助。」

律香川嘆道：「我從未想到叛賊會是他，我簡直從來沒有懷疑過他。」

老伯冷笑道：「但他只配做幫兇，還不夠資格作主謀。」

律香川道：「所以那主謀人才會殺他滅口？」

老伯點點頭。

律香川道：「能逼他自盡的人並不多，難道萬鵬王會……」

老伯忽然打斷了他的話，道：「你立刻去準備他的葬禮，愈隆重愈好。」

律香川又有些意外，道：「這種人的葬禮爲什麼還要隆重？」

老伯轉身走了出去，走到門口，才淡淡道：「因爲他是我的朋友……」

所以江湖中都相信一件事！

老伯有很多朋友。每個朋友都絕對忠實，從沒有人敢出賣過老伯。

天亮了。

黑暗無論多麼長，總有天亮的時候。

清晨的太陽，新鮮得就像是剛摘下的草莓。

風吹在人身上，令人覺得懶洋洋的，彷彿又到了春天。

孟星魂坐在那裡，沒有重力。

但他的心卻已飛了起來，覺得自己新鮮得就像這初升的太陽，自由得像風。他拉著小蝶的手，幾乎想大聲的吶喊。

「現在我們什麼地方都可以去了。」

災難、疲憊、艱苦都已成過去。現在，太陽在他頭上，小蝶倚在他肩上，孩子已在她身旁睡著，整個世界都是屬於他們的。

「你要去哪裡就去哪裡，只要你說，我們立刻就可以。」

小蝶忽然道：「我一直想告訴你一件事，我並不是什麼地方都可以去的。」

孟星魂道：「爲什麼？」

小蝶的目光在遠方，思潮似乎也在遠方，悠悠道：「因爲，我的父親……你永遠想不到我的父親是誰。」

孟星魂道：「哦！」

小蝶道：「我一直沒有告訴你，因爲他的名譽並不好，你……你也一直沒有問。」

孟星魂笑道：「我喜歡的是你，不是你的父親，無論他是誰都不重要。」

小蝶道：「可是他不同，因爲他若找到我們，一定不會讓我們好好活著的。」

孟星魂微笑道：「我若告訴你，他已經答應了我呢？你信不信？」

小蝶霍然回頭，凝視著他，目中帶著幾分驚喜，又帶著幾分不信，忽又用力搖搖頭，道：「就算他肯，別人也不肯。」

孟星魂道：「別人？別人是誰？」

小蝶垂下頭，用力咬著嘴唇。

孟星魂當然知道她說的是誰，過了半晌，緩緩道：「我已見過你的父親。」

小蝶聳然道：「你真的見過他？」

孟星魂道：「他並不是個可怕的人，也沒有你想得那麼無情，只不過……」

小蝶目中忽然露出一種怨恨之意，道：「只不過他卻將自己親生的女兒趕了出來，只不過因爲他女兒被人欺侮，生了個見不得人的孩子。」

她目中已有淚珠轉動，孟星魂實在不忍再逼她，但他也是個人，他終於忍不住道：「你爲什麼不肯告訴他是誰欺侮了你?爲什麼不肯告訴他，這孩子的父親是誰?」

小蝶搖著頭，道：「因爲我不能說，永遠不能說。」

孟星魂道：「爲什麼?」

小蝶忽然掩面痛哭，道：「求求你，莫要逼我，莫要像我父親一樣逼我……」

孟星魂握緊雙拳，又鬆開，長笑道：「我絕不會勉強你做任何事，但是那個人……他難道不肯放過你?」

小蝶點點頭流著淚道：「我實在不應該連累你，因爲他能找到我們，非但不會放過我，也不會放過你。」

孟星魂道：「那麼我們就不要讓他找到。」

小蝶又抬起頭，道：「真的?你真的肯這麼做，你真的肯躲著他?」

她知道要一個男人逃避躲藏是多麼痛苦的事，尤其是像孟星魂這樣的男人，她簡直不相信他能忍受這種痛苦委屈。孟星魂輕輕將她攬入懷抱，微笑道：「我爲什麼不肯?一個人看到瘋狗時不總是會躲遠些嗎?」

小蝶道：「可是……」

孟星魂掩住她的嘴，道：「我們就算萬一被他找到，我們就算無法抵抗，就算死，但我們至少已活過……你記不記得說過的一句話？」

小蝶道：「你是說……蝴蝶？」

孟星魂點點頭，道：「蝴蝶……蝴蝶的生命雖脆弱，但你情願做蝴蝶？還是做長壽的烏龜？」

小蝶也笑了，倒在他懷裡。

一陣秋風，捲起了落葉，雖已是深秋，但他們卻似看到了一隻蝴蝶在落葉中飛翔，那麼自由，那麼美麗，連落葉都彷彿被染上了芬芳……

十七　孤注一擲

劍已出鞘，短劍。

劍就好像毒蛇，愈短的愈兇險。

老伯輕撫著劍鋒，劍鋒冰冷，但他的心卻似已漸漸熱了起來。

他已有多年未曾觸及過劍鋒。近年來他殺人已不用劍。

他本希望這一生永遠不再用劍。

「劍是年輕人的利器，卻只適合做老年人的拐杖！」

老年人若不懂這道理，那麼劍就往往會變成他的喪鐘。

老伯當然懂得這道理。但是現在卻已到了他非用劍不可的時候。

現在，距離韓棠的死已有一年。這一年來，他幾乎什麼事都沒有做，幾乎變成了聾子、瞎子。

江湖中凡是和老伯有關係的人，幾乎全都已遭十二飛鵬幫的毒手。

但是老伯聽不見，也看不見。

江湖中凡是和老伯有關的事業，幾乎全都已被十二飛鵬幫霸佔。

以前若有人問起老伯，被問的人定立刻會挺起胸回答：「老伯是我的朋友！」

但現在就算真的是老伯朋友的人，也會搖頭。

「老伯？誰是老伯？老伯是什麼東西？」

有些人甚至已替他起了另外的名字：「嬲伯。」

「嬲」的意思就是懦夫，就是沒種！

但是老伯聽不見，你就算指著他鼻子罵，他也聽不見。萬鵬王已派人送來戰書，約老伯去決一死戰。

十二封戰書，每個月一封，一封寫得比一封難堪惡毒，世上所有侮辱人的話，幾乎都可在這些戰書裡找得到。

但是老伯看不見。

萬鵬王只差一件事還沒有做！

他還沒有直接闖到老伯「花園」裡去，因爲他畢竟還摸不透這「花園」中虛實，根本沒有人知道這裡究竟有多少埋伏。

何況，他既已完全佔盡上風，又何必再冒這個險。

每個人都知道老伯已被萬鵬王打得無法還手，無法抬頭。

那麼，就讓這麼樣一個糟老頭子躲在他的窩裡等死，又有何妨？

反正這個人已沒有危險，已起不了作用。

這正是老伯要萬鵬王對他的想法。

這一年來，老伯只做了一件事——養成了萬鵬王的傲氣。

「驕傲就有疏忽，無論多麼小的疏忽，都可能是致命的疏忽。」

現在已到了老伯反擊的時候。

劍入鞘，老伯從桌子的秘密夾層中，取出兩張很大的地圖。

第一張地圖，包括了十二個省份，每一份都用朱筆劃了圈。

那正是十二飛鵬幫的十二總舵所在地。

第二張是萬鵬王「飛鵬堡」的全圖，將飛鵬堡裡裡外外，每一個進口和出口，都詳詳細細的畫了出來。

這張圖老伯就算閉著眼，也能重畫一張出來。

但現在他還是又很仔細的看了一遍。

這一戰已是他最後一戰，無論成敗，都是他最後的一戰。

他不願再有任何疏忽。

這一戰他已籌劃經年，只能成功，絕不許失敗！

他將地圖摺起，用短劍壓住，然後才拉動牆角的鈴索。

他準備找律香川進來。

這一年來律香川的變化並不大，只不過更深沉、更冷靜了些，說的話也更少。

他看來雖還是同樣年輕，但自己卻知道自己已老了很多。

忍辱負重的時候，的確最容易令人蒼老。

他當然知道老伯如此委曲求全，暗中必定有很可怕的計劃，但卻從未問過。

老伯秘室中還有秘室，他雖也知道，卻也從未踏入。

那地方除了老伯外，根本就沒有第二個人進去過。

現在老伯卻忽然召他進去，他就知道計劃必已成熟，已到了行動的時候，這一次行動必定比以前所有的行動都可怕。

所以連他的心情都不免有些緊張，激動的走進老伯的密室，他甚至已能聽到自己心跳的聲音。

所有的事都已到了最後關頭，他也早已在心裡發過誓，這最後一舉是只許成功，絕不能失敗的！

老伯拿起一封信，道：「這是萬鵬王前幾天送來的戰書，也是他最後的警告。」

他看著律香川，神情出乎意外的平靜，淡淡道：「你猜他要我幹什麼？」

律香川搖搖頭。

老伯道：「他要我頂替方剛，做他銀鵬壇的壇主。」

律香川臉色變了，面上露出怒容。

這對老伯簡直是侮辱，簡直沒有更大的侮辱。

老伯卻笑了笑，道：「他還答應我很多優厚的條件，答應不追究我過去的事，保留我的花園，甚至還答應讓你做我的副手。」

律香川握緊雙拳，冷笑道：「他在做夢。」

老伯淡淡道：「他不是做夢，因為他算準我已無路可走，若想活下去，就只有聽他的話，在他說來，這對我非但不是侮辱，而且已經非常優厚了。」

律香川長長吸入一口氣，道：「他還在等我們的答覆？」

老伯道：「他限我在重陽之前給他答覆，否則就要踏平我這地方，他說他準備用十二飛鵬幫所有的力量，來大舉進攻。」

律香川道：「我希望他來！」

老伯道：「我不希望，所以，我要你來回信答覆他。」

律香川道：「回信怎麼寫？」

老伯道：「答應他！」

律香川愣然一愣，道：「答應他？答應做他的屬下？」

老伯點點頭，道：「而且還問他，什麼時候肯讓我去拜見總幫主。」

律香川雙唇都已顯得發白，道：「你真的準備去？」

老伯道：「我說去當然就要去。」

他忽又笑了笑，悠然接著道：「但卻不是在他要我去的那天去，他剛接到這封信時，我就去了。」

律香川忽然明白了老伯的意思，眼睛立刻發出了光。

老伯已準備進攻。

老伯進攻時，必定令人措手不及。

萬鵬王絕對想不到老伯敢來進攻他的飛鵬堡——銅牆鐵壁，飛鳥難渡的飛鵬堡，無論誰也不敢妄想越雷池一步。

老伯要他想不到。

律香川蒼白的臉已有些發紅，輕輕咳了兩聲，道：「我們什麼時候去？」

老伯道：「你不去，你留守在這裡。」

律香川變色道：「可是我……」

老伯打斷了他的話，道：「有的人適於攻，有的人適於防守，假如孫劍還在，我也許就會叫他替我去，只可惜……」他聲音忽然有些嘶啞，也咳嗽了兩聲，才接著道：「你和孫劍不同，你遠比他冷靜得多，所以我走了之後，才放心將這裡的一切全交給你。」

律香川咬著牙道：「我從未違背過你老人家的話，可是這一次——這是我們最後一戰，我不願躲在這裡看別人去拚命，我願意為你死！」

老伯嘆了口氣，道：「我明白你的心情，但你卻忘了一件事。」

他沉聲接著道：「我是去勝的，不是去敗的，所以必須保留住根本，留作日後再開局面，這裡就是我根本所在，若沒有你在這裡防守，我怎麼能放心進攻？」

律香川低下頭，沉默了很久，終於忍不住道：「但我們還有什麼值得防守的？」

老伯悠然道：「你若以為我們留下的東西不多，你就錯了。」

他笑了笑，接道：「萬鵬王也認為已將我的基業佔去了十之八九，他也錯了，他搶去的頂多只能算是幾粒芝麻而已，整個燒餅還在我手裡！」

律香川抬起頭，目中露出欽佩之意。

老伯拍了拍桌子，道：「這就是我的燒餅，我現在交給你，希望你好好的保管！」

他又笑了笑，接著道：「記著，這燒餅足夠我們吃好幾輩子。」

律香川囁嚅著道：「這責任太大，我……」

老伯道：「你用不著推辭，也用不著害怕，我若非完全信任你，也不會將它交給你。」

律香川道：「可是我……」

老伯沉下了臉，道：「不必再說了，這件事我已決定。」

律香川不再說了。

老伯已決定的事，從來沒有人能改變。

老伯臉色漸漸和緩，道：「這桌子裡有三百七十六份卷宗，每一份卷宗，都代表一宗財富，管理它的人，本來只有我一個人能指揮，因爲他們也只接受我一個人的命令。」

律香川在聽著！

老伯道：「但無論誰，只要有了我的秘令和信物，都可以直接命令他們，現在我也全都交給你！」

他又補充道：「我給這三百七十六人的秘令和信物都不同，若是萬一弄錯，去的人立刻就有殺身之禍。」

律香川一直在靜靜的聽著。

他本來就覺得老伯是個了不起的人，現在這種觀念更深。

直到現在，他才知道老伯的財產是如此龐大，如此驚人，就算用「富可敵國」四個字來形容，也不過分！

要取得這些財產，已不容易，要保持更不容易。

除了老伯外，他簡直想不出還有第二個人能保持得這麼久，這麼好，這麼秘密。

現在老伯已將這驚人龐大的財產全交給了他！但是他面上並沒有露出歡喜之色，反而覺得很恐慌，很悲哀。

老伯似已看透了他的心意，微笑著道：「你用不著難受，我這樣做，並不是在交託後事，只不過預防萬一而已，這一戰雖然危險，但若無七分把握，我是絕不會輕舉妄動。」

律香川當然知道老伯一個人不做沒有把握的事。

他長長透了口氣，又忍不住問道：「你準備帶多少人去？」

老伯取出個存摺似的小本子，道：「這就是他們的名單，七天之內，你要負責將他們全部找來這裡。」

律香川道：「是！」

他接過名單，翻了翻，又不禁皺眉頭：「只有七十個人？」

老伯道：「這七十人已無異是一支精兵，莫忘了有些人是可以一當百的！」

律香川沉吟道：「這其中萬一有叛徒……」

老伯道：「絕不會，我已仔細調查過他們每個人都絕對忠誠。」

律香川點點頭。

自從陸漫天死後，這地方已沒有叛徒出現過。

「但七十人無論如何還是不夠，就算真有一支精兵雄師，也很難將『飛鵬堡』攻破。何況這七十人中並沒有一個真正的高手，至少還沒有一個人能勝過萬鵬王屬下十二飛鵬的。」

這些話他雖不敢直接說出來，但臉上的表情卻已很明顯。

老伯又看透他的心意，微笑道：「這七十人雖然稍嫌不夠，但若再加上些運氣，也就夠了，我的運氣一直很不錯。」

律香川知道老伯絕不是個相信運氣的人，他彷彿另有成竹在胸。

但是老伯既然要這樣說，律香川也只有相信。

老伯忽然嘆了口氣，道：「但運氣並不是一定靠得住的，所以……我這次出去，萬一若是不能回來，就還有件事要你做。」

律香川道：「是！」

老伯道：「我萬一有所不測，你就要將這些財產分出去，有些人已跟了我很多年，我總不能讓他們下半輩子捱餓。」

律香川道：「是！」

老伯道：「我當然也有些東西留給你！」

律香川垂下頭，黯然道：「不必留給我……」

老伯沉下了臉，厲聲道：「你難道想死！」

律香川頭垂得更低。

老伯道：「你絕不能死，因爲你還要等機會，不但要等機會替我報仇，還要等機會將我這番事業復興，我沒有兒子，你就是我的兒子！」

律香川道：「是！」

老伯展顏道：「所以我大部分財產你都可自由支配，其中只有我特別註明的幾份是例外。」

他神情忽然變得很奇特，緩緩接著道：「那幾份財產我是留給小蝶的。」

律香川沉默了很久，才嘆了口氣，道：「我明白，我一定找到她，交給她。」

老伯道：「你還記得那個叫『秦中亭』的少年人？」

律香川道：「那樣的人我怎會忘記？」

老伯道：「他是個很有用的人，你若能要他做你的朋友，對你的幫助一定很大。」

律香川道：「這人好像很神秘，自從那天之後，就已忽然失蹤，我也曾在暗中打聽過他，但江湖中好像根本就沒有這麼樣一個人出現過。」

老伯笑笑，道：「有的，你只要找到小蝶，就找到他了。」

律香川覺得很驚訝，但瞬即笑道：「我只要找到他，就能要他做我的朋友，因爲我們本來就是朋友。」

老伯笑道：「很好，我知道你的眼光，一向不錯……」

他笑容忽又消失，沉下臉道：「除此之外，我還要你做一件事！」

他目中射出怒意，道：「我要你替我查出小蝶那孩子的父親是誰，查出後立刻殺了他！」

律香川道：「是，我一定想法子查出來的！」

老伯道：「很好，很好……」

他長長吐出口氣，臉色又漸漸和緩，微笑道：「我對你說這些話，只不過是以防萬一而已，我還是會回來的，帶著萬鵬王的人頭回來。」

律香川也展顏笑道：「那天我一定重開酒戒，用他的人頭做酒壺。」

老伯道：「你從什麼時候開始戒酒的？」

律香川嘆息著，道：「從我得到武老刀死訊的那一天。」

他垂下頭，慢慢的接著又道：「那天我若非已喝得很醉，也許能猜出萬鵬王的陰謀，武老刀父子也許就不會死，所以從那天之後，我一直滴酒未沾，因為我發覺無論誰喝了酒之後，都很容易做錯事。」

老伯點了點頭，忽又問道：「女人呢？自從林秀走了後，你就不會再有過別的女人？」

律香川覺得驚異，彷彿想不到老伯會問他這件事，因為這本是他的私事，老伯一向很少過問別人的私事。

但老伯問了。

所以他只有回答，他搖搖頭。

老伯道：「為什麼？你身體一向不錯，難道不想女人？」

律香川苦笑道：「有時當然也會想，但找女人不但要有時間，還要有耐性，這兩樣我都沒有。」

老伯微笑道：「你錯了，我年輕很少有時間，更沒有耐性，但卻總是有很多女人，而且全都是很好的女人。」他凝視著律香川，接著說道：「這兩年來你已應該很有錢，只要有錢，就找得到最好的女人，這道理你難道不懂？」

律香川道：「我懂，但我卻不喜歡用錢買來的女人。」

老伯道：「你又錯了，女人就是女人，你無論用什麼法子得到她們都不重要，重要的是，只看你能不能真正得到她們！」

律香川嘆道：「那並不容易。」

老伯道：「誰說不容易？女人就是野馬，只要你能馴服她，她就永遠是你的，只要你能騎上她，就應該有法子馴服她。」

他微笑著，一雙眸子彷彿突然變得年輕起來。

律香川也忍不住笑了。

很少有人知道老伯在女人這方面的經驗也和別的經驗同樣豐富。

律香川忍不住大笑道：「你年輕時一定是個很好的騎師。」

老伯說道：「難道你認爲我現在已不是了？」

他微笑著接道：「騎馬這件事就像享受一樣，只要一學會，就永遠不會忘記，無論你多少年不騎，都絕不會忘記。」

律香川道：「就算不會忘記，但無論如何總會生疏些的。」

老伯面上故意作出很生氣的樣子，道：「你認爲我現在已生疏了？要不要我試給你看看？」

律香川微笑不語。

老伯道：「你知不知道現在什麼地方有最好的女人？」

律香川道：「我聽說過一個地方，但卻從來沒有去過。」

老伯眨眨眼道：「你說的這地方是快活林？」

律香川又顯得很吃驚，說道：「你也知道快活林？」

老伯笑得彷彿很神秘，悠然道：「你知不知道快活林那塊地是誰的？」

律香川道：「聽說那地方的主人姓高，別人都叫她高老大，但卻是個女人，一個女人能讓別人稱她『老大』，並不是件很容易的事。」

老伯道：「不錯，她的確是個很能幹的女人，她選了塊很好的地方，在上面蓋起了房子，做出了很大的生意，但那塊地方卻不是她的，只不過是她租來的！」

律香川道：「她爲什麼不將那塊地買下來？」

老伯道：「因爲那塊地的主人不肯，無論她出多高的價錢都不肯。」

他笑得不但神秘，而且很得意。

律香川試探著問道：「你知道那塊地的主人是誰？」

老伯道：「我當然知道，天下絕沒有比我更知道的了。」

他微笑著又道：「因爲那塊地真正的主人就是我。」

律香川也笑了，道：「她若知道這件事，也許就不會選中這塊地。」

老伯道：「她當然不知道，沒有人知道，別人都以爲像我這種人做的生意，一定是飯館、賭場、妓院，這一類的生意，絕對想不到我的財產大部份是土地。」

他冷笑著接道：「萬鵬王也一定想不到，他可以砸去我的賭場，砸我的妓院，就算他全都砸光，還是動不了我的根本。」

律香川長長吐出口氣，道：「因爲他無論如何也砸不壞你的地方？」

老伯道：「不錯，土地本是任何人都毀不了的，等到了我這種年紀，就知道世上只有土地最可靠，只有土地才是一切事的根本。」

他的想法當然很正確，但卻還是忘了一件事。

無論你有多少土地，就算天下的土地都是你的，等你死了之後，也還是和別人的一樣，也並不能比別人多佔一尺地。

也許他並不是真的沒有想到，只不過不願說出來而已，也許這就是一個垂暮老人的悲哀。

人爲什麼總是要自己欺騙自己、隱瞞自己？

是不是因爲只有用這種法子才可以讓自己活得愉快些？

老伯忽然長長嘆了一聲，道：「我一直將你當做我的兒子，孫劍死了後，你就是我唯一的兒子，我希望你不要學他，不要令我失望。」

律香川道：「他並沒有令你失望，他做的事絕沒有任何人能比他做得更好。」

老伯道：「但是他沒有兒子，他至少應該替我生個兒子。」

老伯接道：「你最好趕快去找，我希望能活著看到你的兒子！」

他目中有著種說不出的寂寞和悲哀，緩緩接著道：「你慢慢就會知道，一個人到了年老時若還沒有後代，那種寂寞絕不是任何事所能彌補的。」

律香川沉吟著說道：「但是你已有了後代，小蝶的兒子也一樣可以算是你的後代。」

老伯的悲哀突又變爲憤怒，厲聲道：「我不要那樣的後代，我就算是絕子絕孫，也不要那樣的野種！」

他緊握雙拳，接著道：「所以你一定要查出那孩子的父親，無論他是誰，都絕不能讓他活著，我的意思你明白麼？」

律香川長長嘆了口氣道：「我明白。」

律香川的確明白。

老伯痛恨那人，因爲那人不但欺負了他的女兒，也傷害了他的尊嚴。

他覺得這種事簡直是種不可忍受的侮辱。

律香川又道：「你最近有沒有他們的消息？」

「他們」當然就是小蝶和孟星魂！

老伯搖搖頭，道：「他們一定走得很遠，他們一定希望能走得愈遠愈好。」

律香川道：「他們會走到什麼地方去呢？」

老伯道：「我不知道，也不想知道。」

律香川緩緩道：「其實你應該知道的，因爲他們現在說不定已有了孩子。」

老伯的臉色突又變了，變得很奇特。律香川凝視著他，道：「假如我現在能找到他們，也許就能將那孩子帶回來！」

老伯目光凝視著遠方，喃喃道：「小蝶很小的時候，就常常吵著我帶她去看海，我一直沒有機會帶她去，現在她自己有機會了……」

他目中露出一絲奇特的光亮，緩緩接著道：「聽說在海邊生出來的孩子，總是特別強壯的……」

律香川眼睛也亮，喃喃道：「不錯，到海邊去，我若是他們，我也會到海邊去……以前我為什麼一直沒有想到呢？」

「我們到海邊去。」

「你看過海麼？」

「沒有，我只有做夢的時候看到過，也不知道看到過多少次。」

「你夢中的海是什麼樣子？」

「天是藍的，雲是白的，碧綠的海水在藍天白雲下閃著光。」

「真正的海也許比做夢中更美麗，海水比天還藍，捲起的海濤也比雲更白，陽光升起的時候，海面上就好像灑滿了碎銀，夕陽西下時，那一片片碎銀又會聚成條彩虹，你若真的看到海，就會發現世上沒有任何地方能像海變化得那麼快，那麼多采多姿。」

「那還等什麼，我們為什麼不現在就去？」

「好，我們現在就去。」

十八 決戰前夕

沙灘潔白柔細，夕陽燦爛如金。

孩子赤著腳在沙灘上奔跑，留下了一串凌亂卻美麗的足印。

小蝶也赤著腳，她的腳纖巧美麗。

現在正以最舒服的姿勢擺在沙灘上，讓夕陽將腳上的海水曬乾。

夕陽溫柔得宛如她的眼波。

孩子在海濤中歡呼跳躍，本來蒼白的皮膚已曬成古銅色。

「一年來，這孩子不但已長大了很多，而且也強壯了很多。」

小蝶溫柔的嘆了口氣，道：「在海邊長大的孩子，的確總比別人胸襟開闊。」

孟星魂也在微笑，道：「就算不比別人強壯，至少總比別人胸襟開闊。」

他蒼白的臉也已漸紅，看來無論身心都比以前健康得多。

現在若還有人問他：

「你活過了沒有？」

他一定會給那人一個很肯定的答覆。

小蝶看著他的時候，眼波更溫柔。

她緊握著他的手，柔聲道：「這一年來，我跟孩子都過得很開心，太開心，但有時我卻還是免不了有些擔心。」

孟星魂道：「擔心什麼？」

小蝶道：「擔心你後悔。」

孟星魂笑道：「後悔？我爲什麼會後悔？」

小蝶道：「你是男人，還年輕，還有很多事情可以做，這裡的日子卻實在過得太平凡，太單調。」

孟星魂柔聲笑道：「我也從來沒有像現在這樣開心過，一個人能過這種日子，還有什麼不滿足？」

他眨眨眼，忽又笑道：「也許現在我只想做一件事！」

小蝶道：「什麼事？」

孟星魂附在她耳邊，悄悄道：「生一個我們自己的孩子。」

小蝶雖然還在笑著，但笑容似已僵硬。

這才是她真正擔心的事。

他雖然也很疼愛這孩子，但他們之間卻彷彿像有種隔膜。

因爲這畢竟不是他自己的孩子，這本是誰也無法改變的事實。

世上也許只有夢境才是完全美麗的，現實中總難免有些無法彌補的缺憾和裂痕，日子過得愈久，裂隙也愈深。小蝶垂下頭，道：「有件事我本來不想告訴你，但卻又不忍再瞞你。」

孟星魂道：「什麼事？」

小蝶道：「我已不會再有孩子。」

孟星魂的笑容也突然僵硬，過了很久才問道：「誰說你不會再生孩子？」

小蝶黯然道：「替這孩子接生的穩婆，以前本是大內中的宮女，她不但懂得替女人接生，也懂得怎麼樣使一個女人不能再生孩子。」

皇宮中有很多黑暗殘酷的事，的確不是外人所能想像到的。

皇后爲了確保自己的地位，時常不惜使出各種殘酷的手段，令別的妃子不能生孩子。

孟星魂嘴唇發白，問道：「她已令你不能再生孩子？」

小蝶點點頭。

但孟星魂道：「你要她這樣做的？」

小蝶沒有回答，目中卻充滿了痛苦之色。

孟星魂忽然明白。

接生婆自然是孩子的父親找來的，他既然不願讓別人知道他和小蝶的關係，自然不願小蝶再有孩子，他已決心要毀了小蝶的一生。

「這個人究竟是誰？小蝶爲什麼一直不肯說出來？」

孟星魂本來認爲自己不會爲這件事痛苦的，因爲這本是他自己心甘情願做的事！他情願爲小蝶犧牲一切。

但現在他才知道，有些痛苦你非但無法忍受，連忘都忘不了的。

小蝶淒然道：「我知道你一定不會原諒我，爲什麼一直不肯說出他是誰？他不但害了我，也害了你，但你非但不能去找他，還要躲著他。」

孟星魂輕輕咳嗽了幾聲，道：「我……並沒有怪你！」

小蝶道：「你嘴裡雖這麼說，心裡還是一樣覺得痛苦，逃避本來就是件痛苦的事，何況你逃避的又是個這麼樣的人。」

孟星魂嘆了口氣，道：「但是我瞭解，你和他既然已有了孩子，自然難免有感情！」

小蝶淚已流下，流著淚道：「你若認爲我不肯說出他是誰，是爲了維護他，你就錯了。」

孟星魂握緊雙拳，忍不住道：「你難道不是？你就算不肯告訴我，爲什麼不肯告訴老伯？」

小蝶道：「你認爲我怕老伯殺了他？」孟星魂拒絕回答這句話。

小蝶流淚道：「你錯了，假如我能殺他，我自己早就殺了他……但我卻不能告訴你，也不能告訴老伯，因爲……因爲……」

她還是沒有說出因爲什麼，說到這裡，她已泣不成聲。

孟星魂看著她，目中的憤怒已變爲憐憫，慢慢的伸出手，輕撫著她的柔髮，柔聲道：「其實我已該知足，因爲我已有了個又聰明又強壯的孩子，無論誰看到這樣的孩子都會很喜歡的！」

他忽又笑道：「你記不記得再過五、六天就是老伯的生日？」

小蝶道：「你……你怎麼知道的？」

孟星魂笑了笑，道：「去年他的生日，我去拜過壽，今年我們若能帶著這孩子回去替他拜壽，他一定開心得要命。」

小蝶咬著嘴唇，道：「你又錯了，他不但恨我，也恨這孩子，因爲他覺得我們丟了他的人，只要有我們在，對他就是種侮辱，所以……所以他才會把我們趕出來，而且還說，只要他活著，就不許我們回家去。」

孟星魂嘆了口氣，道：「這次錯的不是我，是你。你看錯了他，他本該殺我的，但卻放過了我，你知不知道爲了什麼？」

小蝶搖搖頭。

她從沒有問過這件事，從沒有提起過老伯。

孟星魂道：「他不殺我，就是爲了你！」

小蝶道：「爲了我！」

孟星魂道：「因爲我告訴他，我一定能讓你好好活下去，所以他才讓我活下去！」

小蝶垂著頭，沉默了很久，才忍不住問道：「他爲什麼要殺你？」

孟星魂道：「因爲我本是要去殺他的！」

小蝶霍然抬頭，動容道：「我知道很多人都想殺他，可是你……你爲什麼？」

孟星魂苦笑道：「因爲有人收買了我，要我去殺他。」

小蝶道：「誰？」

「陸漫天！」

小蝶顯然更吃驚，道：「但他一直是老伯最親信的朋友！」

孟星魂道：「親信並不一定是可靠的朋友！」

小蝶道：「老伯知不知道這件事？」

孟星魂笑了笑，道：「老伯知道的事比任何人都多，所以我想，現在陸漫天就算還活著，那日子也一定不好過。」

小蝶沉默了很久，道：「依你看，老伯身邊究竟有沒有可靠的朋友？」

孟星魂道：「有，至少有一個。」

小蝶道：「誰？」

孟星魂道：「律香川！」

小蝶道：「你……見過他？」

孟星魂道：「我不但見過他，還吃了三碗他親手炒的蛋炒飯。」

他又笑了笑，接著道：「假如我留在那裡，也一定會變成他的朋友。」

小蝶忽然不說話了。

孟星魂道：「我跟他相處的時候雖然不多，卻已發覺他這人有種說不出的特別味道，讓你覺得無論什麼事都可以信任他，無論什麼事都可以交給他做。」

小蝶還是不說話。

孟星魂道：「你怎麼忽然不說話了？」

小蝶頭又垂下，道：「你要我說什麼？」

孟星魂道：「聽說律香川很小的時候就到你們家，你當然也認得他！」

小蝶道：「我認得他！」

孟星魂道：「你覺得他這人怎麼樣？」

小蝶忽然站起來，向海邊走過去。

孩子正歡呼向她奔過來，道：「娘娘，快來看，寶寶找到了個好好看的貝殼。」

小蝶迎上去，緊緊抱著了孩子。

孩子親著她的臉，忽然道：「娘娘，你怎麼哭了？」

小蝶揉了揉眼睛，道：「娘娘怎麼會哭，只不過眼睛裡吹進了一粒沙子……這裡的風好大，我們還是回家吧。」

她將孩子抱得更緊，夕陽將他們的影子長長的拖在沙灘上。

孟星魂看著他們，也不再說話。

夕陽黯淡，夜色漸臨，漸漸將孟星魂整個人都籠罩在一片陰影裡。

「有時七十個人就無異是一支精兵雄師。」

看到這七十個人，你也許就不會對老伯的話再有懷疑！

這七十個人有高有矮，有老有少，從他們的衣著上看來，身分也顯然不同。

但他們卻都有一點相似之處。

他們至少都很沉得住氣。

秋日的陽光還是很強烈，他們已在驕陽下足足站了兩個時辰，每個人都站得筆直，連指尖都沒有動過。

但他們的神色還是很安詳，絕沒有絲毫不耐煩的樣子，看來就算是要他們再站三天三夜，他們也一定還是這樣子。

老伯叫他們站著，他們就站著。老伯叫他們走，他們就走，湯裡他們去，火裡他們去。

律香川坐在窗口看著他們，忍不住道：「是不是應該叫他們去吃飯了？」

老伯搖搖頭。

律香川道：「難道你就叫他們一直這麼樣的站著？」

老伯淡淡道：「若連站都不能站，還能做什麼大事！」

律香川抬頭看了看天色，道：「看來好像馬上就要下大雨了！」

一片烏雲掩住了日色。

老伯道：「下雨最好。」

只聽霹靂一聲，大雨果然傾盆而落。

七十個人還是站在那裡，黃豆般大的雨點，頃刻間就將他們衣衫打得濕透！

但他們還是筆直的站著，動也不動。

老伯忽然道：「你爲什麼不叫他們去避雨？」

律香川遲疑著，道：「我說的話有用麼？」

老伯道：「你爲何不試試看？」

律香川探頭出去，道：「雨很大，你們不妨到飯廳去避避雨。」

一個人立刻用手蓋住頭，從隊伍前排奔出去！

但另外六十九個人還是站著不動。

這人奔出幾步，往後面看了看，臉色變了變，又慢慢的退回去。

但老伯已沉聲道：「于明，你過來。」

于明低著頭走到窗口！

老伯看著他，微笑道：「你這件衣服料子不錯，手工好像也不錯！」

于明身上穿的是一件藍緞子，衣服質料剪裁都很精緻。

老伯道：「這樣的衣服被雨淋濕實在可惜，難怪你急急要去避雨了！」

于明臉色已蒼白，囁嚅道：「我……我不是這意思。」

老伯道：「不是這意思，那麼你是怕頭被雨淋濕了？」

于明垂下頭，不敢再說話。

老伯嘆了口氣，道：「頭被雨淋濕，的確是很容易傷風著涼的，你近年來日子過得很不錯，的確應該好好地保重身體。」

他揮了揮手，道：「快回家去洗個熱水澡，喝幾杯熱酒，好好睡上一覺吧！」

于明目中露出恐懼之色，突然跪了下去，顫聲道：「我不回去，我情願爲老伯效命戰場。」

老伯微笑，道：「戰場上用不著你這樣的人，你的命太珍貴！」

他忽然出手，出手時臉上還帶著微笑。

刀光一閃，霹靂一響。

于明的頭顱已滾了下來。

老伯道：「好好的保存他這顆頭顱，小心莫要被雨淋著。」

沒有人敢說話，甚至沒有人敢呼吸。

就連律香川鼻尖上也沁出了冷汗。老伯看了他一眼，淡淡道：「這是我生存的一戰，這次我帶去的人，都絕對要服從命令，我一個人的命令，你明白麼？」

律香川面上露出敬畏之色，垂首應道：「我明白。」

現在七十人只剩六十九個！

老伯道：「前面的十九人先進來。」

桌上攤著張地圖！

飛鵬堡全圖。

老伯指點著道：「這一條是飛鵬堡的護城河，河上有吊橋，平時吊橋很少放下來，你們的任務就是佔據這條吊橋，明白麼？」

十九個人同時點頭。

老伯道：「每天正午飛鵬堡中都會有號角聲響起，那就是他們守卒換班吃飯的時候，你們一聽號角聲響，就立刻動手，絕不能早一刻，更不能遲一刻！」

十九人同聲道：「遵命！」

老伯道：「動手的日子是初七正午，所以一定要在大後天清晨趕到，先找個地方躲起來。」

他接著道：「我已替你們準備好行商客旅的衣服，路上你們最好分開來走，但首尾必須呼應，絕不可走散，更不能引起別人的注意，若有酗酒鬧事、狂嫖濫賭者，殺無赦！」

十九人同聲道：「屬下不敢。」

老伯點點頭道：「現在你們可以去準備了，吃過飯後，立刻動身。」

他揮揮手，又道：「出去時叫本屬鷹組的二十二個人進來！」

這十九人出去後，律香川才忍不住問道：「你已決定初七動手？」

老伯道：「是！」

律香川道：「但初七是你的生日。」

老伯道：「我知道。」

律香川道：「今年你雖然聲明不做生日，但我想還是會有些老朋友來拜壽的，所以我還是準備了些酒菜，還安排好兩、三百個住宿的地方。」

他笑了笑又道：「今年拜壽的人雖不會有往年那麼多，但我想兩、三百人至少該有的！」

老伯淡淡道：「你儘管安排，若有人來，你儘管好好招待他們，而且不妨告訴他們，我已到了飛鵬堡，說不定正在跟萬鵬王拚命！」

律香川道：「但爲什麼一定要選在你生日那一天呢？」

老伯道：「你想不到我會選在那天？」

律香川嘆了口氣，道：「我以為你會遲兩天的。」

老伯道：「你想不到，萬鵬王當然也想不到，所以我才選定這一天。」

他笑了笑，淡淡道：「那天我若戰死，生日和忌辰就恰巧是同一天，你們以後要祭我的時候，豈非也省了很多麻煩？」

律香川不再說話，因為這時另外二十二個人已垂手走了進來。這二十二個人的任務是搶攻正門，吊橋一放下，就立刻進攻。鷹組的人武功比較高，輕功也不弱。但只憑二十二人就去搶攻飛鵬堡的正門，還是太冒險。第三次進來了二十個人，這二十個人輕功最高，而且每個人都精通暗器，所以他們的任務是配合鷹組的攻擊，由正門兩側越牆進攻，以暗器進擊堡上的守卒。

剩下的八個人擔任老伯的貼身護衛。律香川又忍不住問道：「這一次行動為什麼要完全由正面進擊，為什麼不能留一半到後路？」

他指點著飛鵬堡的全圖，道：「飛鵬堡雖是山頂，但堡後還有片峭壁，若令人由後山爬上去，居上臨下，搶攻飛鵬堡的後部，令他們首尾不能兼顧，豈非更妥當些？」

老伯沉下臉，冷冷道：「這次行動是誰主持？是你，還是我？」律香川不敢再說話。

但他心裡卻不禁更懷疑。

這次行動計劃，不但太冒險，簡直可以說是去送死！

因為這麼做，飛鵬堡不但佔盡天時、地利，人數也比這一方多得多，而且以逸待勞，完全佔盡了優勢。

以老伯平日的作風會訂下如此愚蠢的計劃來？

莫非他暗中還另有安排，所以成竹在胸？

律香川心裡雖然懷疑，卻不敢問出來。

老伯既然不願說，誰也不能問。

律香川轉頭看窗外，喃喃道：「好大的雨……」

老伯忽然笑了笑，道：「下雨天留客天，我本來今夜就想動身，現在看來只好多留一天了。」

他也轉身去看窗外的雨，喃喃道：「現在一切都已安排好了，這麼多年來，我們真還很少像今天這麼空閒過！」

雨下得很大，風也很大。

雨點凌亂得就好像瘋子在撒水。

老伯卻在看著這些雨點，彷彿覺得很欣賞。

除了花之外，老伯很少這麼看別的東西，因爲他覺得除了花之外，世上根本就沒有值得他欣賞的東西。

假如他這麼樣在看別的東西，那就是說他根本沒有在看，而是在思索。

他在想什麼？

是不是在想應該好好利用這難得空閒的一天？

他是不是已經有了打算？

律香川遲疑著，正不知道是不是應該問他。

老伯已回過頭，微笑著道：「你知不知道我今天打算做什麼？」

他的微笑看來很動人。

只有在真正愉快的時候，老伯才會笑得這麼動人，通常他的笑只會令人覺得恐懼。

律香川眨眨眼：「你打算做什麼？」

老伯道：「你還記不記得，那天我跟你說過的話？」

律香川道：「什麼話？」

老伯道：「有關馬和女人的話。」

律香川道：「你說騎馬就像享受一樣，無論多少年不騎，都不會忘記。」

老伯道：「你卻說就算不會忘記，但無論如何總會生疏些的。」

律香川道：「所以你就想試給我看看？」

老伯微笑道：「我現在還是有這意思。」

律香川笑了。

老伯道：「你想不到？你覺得奇怪？」接著笑道：「因爲我已是個老頭子？」

律香川道：「但是你卻比大多數年輕人都強得多。」

老伯微笑道：「你應該也聽說，我在年輕的時候，每次行動前的那天晚上，至少要找三、四個女人，而且要叫她們一個個爬著出去。」

律香川道：「我聽說過。」

老伯道：「每個人緊張的時候，都有他自己使自己放鬆的法子，我的法子就是找女人，我可以保證這種法子最有效。」

律香川道：「我知道。」

老伯道：「你既然知道，那麼我們還等什麼？走吧。」

律香川道：「走？到哪裡去？」

老伯道：「當然是快活林，你難道認爲我會去找次等女人？」

律香川道：「你就算要找最好的女人，也用不著到快活林去。」

老伯道：「爲什麼？」

律香川笑得很神秘，悠然道：「因爲我已經將快活林中最好的女人找來了。」

一隻很大的籐箱被搬進來，箱子裡睡著個女人，睡得很沉。

她當然很年輕，很美。她睡著的時候也很美，長長的睫毛蓋在眼簾上，面頰上露出一雙深深的笑渦。

老伯欣賞著她，就像是在欣賞一朵花。

律香川道：「她姓高，叫鳳鳳，是高老大的乾女兒。」

老伯道：「高老大知不知道她到什麼地方來？」

律香川道：「不知道，她自己也不知道，所以我要她先睡著。」

老伯道：「很好。」

律香川道：「她今年才十六歲。」

老伯道：「十六歲對我來說未免太年輕些。」

律香川道：「你不喜歡還可以去換。」

老伯笑道：「我喜歡，我自己年輕的時候，總喜歡找年紀大的女人，因爲她們比較有經驗，但等我老了的時候，就喜歡小姑娘了，這也許因爲她們可以讓我變得年輕些。」

這也正是老頭子爲什麼喜歡找小姑娘的原因。

律香川道：「這女孩子也特別可以讓你覺得年輕，因爲她還沒有過別的男人。」

老伯道：「很好，好極了。」

律香川道：「她的父親本是個飽學的秀才，所以她也唸過很多書。」

老伯微笑道：「我要找的是女人，不是教書先生。」

律香川道：「她母親也是個很賢慧的女人，若不是遭遇到特別的變故，她也絕不會淪落到這種地步。」

老伯道：「我也不想調查她的家譜。」

律香川笑笑，道：「我只不過想告訴你，她的家世不錯，性情也不錯，將來若是有了孩子，一定是個好母親。」

老伯神情忽然變了，臉上忽然有了光采。

律香川不再說話，靜靜的看著，等著。

老伯忽然抓住他的手，道：「你認爲我還可能再有個兒子？」

律香川微笑道：「有人八十歲的時候還能生孩子！」

老伯慢慢的鬆開手，慢慢的走到窗口，目光凝視著遠方。

過了很久，他緩緩道：「你說她父親是個飽學的秀才？」

律香川道：「他們本是書香之家。」

老伯道：「現在她父親呢？」

律香川說道：「已經去世了，父母都去世。」

老伯道：「她家裡還有沒有別的人？」

律香川道：「她家裡若還有別的人，也不會讓她淪落到快活林去。」

他忽又笑了笑，道：「若不是高老大特別到關外去尋覓人材，也不會找到她。」

老伯霍然回首，道：「她也是來自關外麼？」

律香川微笑點頭，道：「她本是長白山下高家村裡的人。」

老伯臉上發出了紅光，無論誰都可以看出他已被打動了。

律香川目光閃動，道：「是不是要留下她？」

老伯大聲道：「當然留下，我走了之後，就讓她住在這裡，找幾個老媽子來侍候她。」

律香川笑道：「我早已找好了。」

老伯看著他，微笑著，拍著他的肩，道：「有時我覺得你很可愛，有時卻又覺得你有點可怕，你爲什麼總能猜到別人的心事？」

對一個又有錢、又孤獨的老人來說，世上還有什麼比生個孩子更値得高興的事呢？

鳳鳳不但美，而且嬌弱，嬌弱得就像一朵含苞待放的鮮花。

這正是最能讓老年人滿意的女孩子。

因爲老年人也只有在這種女孩子身上，才能表現自己的男子氣概。因爲他是不是真有男子氣概，她根本不懂。

她只懂得呻吟、躲開、逃避、求饒！對一個老年人說來，這雖然是種發洩、是種愉快；但也無異是場戰鬥。

這種戰鬥甚至比別的戰鬥更消耗體力。

老伯伏在她身上流著汗，盡力將自己的生命壓出來。

他希望真的能有個孩子。

她已不再閃避，只能閉著眼睛承受，她臉上的痛苦之色漸漸減少，漸漸開始有了歡愉的表情。

老伯知道她已被征服。征服別人永遠是種很奇妙的感覺。

她的手本來緊緊抓住被單，現在已放鬆，忽然將老伯緊緊擁抱。

她的身子也開始變得更緊，將老伯的身子緊緊夾住。

老伯的生命已被夾住。

這正是人類生命延續的時候，也正是一個男人感覺最偉大、最奇妙的時候。

在這時候，沒有人會想到危險；更沒有人會想到死亡。

鳳鳳的呻吟已變成呼喊——

就在這時，門忽然被撞開，撞得粉碎。

一條人影掠進來。

七點寒星，閃電般射入老伯的背脊！

十九 生死之間

石砌的牆，牆上曬著漁網。

小蝶拉著孟星魂的手，他的手已因捕魚結網而生出了老繭。

她將他的手貼在自己溫暖光滑的臉上。

繁星滿天，孩子已在屋裡熟睡，現在正是一天中最平靜恬寧的時候，也是完全屬於他們的時候。

每天到了這時候，他們都會互相依偎，聽彼此的呼吸、彼此的心跳；看星星升起、浪潮落下。

然後他們就會告訴自己：「我活過，我現在就正活著。」

因爲他們彼此都令對方的生命變得有了價值，有了意義。

今夜的星光，和前夕並沒有什麼不同，但是人呢？

小蝶用他粗糙的手輕輕摩擦著自己的臉。

孟星魂忽然發覺她的臉漸漸潮濕。

「你在哭？」

小蝶垂下頭，過了很久，才輕輕道：「今天我從廚房出來拿柴的時候，看到你在收拾衣服。」

孟星魂的臉色蒼白，終於慢慢的點了點頭，道：「我是在收拾衣服。」

小蝶道：「你……你要走？」

孟星魂的手冰冷，道：「我本來準備明天早上告訴你的。」

小蝶悽然道：「我早就知道你過不慣這種生活，你走，我並不怨你，可是我……我……」

她淚珠滴落，滴在孟星魂手上。

孟星魂道：「你以為我要離開你們，你以為我一走就不再回來？」

小蝶道：「我不敢想，什麼都不敢想。」

孟星魂道：「那麼我就告訴你，我一定會回來，無論什麼人、無論什麼事，都攔不住我。」

小蝶撲入他懷裡，流著淚道：「那麼你為什麼要走？」

孟星魂長長吐口氣，目光邈視著遠方黑暗的海洋，道：「我要去找一個人。」

孟星魂沒有回答，過了很久，才淡淡道：「你記不記得前兩天我在你面前提起過一個人？」

小蝶的身子突然僵硬。

孟星魂道：「我發現一提起這個人，你不但樣子立刻變了，連聲音都變了，而且那天晚上你一直不停的在做噩夢，像是有個人在夢中扼住了你的喉嚨。」

他嘆了口氣，黯然道：「到那時我才想到，那個欺負你、折磨你，幾乎害你一輩子的人，就是律香川！」

小蝶全身顫抖，顫聲道：「誰說是他？誰告訴你的？」

孟星魂道：「用不著別人告訴我，其實早已該想到，只有他接近你的機會最多；只有他才可以令你對他全不防備；只有他才有機會欺負你！」

小蝶身子搖晃著，似已無法支持。

孟星魂拉過張竹椅，讓她坐下來，又忍不住道：「但我還是想不通，你爲什麼不肯將這件事告訴老伯呢？你本可以要老伯對付他的。」

小蝶坐在那裡，還不停的發抖，不停的流淚，過了很久，才咬著嘴唇道：「你知不知道他和老伯的關係？」

孟星魂道：「知道一點。」

小蝶道：「老伯所有的秘密他都幾乎完全知道，老伯近年來的行動，幾乎都是他在暗中策劃的，老伯信任他，就像我信任他一樣。」

孟星魂咬著牙，道：「他的確是個令別人信任的人。」

小蝶道：「那時候我年紀還小，什麼事都不懂，將他看成自己的大哥一樣。」

她眼淚如泉水般流下，似已完全無法控制。

「他對我也很好，直到有一天我發覺，只要對我多看了兩眼的人，常常就會無緣無故失蹤。」

「我又發現這些人都已死在他手裡，所以我就問他，爲什麼要這樣做？」

「他說他這樣全是爲了我，他說那些人對我完全沒有好心。」

「我雖然還是懷疑，卻也有幾分相信。他找我陪他喝酒，我就陪他喝了，因爲我以前也陪著他喝酒。你知道，老伯並不禁止我們喝酒。」

「等我醒來時，才發現……才發現……」

說到這裡，她又已泣不成聲。

孟星魂雙拳緊握，道：「那時你爲什麼不去告訴老伯？」

小蝶道：「因爲他威脅我，假如我告發了他，他不但要殺我，而且還要背叛老伯，將老伯所有的秘密全都告訴敵人。」

孟星魂道：「所以你就怕了？」

小蝶道：「我不能不怕，因爲我知道他若背叛了老伯，那後果的確不堪設想，而且他的暗器又毒又狠，老伯常說他已可算是天下數一數二的暗器名家，他非但隨時都可以殺了我，也有很多機會可以殺死老伯。」

孟星魂嘆道：「你認爲若是替他隱瞞了這件事，他就會忠心對待老伯？」

小蝶道：「因爲他告訴我，他對我是真心的，只要我對他好，他就會一心一意的爲我們孫家做事！」

孟星魂道：「你相信了他？」

小蝶道：「那時我的確相信了，因爲那時我還沒有看清他的真面目，還以爲他是個好人，誰知他竟連畜牲都不如。」

她身子開始發抖，流著淚道：「老伯常說他喝酒最有節制，只有我才知道，他常常在半夜裡喝得爛醉如泥，而且一喝醉就會無緣無故的打我，折磨我，但那時我發覺已太遲，因爲……因爲我肚裡已有了他的孩子。」

她的聲音嘶啞，斷斷續續的說了很久，才總算將這段話說完。

說完後她就倒在椅上，似已完全崩潰。

孟星魂似乎也將崩潰。

小蝶忽又跳起來，拉住他的手，道：「你能不能不去找他？現在我們豈非過得很好？像他那種人，老天自然會懲罰他的。」

孟星魂斷然道：「不行，我一定要去找他。」

小蝶嘶聲道：「爲什麼……爲什麼？」

孟星魂道：「因爲我若不去找他，我們這一輩子都要活在他的陰影裡，永遠都好像被他扼住脖子。」

小蝶掩面而泣，道：「可是你……」

孟星魂打斷她的話，道：「爲了我們，我要去找他，爲了老伯，我也非去找他不可。」

小蝶道：「爲什麼？」

孟星魂道：「因爲你是老伯的女兒，因爲老伯也放過我一次，我不能不報答他！」

小蝶失聲道：「你認爲他會對老伯……」

孟星魂道：「我記得老伯對我說過一句話。」

小蝶道：「他說什麼？」

孟星魂道：「他說只憑陸漫天一個人，絕不敢背叛他，幕後必定還另有主使人。」

小蝶道：「你認爲主使背叛老伯的人就是律香川？」

孟星魂恨恨道：「他既然對你做出這種事，還有什麼事做不出的？」

小蝶道：「可是……可是他接近老伯的機會很多，以他的暗器功夫，時常都有機會暗算老伯，他爲什麼一直沒有下手呢？」

孟星魂沉吟著，道：「也許他一直在等機會，不敢輕舉妄動，也許他知道老伯的朋友很多，而且都對老伯很忠心，也怕別的人找他報復！」

他想了想，接著又道：「最重要的，他背叛老伯顯然是爲了老伯的地位和財產，所以他一直要等老伯將一切交給他之後才會下手，所以這些年來，他一直用盡各種方法，使得老伯對他愈來愈信任。」

小蝶的眼淚忽然停止，悲哀和痛苦忽然已變爲恐懼。

孟星魂長長嘆了口氣，道：「我只希望現在趕去還來得及。」

小蝶咬緊嘴唇，嗄聲道：「但你要小心他的暗器，他的暗器實在太可怕……」

暗器已射入老伯的背脊。

自歡樂的巔峰突然跌入死亡，那種感覺很少有人能想像得到。

就算老伯都不能。

但現在他卻已感覺到——就算感覺到也形容不出。

忽然自高樓失足、忽然自光明跌入黑暗的無底深淵……就連這些感覺都沒有老伯現在所體驗到的感覺可怕。

因爲他已看到站在他床前的赫然是律香川。

正是他最信任的人；他的朋友，他的兒子。

律香川臉上一點表情都沒有，冷冷的看著他，忽然道：「我用的是七星針。」

老伯咬緊牙，已可感覺到自己的指尖冰冷。

律香川道：「你常說我的七星針已可算是天下暗器第一，連唐家的毒砂和毒蒺藜都比不上，因爲那兩種暗器還有救，七星針卻沒有解藥。」

他淡淡一笑，慢慢的接著道：「現在我只希望你的話沒有說錯。」

老伯忽然笑了，道：「你幾時聽我說錯過一句話？」

律香川道：「你沒有，所以你現在只有死！」

老伯道：「那麼你爲何還不動手？」

律香川道：「我爲什麼要著急？現在你豈非已是死人了麼？」

老伯道：「你要看著我慢慢的死？」

律香川道：「這機會很難得，我不想錯過！」

老伯的呼吸已漸漸急促，道：「我有什麼地方虧待了你？」

律香川道：「沒有。」

老伯道：「那麼你爲何如此恨我？」

律香川道：「我不恨你，我只不過要你死，很多沒有虧待過你的人，豈非都已死在你手上？」

他又笑了笑，道：「這些事都是我向你學來的，你教得很好，我也學得比你自己更好，因爲我從未忘記你說過的話，你自己卻忘記！」

老伯道：「我忘了什麼？」

律香川道：「你常常告訴我，永遠不能信任女人，這次爲什麼忘了？」

老伯低下頭。

鳳鳳還在他身下，蘋果般的面頰已因恐懼而發青。

老伯目中露出了殺機，道：「我還說過一句話，只有死女人才是可以信任的女人。」

律香川道：「現在七星針藥力還沒有完全散發，我知道你還有力量殺她，但你最好莫動手。」

老伯道：「爲什麼？」

律香川的笑容殘酷而邪惡，淡淡道：「因爲現在她肚裡可能已有了你的兒子。」

老伯如被重擊，仰天跌下。

律香川道：「你最好就這樣的躺著，這樣藥力可以發得慢些。」

他忽然接著道：「能多活一刻總是多活一刻的好，因爲你永遠想不到什麼時候會有奇蹟出現，這也是你說過的話，是麼？」

老伯道：「我說過。」

律香川道：「只可惜這次你又錯了，這次絕不會有奇蹟出現的。」

老伯道：「絕不會？」

律香川道：「絕不會。因爲根本沒有人知道你在這裡，根本沒有人可能來救你，你自己顯然更無法救得了你自己。」

老伯忽又笑了笑，道：「莫忘記我還說過一句話，世上本沒有『絕對』的事。」

律香川道：「這次卻是例外。」

老伯道：「哦？」

律香川道：「這次你就算能逃走，也沒有七星針的解藥，何況你根本沒法子逃走。」

老伯道：「絕對沒法子？」

律香川道：「絕對。」

老伯沉默了半晌，道：「那麼你現在就不妨告訴我幾件事好了！」

律香川道：「你問吧。」

老伯道：「你是不是早已和萬鵬王有了勾結？我和他之間的爭執，根本就是你早已預先安排好了的？」

律香川道：「也可以這麼說。」

老伯道：「這樣做對你有什麼好處？」

律香川道：「因爲只有萬鵬王這樣的強敵，才可以令你心慌意亂，等你發覺朋友一個個下來的時候，就不能不更倚仗我，而將秘密慢慢告訴我，等我完全知道你的秘密之後，才能夠取代你的地位。」

老伯道：「你不怕萬鵬王再從你這裡將我的財產搶走？」

律香川道：「這點你用不著擔心，我當然早已有對付他的法子。」

他笑了笑，接著又道：「也許你不久就可以在地下看到他。那時候，你們說不定反而會變成了朋友呢！」

老伯嘆了口氣，道：「那次我要你到大方客棧去殺韓棠，你當然早已知道韓棠死了。」

律香川笑道：「我怎麼會不知道？若沒有我，屠大鵬他們怎會知道韓棠是你的死黨，怎能找得到韓棠？」

老伯道：「這樣說來，馮浩當然也早已被你收買？」

律香川道：「他的價錢並不太高！」

老伯道：「你的老婆呢？」

律香川道：「她只不過是為我替罪的一隻羔羊而已，我故意要她養鴿子，故意要馮浩將鴿子帶給你看，故意讓你懷疑她。」

老伯道：「然後你再要馮浩殺了她滅口。」

律香川道：「我早已算準你會叫馮浩去做這件事，你豈非一直都很信任他？」

老伯沉默了半晌，道：「孫劍的死，當然也是你安排的！」

律香川淡淡道：「這句話你根本就不該問。」

老伯咬咬牙，又道：「陸漫天呢？」

律香川道：「他本不必死的，只可惜他太低估了孟星魂。」

他又笑笑，接著道：「絕不要低估你的對手，這句話也是你說的，他忘了，所以不得不死！」

老伯忽然也笑了笑，道：「你好像也忘了我說的一句話。」

律香川道：「哦？」

老伯道：「我說過天下沒有『絕對』的事，你卻一定要說我絕對沒法逃走。」

律香川臉色變了變，道：「你有甚麼法子？」

老伯微笑著道：「我只希望你相信一件事，那就是我的話絕沒有說錯的！」

他的笑容忽又變得很可怕。

律香川的瞳孔忽然縮小，冷冷道：「也許我現在就該殺了你！」

老伯微笑道：「現在已太遲了！」

他的人忽然從床上落下去，忽然不見了。

鳳鳳也跟著落下去，跟著不見了。

「奪、奪、奪」一連串急響，十數點寒光打在床上。

但床上卻已沒有人。

「絕不要將你所知道的全部教給別人，因爲他學全了之後，說不定就會用來反擊你，所以你至少也該留下最後一著。」

「這一著往往會在最必要的時候救你的命！」

這當然也是老伯說過的話，但律香川並沒有忘記。

老伯說的每句話他都牢記在心，因為他深知這些話是從無數次痛苦經驗中得來的教訓。

只可惜他始終不知道老伯留下的最後一著是甚麼。

他做事不但沉著謹慎，而且思慮周密，多年前他就已有了這計劃，直到認為絕對有把握才動手，這其間他已不知將這計劃考慮過多少次，每一種可能發生的情況他都曾仔細想過。

他確信老伯在這種情況下絕無逃走的可能。

在此之前，他當然也曾到老伯這寢室來過，將這屋子裡每樣東西都詳細檢查過一遍，尤其這張床。

「在床上殺老伯。」

這本是他計劃中最主要的一部份，因為他知道只有在老伯身無寸鐵的時候下手，才有成功的機會。直到前兩天，他還將這張床徹底檢查過一次。

在關外長大的人，都習慣睡硬炕，老伯也不例外，所以這是張很硬的木板床，也是張很普通的木板床。

床上絕沒有任何機關。

他並不是沒有提防老伯會從床上逃走。

直到老伯中了暗器之後，他還是沒有鬆懈，一直都在密切注意老伯的行動。

老伯根本沒有動！

床上既沒有機關，老伯也沒有任何動作，他怎麼可能逃走呢？

律香川想不通。

他不但驚惶，而且憤怒；憤怒得全身發抖。

他憤怒的不是別人，而是自己。

他恨自己爲什麼會讓這種事發生，爲甚麼會如此愚蠢疏忽。

床上的薄被也不見了，板很厚，很結實，就跟這間屋子的門一樣。

律香川也曾將這種木料仔細研究過，而且曾經在暗中找來很多這種板門的木料，做成和這屋子相同的門，自己偷偷的練習過多次，直到他確定自己可以一舉破門而入時才罷手。

甚至在此時看來，這張床，還是很普通的一張床。

他還是找不到任何機關。

但老伯明明已逃走了。

律香川雙拳緊握，突然出手。

「砰！」床上的木板也和門一樣，被他一拳打得片片碎裂。

他終於發覺了床下的祕道。

他幾乎立刻就要跳下去。

但他雖然緊張驚怒，卻還沒有失去理智，行動之前還是很謹慎小心，沒有將情況觀察清楚之前，絕不出手。

他已疏忽了一次，絕不能再有一次。

地道下黑漆漆的，伸手不見五指。

律香川什麼都看不到，卻聽到了一種很奇怪的聲音。是流水聲。

老伯寢室的地下，竟有條秘密的河流。

律香川移過燈火，才看出這條河流很窄，窄而彎曲，卻看不出水有多深，也不知通向哪裡。

兩旁是堅固的石壁，左邊的石壁上，有個巨大的鐵環，掛著很粗的鐵鍊，石壁上長著青苔，鐵環也已生鏽，顯見老伯在建造這屋子之前，就已先掘好了這條河流。

河上既沒有船，也沒有人。

但律香川卻已知道，這下面本來一定有條船，船上一定有人。

不但有人，且終年都有人，時時刻刻都有人。

這人隨時隨刻都在守候著，等著老伯的消息。

他們之間當然有種極特別、極秘密的方法來通消息。

老伯也許永遠都沒有消息，也許永遠用不著這條秘路、這個人。但是他必須要有準備，以防萬一。

「每個人都一定要爲自己準備好一條最後的退路，你也許永遠不會走到那一步，但你必須要先有準備。」

「因爲你永遠不知道自己什麼時候才會走到那一步，那種情況就像是抽筋，隨時隨地都會來的，讓你根本沒有防阻的機會。」

律香川不由自主又想起了老伯的話。他緊咬著牙，牙齦已在流血。

廿 暗夜之會

律香川恨自己為什麼總是不能脫離老伯，他忽然覺得自己就像是一棵樹上的藤蘿，雖然長得很長，長得很快，但卻總是要依纏著這棵樹，總是要活在這棵樹的陰影中。

老伯就是這棵樹。

這張床的確沒有機關，機關在床底下。

床底下守候著的人，一得到老伯的消息，立刻發動機關。

於是，床上的木板立刻就會像門一樣向下開展，老伯立刻就會從床上落下去，直接落在下面的船上。

船立刻就划走，用最快的速度划走。

划船的人必定早已對這彎曲複雜的河路非常熟悉。何況，在水上，除了魚之外，還有什麼能比船更快的？

律香川知道現在無論誰都休想再追上那條船，他當然不會做這種愚蠢的事。

做了也沒有用的事，就是愚蠢的事。

律香川慢慢的轉過身，將手裡拿著的燈放回桌上，慢慢的走出去。

外面就是老伯私人會客的小廳。

他走出去，輕輕關上門；關緊、鎖住。

他不希望再有別人走進這屋子來。

今天在這裡發生的事，最好永遠沒有別人知道。

夜並不深，但花園裡已很靜。

律香川走出來，站在一叢菊花前，深深的吸了一口氣。

風中帶著菊花的香氣，芬芳而清新。

清新芬芳的空氣，彷彿總是有種能令人靜下來的神奇魔力。

「現在我應該怎麼做呢？」

現在律香川只希望一件事。

「七星針的毒性發作得雖慢，但卻絕無解藥，無論誰中了七星針，就只有等死。」

律香川只希望老伯這句話也像其他那些同樣正確。

小徑上傳來腳步聲，走得很快、很匆忙。

律香川回過頭就看到馮浩。

黑夜中他看不出馮浩的面色，只看出他一雙眸子裡充滿了緊張興奮之意。

律香川面上卻全無表情，淡淡道：「你已安排他們吃過飯了麼？」

馮浩點點頭。

他喉結上下滑動著，嘴裡又乾又苦，過了很久，長長吐出口氣，才能說得出話來，但聲音還是嘶啞乾澀。

他勉強笑著道：「他們吃得很香，好像早已知道那是他們最後的一頓飯。」

「他們」就是老伯最後留下來，準備做他貼身護衛的八個人。

能做老伯護衛的人，平時做事當然也極謹慎小心。

但他們卻想不到在這裡吃的酒菜中會有毒，死也想不到。

馮浩又道：「他們現在還在飯廳裡，庫房裡的棺材已只剩下五口。」

律香川道：「用不著棺材。」

馮浩道：「不用棺材怎麼埋葬？」

律香川道：「火葬。」

馮浩沉吟著，嘴角露出微笑，他終於明白了律香川的意思。

只有火葬才完全不留痕跡。

這件事最好完全沒有任何痕跡留下來。

馮浩笑道：「我這就吩咐人去通知他們的家屬，就說他們是得急病死的。」

律香川沉下臉道：「八個人同時得了急病？」

馮浩垂下頭，道：「不是急病，是被十二飛鵬幫殺死的。」

律香川這才點了點頭。

馮浩囁嚅著，又道：「但老伯在的時候，對戰死的人，他們的家屬都有撫恤，每人一千兩。」

律香川道：「現在規矩改了，每人二千兩。」

馮浩深深吸了口氣，道：「加了一倍？」

律香川道：「錢不是你的，你用不著心疼。」

馮浩垂首道：「是！」

律香川道：「你想賺得多，就得花得多，只有會花錢的人才能賺得到更多的錢，這道理你不明白？」

他忽然發現這也是老伯說過的話，馮浩忽然發現他變了，變得更有威嚴，變得更像老伯。

但馮浩知道律香川是永遠無法變成另一個老伯的。

律香川也許會比老伯更冷靜，手段也許比老伯更冷酷，但老伯還有些地方，卻是律香川永遠學不會的。

馮浩情不自禁，悄悄嘆了口氣。

律香川忽然道：「你是不是後悔，後悔不該跟著我？」

馮浩立刻陪笑道：「我怎麼會有這種意思——我只不過想到先走的那三批人，他們都是老伯的死黨。」

律香川道：「你用不著擔心他們，我已在路上安排了人照顧他們，而且一定會照顧得很好。」

馮浩遲疑著，又忍不住問道：「老伯是不是已經病了？」

律香川道：「是風濕病，病得很重。」

馮浩道：「是，我知道！」

暫時絕不能讓外人知道老伯的死訊，這也是律香川計劃中的一部份。

馮浩道：「我現在就去安排飯廳裡的屍身。」

律香川打斷了他的話，道：「你不必去。」

他臉色忽然變得很和緩，道：「這兩年來，你已爲我做了很多事，出了很多力氣，我也應該讓你歇下來，好好的享受了。」

馮浩陪笑道：「其實我以前做的那些事都輕鬆得很，並不吃力。」

律香川道：「你殺林秀的時候也輕鬆得很？」

馮浩面上的笑容忽然凝住。他忽然發現律香川看著他的時候，目光銳利如刀。

律香川臉上又露出了微笑，道：「我知道她武功並不高，你殺她當然輕鬆得很。」

馮浩垂下頭，吶吶道：「我本不敢下手的，可是你……」

律香川淡淡道：「你用不著提醒我，我記得是我自己要你殺了她滅口的！」

馮浩不敢再說話。

律香川忽又沉下臉，一字字道：「但你強姦她，也是奉了我的命令麼？」

馮浩臉色立刻變了，變得全無血色，應聲道：「我……我沒有……」

律香川冷笑道：「沒有？你以爲我不知道？」

他笑得比老伯更可怕，慢慢的接著道：「你是男人，她是個不難看的女人，你做出這種事我並不怪你，但有件事卻不該做的。」

馮浩道：「什……什麼事？」

律香川道：「你不該將她的屍身隨便一埋就算了，既然做出這種事，就不該留下痕跡，犯了這種錯誤，才真的不可原諒。」

馮浩突然躍起，想逃。但他身子剛掠起兩尺就跌下，雙手掩住了小腹，痛得在地上亂滾。

他並沒有看到律香川是怎麼出手的，甚至連暗器的光都沒有看到，他只覺小腹下一陣刺痛，就好像被毒蠍子刺了一下。

這種痛苦沒有人能忍受。他現在才知道自己犯了個致命的錯誤！

他本不該信任律香川。

一個人若連自己妻子都忍心殺死，還有什麼事他做不出的？

律香川看著他在地上翻滾掙扎，看著他慢慢的死，目光忽然變得很平靜。

「每一個人憤怒緊張時，都有他自己發洩的法子。」

能令別人看不到的暗器，才是最可怕的暗器。

能令別人看不出他真正面目的人，才是最可怕的人。

夜已深。

老伯的花園十餘里外，有個小小的酒舖。

如此深夜，酒舖當然早已打烊，但路上卻忽然有一騎快馬奔來。

馬上人騎術精絕，要馬狂奔，馬就狂奔，要馬停下，馬就停下。他指揮馬的四條腿，就好像指揮自己的腿一樣。

馬在酒舖門外停下時，人已下馬。

人下馬時，酒舖的門就開了。

從門裡照出來的燈光，照上了他的臉。

一張蒼白的臉，非常清秀，非常安詳，甚至顯得柔弱了些。

但他的一雙眼睛卻出奇的堅決而冷酷，和這張臉完全不襯，看來簡直就像是另一人的眼睛——律香川。

如此深夜，他爲什麼忽然到這種地方來？

他本該去追蹤老伯，本來還有很多事應該去做，爲什麼要連夜趕到這裡來？

開門的是個二十多歲的年輕人，短衣直綴，滿身油膩，任何人都可以從他的裝束上看出他是個小酒舖裡的小伙計。

但除了衣著裝束外，他全身上下就沒有一個地方像是個小伙計。

他舉著燈的手穩定如石，揮刀殺人時顯然也同樣穩定。

他的臉方方正正，看樣子並不是個很聰明的人，但神情間卻充滿自信，一舉一動都很沉著鎮定。

他的嘴通常都是閉著的，閉得很緊，從不說沒有必要的話，從不問沒有必要的事，也沒有人能從他嘴裡問出任何事來。

他叫夏青，也許就是律香川在這一生中最信任的人。

律香川信任他有兩點原因。

第一，因爲他是律香川在貧賤時的老朋友，他們小時候曾經一起去偷過、去搶過，也曾經一起捱過餓，天氣很冷的時候，他們睡覺時擁抱在一起，互相取暖。

可是這一點並不重要，第二點才是最重要的。

從一開始他就比不上律香川，無論做什麼都比不上律香川，兩人一起去偷東西時，被人抓住的總是他，捱揍的也總是他，等他放出來時，律香川往往已快將偷來的銀子花光了，他也從不埋怨。

因爲他崇拜律香川，他認爲律香川吃得比他好些、穿得比他好些，都是應當的，他從不想與律香川爭先。

律香川叫他在這裡開個小酒舖，他非但毫無埋怨，反而非常感激，因爲若不是律香川，他說不定已在街上要飯了。

桌上擺的酒菜當然不是平時給人們吃的那種酒菜，菜是夏青自己做的，酒也是特別爲律香川所準備的。

這小酒舖另外還用了個廚子，但夏青炒菜的手藝卻比那廚子好得多。

律香川還沒有坐下，就將桌上的一壺酒對著嘴喝了下去。

「律香川喝酒最有節制，從來沒有喝醉。」

若是別人看到他這麼喝酒，一定會覺得驚異，但夏青卻已看慣了。

他常常看到律香川在這裡喝得爛醉。

律香川總是半夜才來，快天亮時才回去。

喝下一杯酒，他才坐下來，忽然道：「今天你也來陪我喝兩杯！」

夏青道：「不好。」

律香川道：「有什麼不好？」

夏青道：「被人看到不好。」

律香川道：「這種時候，怎麼會有人看到？」

夏青道：「萬一有呢？」

律香川點點頭，目中露出滿意之色。

這就是夏青最可靠之處，他做事規規矩矩，小心翼翼，無論在什麼時候，無論在什麼情況下，都絕不會改變的。

喝下第二杯酒，律香川忽然笑了笑，道：「你還記不記得小時候我曾經答應過，我若有了很多很多錢時，一定替你娶個很漂亮的老婆？」

夏青道：「我記得。」

律香川道：「你就快有老婆了，而且隨便你要多少個都行。」

夏青道：「一個就夠了。」

律香川笑道：「你倒很知足。」

夏青道：「像我這樣的人，不能不知足。」

律香川道：「我這樣的人呢？」

夏青道：「你可以不知足。」

律香川道：「爲什麼？」

夏青道：「因爲你不知足，就會去找更多錢、更多老婆，而且一定能找到，我若不知足，也許就連一個老婆都沒有了。」

律香川笑道：「很久以前，你就認爲我以後一定會爬得很高，但你還是猜不到我現在已爬得多高，絕對猜不到。」

這時遠處忽然又有蹄聲傳來，來得很急。

律香川眼睛更亮了，道：「快去多準備副杯筷，今天還有個客人要來！」

夏青並沒有問這客人是誰，因爲律香川到這裡來喝酒的時候，客人總是那同樣的一個，根本就從沒有請過第二個客人。

那人一共也只來過兩次，每次來的時候總是用黑巾蒙著面目，連喝酒的時候都不肯將這塊黑巾摘下來。

似乎夏青連他長得什麼樣子都不知道，只知他是個男人，年紀好像已不小，說話的聲音很有威嚴，身材也很高大壯健，但行動卻非常輕捷矯健。

他騎來的馬雖然總是萬中選一的良駒，但還是已累得快倒下去，馬屁股上鞭痕纍纍，顯然是從很遠的地方連夜趕來的，而且趕得很急。

可是來了後，最多只說幾句話，只喝幾杯酒，就又要趕回去。

第二次來的時候，馬已換了一匹。

夏青總認爲上次騎來的那匹馬，一定已被他騎得累死了。

奇怪的是，這次來的人，好像不止一個。

蹄聲急驟，最少有三騎。

第一個進來的，還是以前來過的那個人，臉上還是蒙著塊黑巾，只露出一雙閃閃發亮的眼睛。

你只要看到這雙眼睛，就能看出他一定是個地位很高、時常命令別人；卻不喜歡接受別人命令的人。

一個人到了這種地位，本不必再藏頭露尾，鬼鬼祟祟的做事。

他到這裡來見律香川，當然絕不會是來聊天喝酒的。

夏青雖不願管別人的閒事，但他已想到他和律香川之間，必定在進行著某種極秘密的陰謀。

所以每次只要這人一來，夏青就會立刻躲到後面自己的小屋去。

這次也不例外，他一向很明白自己的地位，一向很知趣。

他走出去的時候，又看到兩個人走進來，臉上也蒙著黑巾，行動也很矯健，每人手裡都提著兩隻很大的包袱。

包袱裡是什麼？

夏青雖然也有點好奇，但還是走了出去，隨手將門也關了起來。

「你知道的事愈多，麻煩也愈多。」

這是律香川說的話，律香川說過的每句話，夏青都牢記在心，就好像律香川永遠記得老伯說的話一樣。

包袱放在地上，並沒有發出很響的聲音。

提包袱進來的人，也已退了出去。

房裡只剩下兩個人，兩個人都是站著的，都沒有開口，但眼睛裡卻都有種奇特的表情，揉合了緊張期待和興奮。

過了很久，蒙面人才輕輕咳嗽了兩聲，慢慢的問道：「你那邊怎麼樣？」

這句話他問得很吃力，彷彿生怕對方的答覆會令自己失望。

律香川道：「很好。」

蒙面人目中的緊張之色消失，卻還是有點不放心，所以又追問了一句：

「有多好？」

律香川道：「你說有多好，就有多好。」

蒙面人這才鬆了口氣，道：「想不到那麼難對付的人也有今天。」

律香川淡淡道：「我早就想到了。」

蒙面人點點頭，笑道：「你的計劃的確無懈可擊。」

律香川道：「你那邊呢？」

蒙面人沒有回答，卻將地上的四個包袱全都解開。

包袱裡沒有別的，全是衣服；每件衣服上多多少少都染著些血漬。

律香川認得這些衣服，這些衣服本是他親手爲老伯派出去的那些人準備的。

他目中的緊張之色也消失，卻也還是不大放心，所以又追問道：「有多少套衣服？」

蒙面人道：「六十一套。」

六十一個人，六十一套衣服，這表示老伯精選的七十個人已沒有一個留下來了。

律香川也鬆了口氣，道：「這些人也並不是好對付的。」

蒙面人嘆了口氣道：「的確不好對付。」

律香川道：「你花的代價想必不小？」

蒙面人道：「一萬兩銀子，六十一條命。」

律香川笑了笑道：「銀子可以賺得回來，命是別人的，這代價並不能算太大。」

蒙面人也笑了笑，道：「不錯，再大的代價都値得。」

律香川道：「他們還有沒有什麼留下來的？」

蒙面人道：「沒有，人已燒成灰，灰已灑入河裡，這六十一個人從此已從世上消失。」

律香川道：「就好像根本沒有生下來過一樣！」

蒙面人道：「完全一樣。」

律香川笑道：「我果然沒有交錯朋友。」

蒙面人也笑道：「彼此彼此。」

律香川道：「請坐。」

蒙面人坐下來，忽又笑道：「普天之下，只怕誰也不會想到我們兩個人會是朋友。」

律香川道：「連萬鵬王都想不到。」

蒙面人道：「連老伯都想不到。」

兩人同時大笑，同時舉杯，道：「請。」

蒙面人道：「老伯已死，此間已是你的天下，我在這裡還用得著怕別人麼？」

律香川道：「用不著！」

蒙面人大笑，突然摘下了蒙面的黑巾，露出了他的真面目——屠大鵬！

律香川笑道：「老伯此刻若在這裡，看到你真面目，一定會大吃一驚，他至死都以爲我勾結的是萬鵬王。」

屠大鵬道：「就憑這一點，已值得你我開懷暢飲。」

律香川道：「卻不知什麼時候，你才能請我到飛鵬堡去痛飲一場？」

屠大鵬微笑道：「快了，快了……」

律香川道：「這一年來，萬鵬王想必對你信任有加。」

屠大鵬笑道：「那也多虧了你。」他說的並不是客氣話。

律香川將老伯這邊的機密洩露給他，所以只要他一出手，就一定馬到成功。

孫劍、韓棠，是老伯手下最可怕的兩個人，就全都是死在他手上。

十二飛鵬幫能夠將老伯打擊得全無回手之力，幾乎完全是他一人之力，在這種情況下，萬鵬王又怎麼不對他另眼看待，信任有加？萬鵬王做夢也想不到，他這樣做的真正用意！

「他愈信任你，你殺死他的機會愈大。」

律香川利用屠大鵬來打擊老伯，是爲了讓老伯更信任他，他才有機會殺老伯。

屠大鵬利用律香川來打擊老伯，卻是爲了要讓萬鵬王更信任他，他才有機會殺萬鵬王。

兩人的情況雖不同，但目的卻是一樣的，結果當然也一樣。

律香川的計劃非但無懈可擊，而且簡直巧妙得令人無法思議。

他故意激怒萬鵬王，讓萬鵬王向老伯挑戰。這一戰還未開始，勝負就早已注定。

勝的既不是老伯，也不是萬鵬王，而是律香川。

律香川微笑道：「只可惜萬鵬王永遠也不會知道他在這場戲裡扮演的是什麼角色。」

屠大鵬笑道：「我在他臨死前也許會告訴他，他自以爲是不可一世的英雄，其實卻只不過是個傀儡。」

律香川道：「你準備什麼時候動手？」

屠大鵬道：「現在老伯已死，傀儡也無用了，我隨時都可以動手，也許就在明天。」

律香川道：「明天不行，最少要等到初八。」

屠大鵬道：「爲什麼？」

律香川道：「因爲初七是老伯的生日，也是他準備進攻飛鵬堡的日子。」

屠大鵬道：「我知道。」

律香川道：「你知不知道他準備用多少人進攻飛鵬堡？」

屠大鵬道：「連他自己好像也只有七十個人。」

律香川道：「你不覺得奇怪？」

屠大鵬道：「我只覺得他未免對萬鵬王估計得太低了。」

律香川道：「老伯最大的長處，就是從不低估他的對手。」

屠大鵬道：「那麼他就是將自己估計得太高。」他笑了笑，接著道：「憑七十個人就想進攻飛鵬堡，簡直是去送死。」

廿一 借刀殺人

律香川道：「老伯雖不重視人命，但也絕不會讓自己的屬下白白去送死。」

屠大鵬道：「難道你認爲他很有把握？」

律香川道：「老伯絕不會做沒有把握的事。」

屠大鵬道：「那麼依你看——」

律香川道：「依我看，除了這七十個人之外，他必定還在暗中另外安排了一批人，這批人才是他真正攻擊的主力。」

屠大鵬道：「這七十個人呢？」

律香川道：「這七十個人的確是老伯準備拿去犧牲的，但卻不是白白的犧牲，他要這些人自正面搶攻，爲的不過是轉移萬鵬王的注意力，他才好率領另外那批人自後山進攻，讓萬鵬王背腹受敵。」

屠大鵬道：「你認爲他用的是聲東擊西之計？」

律香川道：「那本是老伯的拿手好戲。」

屠大鵬沉吟著，道：「也許他只不過是情急拚命，所以孤注一擲？」

律香川道：「絕沒有人比我更瞭解老伯，我的看法絕不會錯，何況他並沒有到拚命的時候，他留下的賭本比你我想像中都多得多。」

屠大鵬道：「但是你也並不知道他準備的另外一批人在哪裡？」

律香川道：「就因為我不知道，所以才要等到初八。」

屠大鵬道：「我還是不太懂。」

律香川道：「老伯當然早和那批人約好了在初七正午時出手！」

屠大鵬道：「當然。」

律香川道：「但老伯的死訊除了你我之外，並沒有別的人知道，那批人當然也不知道。」

屠大鵬道：「不錯。」

律香川道：「他們既然不知道這裡發生的變化，到了初七那一天的正午，就一定會依約出手。」

屠大鵬眼睛漸漸亮了，道：「不錯。」

律香川道：「但那時已沒人接應他們，他們若自後山躍入飛鵬堡，豈非自己往油鍋裡跳？」

屠大鵬展顏笑道：「也許往油鍋裡跳還舒服些，至少能死得快些。」

律香川道：「這批人顯然已是老伯最後的一股力量，這批人一死，老伯的力量才真正全部瓦解。」

屠大鵬笑道：「這批人一死，你就更可以穩坐釣魚台，高枕無憂了。」

律香川笑了笑，道：「這對你，也並沒有壞處。」

屠大鵬道：「我喜歡聽對我有好處的事。」

律香川道：「這批人既然是老伯攻擊的主力，自然不會是弱者。」

屠大鵬嘆了口氣，道：「他準備拿去送死的人，已經不是弱者了。」

律香川道：「所以萬鵬王就算能將他們全部消滅，自己想必也難免元氣大傷。」

屠大鵬道：「傷得一定不輕。」

律香川悠悠道：「現在在飛鵬堡裡守衛的，大多是萬鵬王的死黨，他們的元氣傷得愈重，你下手豈非也愈容易？」

屠大鵬撫掌笑道：「我現在才發現你最大的長處，就是無論做什麼都從不只替自己著想，你若有肉吃，我一定也有。」

律香川微笑道：「一個人若只顧著自己吃肉，往往連骨頭都啃不到。」

屠大鵬道：「今天是初五，距離初八也只有三天了。」

律香川道：「三天並不長。」

屠大鵬笑道：「我連三年都等過去了，爲什麼不能再等三天？」

雲淡星稀，夜已將盡。

律香川坐在馬上，望著前面筆直的道路。

路很長，但他畢竟已快到目的地！

前面的土地寬廣遼闊，甚至在這裡已可聞到花的香氣。

一個人獨自走過這麼長的一條路，並不容易。

律香川嘆了口氣：「一個人在得意的時候，爲什麼也總是會嘆氣呢？」

他忽然看到一輛馬車從路旁的樹林中衝出來，攔在路中間。

車窗裡伸出了一隻手。

一隻非常美的手，手指纖長。

律香川勒住了馬，靜靜的看著這隻手，臉上一點表情也沒有。

他認得這隻手。

這隻手若是伸了出來，就很少會空著收回。

「拿來！」

這兩個字通常都不大好聽，很少有人願意聽到別人對自己說這兩個字，但這聲音實在太柔，甚至在說這兩個字的時候都很悅耳。

律香川道：「你要什麼？」

車廂中人道：「你知道我要的是什麼。」

律香川道：「你不該到這裡來要的。」

車廂中人道：「我本來一直在等你的消息，你沒有消息。」

律香川道：「所以你就該再等下去。」

車廂中人說道：「但沒有消息，往往就是好消息。」

律香川笑了，突然下馬，拉開車門走上去。

車廂中斜倚著一個人，明亮的眼睛，纖細的腰肢，誰也看不出她的年紀，在這種朦朧的光線中，她依然美得可以令人停止呼吸。

高老大。

一年不見，她居然反而像是年輕了些。

律香川看著她發亮的眼睛，微笑道：「你又喝了酒？」

高老大道：「你認爲我喝了酒才敢來？」

律香川道：「酒可以壯人的膽。」

高老大道：「不喝酒我也會來，無論誰只要答應過我的，就一定要給我。」

律香川道：「我答應過什麼？」

高老大道：「你答應過我，只要老伯一死，就將快活林的地契給我。」

律香川道：「你那麼想要這張地契？」

高老大道：「當然，否則我怎麼肯用一棵活的搖錢樹來換？」

律香川道：「你說得很坦白。」

高老大道：「一向坦白。」

律香川道：「但你跟別人說話時，好像並不是這樣子。」

高老大道：「什麼樣子？」

律香川道：「別人都說你很會笑，笑得很甜。」

高老大道：「我談生意的時候從來不笑。」

律香川道：「你跟我只有生意可談？爲什麼不能談談別的？」

高老大道：「因爲你本就是個生意人。」

律香川道：「生意人也有很多種。」

高老大道：「你就是只能談生意的那一種。」

律香川道：「莫忘了地契還在我手裡。」

高老大道：「我不怕你不給我。」

律香川道：「你有把握？」

高老大道：「若沒有把握，我就不會來了。」

律香川道：「你不知道這裡是誰的地方？」

高老大道：「本來是老伯的，現在是你的。」

律香川道：「你不怕我殺了你？」

高老大道：「你爲何不試試看？」

她一直斜倚在那裡，連姿態都沒有改變過。

律香川瞪著她，她也瞪著律香川。

兩個人的臉上連一點表情都沒有。

馬車卻已在往前走，往老伯的花園裡走。

律香川道：「你要跟我回去？」

高老大道：「我已跟定了你，不拿到那張地契，你走到哪裡，我就跟到哪裡。」

律香川忽然笑了笑，道：「看來你真的一點也不怕我。」

高老大道：「我若怕你，一開始就不會跟你談這生意。」

律香川道：「這生意並沒有吃虧。」

高老大道：「但也沒有佔便宜，佔便宜的是你。」她冷冷的接著道：「我犧牲了孟星魂，犧牲了鳳鳳，只不過換來一張地契，你呢？」

律香川忽然大笑。

高老大忍不住問道：「你笑什麼？」

律香川道：「你等等就知道我笑的是什麼。」

馬車已駛入花園，停下。

律香川開車門走出去，道：「跟我來，我帶你去看樣東西。」

他穿過菊花叢中的小徑，走向老伯的屋子。

高老大跟著他。

門上的鎖在曙色中閃著光，律香川開了鎖，穿過小廳，走入老伯的臥房，那張碎裂的大板床還是老樣子，桌上的燈卻已熄了。

用不著燈光，甚至用不著回頭去看，他也可以想像出高老大面上的表情。

過了很久，高老大才長長吸了口氣，道：「這是什麼意思？」

律香川道：「這意思就是老伯並沒有死。」

高老大道：「他……已經往地下道逃走了？」

律香川點點頭。

高老大道：「你沒有追？」

律香川搖搖頭。

高老大道：「爲什麼不追？」

律香川淡淡道：「因爲我知道追不到。」

高老大臉色變了。

現在她才明白律香川剛才爲什麼笑，老伯沒有死，她就沒有地契。

她犧牲了孟星魂，犧牲了鳳鳳，卻連一張白紙都得不到。

律香川慢慢的回過頭，凝視著她，忽然道：「老伯雖然走了，地契卻沒有走，你還有希望，只要你用一樣東西來換，還是可以將地契帶走。」

高老大道：「你要我用什麼換？」

律香川道：「你。」

高老大深深吸了口氣：「你認爲我值得？」

律香川笑了笑，道：「你說過我是生意人，真正的生意人；真正的生意人從不做蝕本生意。」

他眼睛在高老大身上移動，最後停留在她胸膛上。

高老大忽然笑了。

律香川道：「你笑什麼？」

高老大道：「笑你……你知不知道有人用兩斤豬肉就買到過我？」

律香川道：「那沒關係，女人的價錢本來就隨時可以改變的！」

高老大媚笑道：「不錯，無論誰若肯將地契給我，我都立刻就會陪他上床，可是你……」

她忽然沉下臉，冷冷接道：「只有你不行，你就算將這裡所有的一切都給我也不行！」

律香川道：「爲什麼？」

高老大道：「因爲你讓我覺得噁心。」

律香川臉色忽然變了。

很少有人看到他臉上變色，也很少有人令他臉上變色。

高老大看著他，冷冷道：「我可以跟噁心的人談生意，卻絕不肯跟噁心的人睡覺。」

律香川忽然衝過去，一把撕開了她的衣襟。

他好像忽然變了個人。

平日那冷靜沉著的律香川已不見了，怒火使他的酒意上湧，他好像忽然變成了隻野獸。

也許他本來就是野獸！

高老大還是沒有動，還是冷冷的看著他，在曦微的晨光中，她的雪白胸膛，看來更覺柔軟豐滿。

律香川眼睛裡已佈滿紅絲，忽然揮拳打在她柔軟的胸膛和小腹上。

她倒下。

他還是不停的打，就好像在打孫蝶時一樣，漸漸已分不清楚打的究竟是孫蝶？還是高老大？

他打得瘋狂，但卻打得不重。

高老大居然沒有閃避。

開始時她咬緊牙，咬得很緊，然後汗珠漸漸流下，鼻翅漸漸翕張……忽然發出了一聲奇異的呻吟。

她非但不閃避，並且扭動著身子去迎合。

她的身子像變成了一條蛇。

會纏人的蛇。

高老大慢慢的站起來，看著律香川。

她已又冷靜如石像，看著律香川的時候，眼睛裡還充滿了輕蔑不屑之意，冷冷道：「你完了麼？」

律香川在微笑。

高老大道：「你是不是覺得很得意？可是我，我只覺得噁心，噁心得要命。」

她慢慢的轉過身：「現在我要走了，你只有想著我，想著這一次的快樂，但以後我永遠也不會來了，我就是要你想，想得要死。」

律香川道：「你還會來的，很快就會再來。」

高老大冷笑道：「你以爲我喜歡你？」

律香川微笑道：「不錯，因爲你知道我會揍你，只有我會揍你，你喜歡被人揍。」

他淡淡的接著道：「這些年來，你想必已很難找到一個揍你的人，因爲別人將你看得太高、太尊貴，卻不知你只有挨揍才會覺得滿足。」

高老大的手忽然握緊，指甲已刺入肉裡。

律香川道：「你一定還在想著那賣肉的，他一定揍得你很兇，讓你永遠都忘不了！」

高老大的身子開始顫抖。

律香川道：「你殺了他，並不是因爲恨他，而是因爲恨自己，恨自己爲什麼總是忘不了一個賣肉的！爲什麼一想到那次的事就會興奮。」

他微笑著，接著道：「但你以後可以放心了，因爲我喜歡揍人，無論你什麼時候來，我都會狠狠的揍你一頓，我現在才知道，你以前那麼樣對我，爲的就是想要我揍你。」

高老大突然轉過身，揮手向他臉上摑了過去。

律香川捉住她的手，用力將她的手臂向後扭，道：「你是不是還想要我揍你？」

高老大手已被扭到背後，面上露出了痛苦之色，但一雙冰冷的眸子卻已變爲興奮熾烈，像是有一股火在身子裡燃燒。

律香川笑道：「也許我們才是天生一對，你喜歡挨揍，我喜歡揍人。」

他忽然用力推開她，淡淡道：「但今天我已夠了，你還想捱揍，也只好等到下一次。」

高老大的身子撞在牆上，瞪著他，咬著牙道：「你這畜牲總有一天我要殺了你。」

律香川悠然道：「我知道你恨我，因爲我太瞭解你是哪種人，但你絕不會殺我的，因爲也只有我才知道你真正要的是什麼。」

他揮了揮手，道：「現在你可以走了。」

高老大沒有走，反而坐了下來。

女人就像是核桃，每個女人外面都有層硬殼，你若能一下將她的硬殼擊碎，她就絕不會走了，趕也趕不走的。

律香川道：「你爲什麼還不走？」

高老大忽然也笑了，道：「因爲我知道你根本不想要我走。」

律香川道：「哦！」

高老大道：「因爲也只有我才知道你要的是什麼，你要的我都有。」

律香川冷冷看著她道：「你還知道些什麼？」

高老大道：「就算老伯已死了，你也爬不到你想爬到的地方，因爲前面還有人擋著你的路。」

律香川道：「還有誰？」

高老大道：「孫蝶、孟星魂……」她媚笑接著道：「當然不止他們兩個……還有誰……也許是屠大鵬，也許是羅金鵬，但絕不會是萬鵬王！」

律香川的瞳孔忽然收縮，冷冷道：「說下去。」

高老大道：「你當然絕不會爲了萬鵬王出賣老伯，因爲這樣做你根本沒有好處，好處是萬鵬王的，你當然不會做這麼愚蠢的事，所以，你勾結的人不是屠大鵬，就是羅金鵬。」

律香川道：「爲什麼？」

高老大道：「因為只有他們兩人才能在老伯死後替你除去萬鵬王，你若沒有殺死萬鵬王的把握，就不會殺老伯。」她笑了笑，又道：「屠大鵬的可能當然比羅金鵬大得多，因萬鵬王死後只有他的好處最大，也只有他才能殺得了萬鵬王。」

律香川道：「說下去。」

高老大：「但等到萬鵬王一死，他就不會再是你的朋友了，那時他就會變成你的對頭，你當然不會讓他在前面擋住你的路，所以……」

律香川道：「所以怎麼樣？」

高老大道：「所以你一定要找個人殺他。」

律香川冷冷道：「我為什麼不能自己下手？我若沒有殺他的把握，怎麼會讓他代替萬鵬王？」

高老大笑道：「現在你當然有把握，但等到那時就不同了，因為他並不是呆子，到那時一定會對你加倍提防。」

律香川忽又笑了。

他被人說中心事時，總是會笑。

他知道只有用笑來掩飾心裡的不安，才是最好的法子。

高老大悠然道：「你若要找人殺他，絕不會找到比我更好的人了。」

律香川道：「哦！」

高老大道：「因為無論誰爬到他那種地位後，都一定很快就會想到酒和女人，他若想找最好的女人，就不能不來找我。」

律香川的眼睛漸漸發亮，微笑道：「你的確是這方面的權威。」

高老大道：「除了屠大鵬，你最想殺的人當然就是孟星魂。」她凝視著律香川，緩緩道，「但你卻不一定有把握能殺他！」

律香川沉吟著，淡淡道：「你怎麼知道我沒有把握？」

高老大道：「他是我從小養大的，我當然比任何人都瞭解，除非他自己想死，否則任何人想殺他都不容易。」

律香川道：「我知道他很快！」

高老大道：「不但快，而且準，也許還不夠狠，但卻已夠狡猾。」

律香川道：「狡猾？」

高老大道：「狡猾的意思就是他已懂得在什麼時候應該躲起來，躲在什麼地方，因爲他已學會忍耐，不等到有把握時絕不出手。」她笑了笑又道：「他躲起來時，天下也許只有一個人能找到他！」

律香川道：「那個人就是你？」

高老大道：「不錯，就是我。」

律香川目光閃動，道：「你肯殺他？」

高老大淡淡笑道：「我總不能在他身上蓋房子吧！」

律香川凝視著她，過了很久，才微笑道：「看來你的確很瞭解我。」

高老大笑得甜而嫵媚，道：「這也許只因為我們本是同一類的人。」

律香川的表情突然變得很嚴肅，緩緩道：「所以我剛才說的不錯，只有我們才是天生的一對。」

這本是句很庸俗的話，不但庸俗，而且已接近肉麻。

但這句話從律香川的嘴裡說出來，卻像是忽然變得有種特別不同的意思；特別不同的份量。

無論誰聽到他說出這話，都不能不慎重考慮。

高老大顯然正在考慮。

她目中帶著深思的表情，凝視著他，彷彿想看出他心裡真正的意思來。

律香川心裡究竟在想什麼，沒有人能看得出。

高老大忽又笑了，道：「也許我們的確本是天生一對，但你卻絕不會娶我，我也絕不可能嫁給你！」

律香川道：「的確不可能。」

高老大道：「所以你說這句話根本沒有用。」

律香川道：「有用！」

高老大道：「有什麼用？」

律香川道：「那就要看了。」

高老大道：「看什麼？」

律香川道：「看你能爲我做什麼！肯爲我做什麼！」

高老大微笑道：「一個人要別人爲他做事的時候，最好先問問自己能爲對方做什麼。」

律香川道：「你知道我能爲你做的事很多。」

高老大道：「那麼第二個問題就來了……你肯不肯做？」

律香川淡淡道：「有時肯，有時也許不肯。」

高老大道：「什麼時候肯？」

律香川道：「在你替我做了一件很有用的事之後。」

高老大嘆道：「你難道從沒做過吃虧的事？」

律香川道：「從來沒有！」

高老大輕輕嘆息了一聲，道：「好吧，你要我做什麼？你說。」

律香川道：「目前我只想要你做一件事。」

高老大眼波流動，道：「你是不是想要我替你找出老伯的下落？」

律香川道：「不錯，只要你能找到他，剩下的事都由我來做。」

高老大微笑著，道：「我很願意替你去做這件事，我自己也很想找到他，看看他。」

她笑得很特別。

律香川彷彿覺得有點意外，道：「你想看看老伯？」

高老大道：「是的！」

她輕撫著已散亂了的頭髮，緩緩道：「我想看看一個像他這樣，一直都高高在上、掌握著別人生死命運的人，忽然被人逼得要逃亡流離；連自己都無法信賴自己的時候，會變成什麼樣子。」

律香川沉默了很久，才緩緩道：「我想他也會跟別人一樣，變得很悲哀，很恐懼，無論對什麼事都不會再像以前那麼樣有決斷、有信心。」

高老大道：「是不是無論誰到了這種地步時，都會變成這樣子？」

律香川道：「是！」

他目中彷彿也流露出某種恐懼，彷彿生怕自己也有一天會遭遇到同樣的命運。

高老大目中卻帶著笑意，道：「你的意思是說：他已絕不會像以前那麼可怕？」

律香川點點頭，道：「所以你去找他的時候，用不著太擔心。」

高老大道：「我根本不擔心，因爲我根本用不著去找他。」

律香川道：「用不著去找他？爲什麼？」

高老大悠然道：「因爲我知道有個人會替我們去找到他。」

律香川道：「誰？」

高老大道：「孟星魂。假如世上只有一個人能找到老伯，這人就是孟星魂！」

律香川面上並沒有什麼表情，就好像聽到的只不過是個陌生人的名字。

他最憤怒、最恨的時候，臉上反而不會有絲毫表情。

高老大目中的笑意更明顯，道：「孟星魂，你當然知道這個人的！」

律香川點頭道：「但我卻不知道他在哪裡！」

高老大道：「我知道，因我已經看到了他。」

律香川的瞳孔開始收縮道：「他在哪裡？」

高老大道：「就在附近。」

律香川道：「附近？……」

他忽然笑了笑，道：「你知不知道現在誰是這附近幾百里地的主人？」

高老大道：「你。」

律香川道：「所以他若真的到了這附近來，第一個知道的人就應該是我。」

高老大微笑道：「你應該知道，但卻沒有知道，因爲你對他沒有我熟悉。」

律香川道：「但你對這地方卻沒有我熟悉。」

高老大道：「地方是死的，人卻是活的。」

她悠然接著道：「只有我才知道他，到了一個地方他會躲在哪裡，會用什麼法子來躲開別人的注意。」

律香川終於點點頭，道：「你對他瞭解得的確很多。」

高老大道：「天下絕沒有人能比我對他瞭解得更多的，就好像天下絕沒有人比你更瞭解老伯一樣。」

律香川沉吟著道：「你什麼時候看到他的？」

高老大道：「就在看到你之前。」

律香川道：「他也看到了你？」

高老大道：「還沒有。」

律香川道：「你想用什麼法子來要他替我們去找老伯？」

高老大道：「我什麼法子都不必用，因爲他本就要來找老伯、找你。」

她笑了笑又道：「就算最能保密的女人，只要曾經跟一個男人共同生活了一年之後，也會變得沒有秘密可言了。」

律香川好像沒有聽到她在說什麼，緩緩道：「他既然要來，爲什麼到現在還沒有來？」

高老大道：「因爲他不喜歡在晚上做事。」

律香川道：「哦！」

高老大道：「有很多人都認爲，你要想找別人的麻煩，就一定要等到晚上再下手。」

律香川道：「你認爲他們的想法不對？」

高老大道：「這種想法不但錯，而且簡直錯得要命。因爲像我們這種人，到了晚上反而會戒備得更嚴密，你認爲是最好的機會時，那裡往往就有個最可怕的陷阱在等著你。」

律香川道：「但孟星魂卻不會往陷阱裡跳。」

高老大道：「他絕不會。」

她笑了笑，又道：「他年紀雖輕，但七、八歲的狐狸就已是條老狐狸！」

律香川居然也笑了，道：「不錯，一歲的狐狸就已比十歲的牛狡猾得多。」

笑容很快就消失，律香川又道：「卻不知他喜歡在什麼時候下手呢？」

高老大道：「明日，吃過午飯之後。」

律香川沉思著，緩緩道：「不錯，這段時間大多數人都會變得鬆弛些、馬虎些，因爲誰也想不到居然有人會專門挑這種時候出手。」

高老大道：「而且吃過午飯後打瞌睡，往往反而比晚上睡得更甜。」

律香川目光遙視著遠方，緩緩道：「你想他是不是今天就會來？」

高老大道：「很可能……你若能讓他知道老伯的事，他就非來不可了。」

律香川看著她，微笑道：「你當然有法子能讓他知道的，是不是？」

高老大也在微笑。

你若能看到他們的微笑，你一定會覺得他們是天下最親切可愛的人！

幸好你看不到他們的微笑，所以你還能活著，活得很愉快。

但有件事你還是千萬不能忘記。

除了律香川和高老大外，世上還有很多人的微笑中都藏著刀的。

一種殺人不見血的刀！

廿二　蛛絲馬跡

孟星魂睡得很舒服。

他要就不睡，要睡就一定睡得很舒服。

無論在什麼時候、什麼地方，他一向都能睡得很舒服，何況，他剛吃了一頓很豐富的早點，而且還睡在一張不太硬的床上。

可是現在他真能睡得著麼？

家裡還有油，還有米，臨走的時候，小蝶幾乎將所有的銀子都塞入他的行囊，但他又偷偷的拿出一半，放在小蝶簡陋的妝匣裡。

那數目並不多，卻已足夠讓小蝶和寶寶生活一段日子。

這一年來，他們的生活本就很簡樸。

他忽然想到第一次見到小蝶的時候。

小蝶正從一間燈火輝煌的酒樓裡走出來，一群年輕而又快樂的少年男女，宛如群星拱月般的圍繞著她。

她穿著件鮮紅的斗篷，坐上了輛嶄新的馬車。

那時見過她的人，絕對想不到她會變成現在這樣子。現在她已是個標準的漁家婦，一雙春蔥般的玉手已日漸粗糙。

她的確爲他犧牲了很多。

孟星魂總希望有一天能補償她所有犧牲的一切。

他能麼？

臨走的前夕，小蝶一直躺在他懷裡，緊緊的擁抱著他。

這一夜他們誰也沒有闔眼。

他們彷彿已不再能忍受孤獨寂寞。

「你一定要回來。」

「一定！」

若沒有他，小蝶怎麼能活得下去？那艱苦漫長的人生，她一個人怎能應付得了？

所以他發誓，無論如何一定要回去，他不能拋下她，他也不忍。

可是他真的能回得去麼？

陽光從窗外照進來，照在屋角，明亮的陽光透過昏黃的窗紙後，看來已溫柔得像是月光一樣。

孟星魂還是睡得很舒服，但一滴晶瑩的淚珠卻已自眼角慢慢的流了下來，滴在枕上。

外面的小院很靜，因爲留宿在這家客棧裡的人，大多數是急著趕路的旅客，往往在天還沒有亮的時候，就已上路。

那段時候才是這客棧裡最亂的時候，各式各樣的人都在搶著要茶要水，搶著將自己的騾馬先套上車。

孟星魂就是在那段最亂的時候來的。

他確信那種時候絕對沒有人會注意到他。

「別人不去的地方，他去，別人要走的時候，他來。」

就算律香川派了人在這家小客棧外調查來往旅客的行蹤，但在那段時間也會溜出去吃頓早點的！

因爲誰也想不到有人會在這時候來投宿。

昨天晚上呢？

也許更沒有人會想到孟星魂昨天晚上在哪裡。

他就躺在人家的屋頂上，躺了一夜，希望能看到流星。

他還是和以前一樣，對流星充滿了神秘的幻想，那種幻想也許本就是他與生俱來的，早已在血液裡生了根。

人，本就很難真正完全改變。

也許只有女人能改變。

她們爲愛情所作的犧牲，絕不是男人所能想像得到的。

淚已乾了，孟星魂慢慢的轉了個身，他身子還沒有翻過去，突然停頓。

對面的窗子霍然被推開。

只有一個人敢這麼樣推開孟星魂的窗子，絕沒有別人！孟星魂身子已僵硬。

他絕不是懦夫，絕不怕見到任何人，只有這個人是例外。

因爲他一直對這人歉疚在心。

但這人既已來了，他想不見也不行。

「我能不能進來？」

「請進。」

高老大的聲音還是那麼溫柔，笑得還是那麼親切。

她看著孟星魂的時候，目光中還是充滿了情感和關切。

屋子裡只有一張凳，高老大已坐了下來。

孟星魂坐在她對面的床沿，兩個人互相凝視著，一時間彷彿都不知該說什麼。

過了很久很久，高老大才笑了笑，道：「我看來怎麼樣？」

孟星魂也笑了笑，道：「你還是老樣子，好像永遠都不會變的。」

高老大嫣然道：「你沒有看清楚，其實我已經老了很多。」

她沒有說謊。

孟星魂已發現她笑起來的時候，眼角的皺紋已多些，那雙美麗的眼睛看來也不像以前那麼明亮，彷彿已顯得有些疲倦，有些憔悴。

高老大輕輕嘆了口氣，道：「這一年來，我的日子並不大好過——也許每個人的日子都不會很好過，所以每個人都會老的。」

孟星魂懂得她的意思。

她的日子不好過，也許有一大半是爲了他。

他也想說幾句話來表示他的歉疚，可是他說不出——有些人好像天生就不會說這種話的。

高老大忽又笑了笑，道：「你什麼話都不必說，我明白！」

孟星魂道：「你……你不怪我？」

高老大柔聲道：「每個人都有權爲自己打算，若換了我，我也會這樣做的！」

孟星魂更感激，也更感動。

他忽然覺得自己虧欠高老大的，自己這一生也還不清了。

欠人債的，也許比被欠的更痛苦。

高老大忽然又問道：「她對你好不好？」

孟星魂道：「很好。」

高老大目中露出羨慕之意道：「那麼你日子就一定過得很好，我早就知道，只有一個真正對你好的女人，才能令你這樣的男人幸福。」

男人都認爲女人是弱者，都認爲自己可以主宰女人的命運，卻不知大多數男人的命運卻是被女人捏在手裡的。

她們可以令你的生活幸福如天堂，也可以令你的生活艱苦如地獄。

無論多有希望的男人，若不幸愛上一個可怕的女人，那麼他這一生永遠都要做這女人的奴隸。

他這一生就算完了。

高老大道：「我不明白的是，你既然過得很好，爲什麼要回來呢？」

孟星魂道：「你真的想不到？」

高老大嘆了口氣，道：「你若是回來替老伯拜壽，只怕已遲了一步。」

孟星魂動容道：「遲了一步？……難道老伯出了什麼事？」

高老大道：「誰也不知道他出了什麼事，誰也不敢到他那花園去，但每個人都知道他一定出了事。」

孟星魂道：「爲什麼？」

高老大道：「因爲這地方忽然變得很亂，好像每天都有很多陌生人來來去去……」

她忽又笑道：「也許只有你可以去看看他，你們的關係畢竟和別人不同。」

孟星魂忍不住站了起來，但看了她一眼，又慢慢的坐了下去！

高老大道：「你用不著顧慮我，我只不過想來看看你，隨時都可以走的。」

孟星魂道：「你……是不是要回家？」

高老大幽幽道：「除了回家外，我還有什麼地方好去？」

孟星魂垂下頭，終於忍不住問道：「家裡是不是還是老樣子？」

高老大道：「怎麼會還是老樣子！」

她輕輕嘆息了一聲，慢慢的接著道：「自從你走了之後，葉翔也走了，據說他已死在老伯手裡，可是誰也不能確定。小何雖然沒有走，但已被人打得變成了白癡，連吃飯都要人餵他。」

孟星魂長長嘆了口氣，說道：「幸好還有石群在。」

高老大道：「石群也不在。」

孟星魂失聲道：「爲什麼？」

高老大道：「自從我去年叫他到西北去之後，他就一直沒有回來，也沒有消息。」

孟星魂駭然道：「他怎麼會出事？據我所知，西北那邊沒有人能制得住他的。」

高老大嘆道：「誰知道呢？江湖中的事，每天都可能有變化，何況一年？」

她笑得很淒清，接著又道：「何況他也許根本沒有出事，只不過不願意回來而已，每個人都有權爲自己打算的，所以我也不恨他。」

孟星魂垂下頭，心裡像是被針刺著。

高老大黯然道：「老朋友都一個個的走了，我一個人有時也會覺得很寂寞，所以……所以你有空的時候，不妨回來看看我。」

她忽又展顏而笑，嫣然道：「假如你能帶著她回來，我更歡迎。」

孟星魂握緊雙拳，道：「我一定會回來看你……只要我不死，我一定會帶她回去！」

他忽然覺得高老大還不像他以前想得那麼堅強，忽然覺得自己也有保護她的責任，不該讓她如此孤獨，如此寂寞。

聰明的女人都知道對付男人有種最好的戰略，那就是讓男人覺得她軟弱。

所以看來最軟弱的女人，其實也許比大多數男人都堅強得多。

花園裡很靜，沒有人，沒有聲音。

老伯的花園一向都是這樣子的，但你只要一走進去，立刻就會看到人的，而且不止一個人。

每個角落裡都可能有人忽然出現，每個人都可能要你的命。

孟星魂已走進去，已走了很久。

菊花開得正好，在陽光下燦爛如金。

他走了很久，還是沒有看到任何人，沒有聽到任何聲音。

這就令人奇怪了。

孟星魂走入花叢，花叢中原有埋伏的，但現在卻只有花香和泥土。人呢？所有的人好像都已不見了。

孟星魂緊握著雙拳，愈看不見人，他反而愈覺緊張。

這裡必定發生了很驚人的變化。

但世上又有什麼力量，能將這裡的人全部趕走呢？

他簡直無法想像。

就算這裡的人全都已走得一個不剩，老伯至少還應該留在這裡。

「世上絕沒有人能夠趕走他，更沒人能夠殺死他！」

這一點孟星魂從未懷疑過，但現在……他忽然想到了律香川。

莫非老伯已遭了律香川的毒手？

那麼律香川至少就應該還在這裡，怎麼連他都不見了？

花叢深處有幾間精緻的屋子。

孟星魂知道這屋子就是老伯的住處，他曾經進去陪老伯吃過飯。

吃飯的地方還是和以前一樣，但裡面有扇門卻已被撞碎。

孟星魂走進去，就看到了那張被擊碎的床，看到了床下的密道。

他還看到了一艘小船停泊在水道上。

他已想到這扇門和這張床都是被律香川所擊碎的，但他卻永遠想不到這艘小船也是律香川特地爲他留下的。

「世上假如只有一個人能找到老伯，這人就是孟星魂！」

有些人好像天生就有種獵犬般的本能。孟星魂就是這種人！

任何人逃亡時都難免會留下一些線索，因爲最鎮定的人逃亡時也會變得心慌意亂，只要你留下一些線索，他就絕不會錯過！

高老大不但瞭解他，也信任他。

只要孟星魂能找到老伯，她就有法子知道。

小船精巧而輕便，船頭還有盞孔明燈。

燈光照耀下，水道顯得更曲折深邃，也不知隱藏著多少危機。

前面隨時隨地都可能有樣令你不能預測的事出現，突然要了你的命。

但既已走到這裡，又怎麼能返回去？

「要就不做，要做就做到底！」

孟星魂緊握著木槳，掌心似已沁出了冷汗。

他是不是能活著走出這條水道？

水道的盡頭在哪裡？

在地獄？

馬家驛本是個驛站，距離老伯的花園只有七、八十里路，自從驛差改道，驛站被廢置，這地方就日漸荒涼。

但無論多荒涼的地方都有人住的。

現在這地方只剩下十六、七戶人家，其中有個叫馬方中的人，就住在昔日驛承的官衙裡。

馬方中這個人就像他的名字一樣，方方正正、規規矩矩；從出生到現在從沒有做過任何一件令人覺得驚奇意外的事。

別人覺得應該成親的時候，他就成了親，別人覺得應該生兒女的時候，他就不多不少的生了兩個。

一個兒子，一個女兒。

他的太太很賢慧，菜燒得很好，所以馬方中一天比一天發福，到了中年後，已是個不大不小的胖子。

胖子的人緣通常都很好，尤其是有個賢慧妻子的胖子。

所以馬家的客人經常都不少。

客人們吃過馬太太親手做的紅燒獅子頭，陪馬方中下過幾盤棋後，走出院子的時候，都忘不了對馬方中院子裡種的花讚美幾句。

因爲你若讚美他種的花，甚至比讚美他的兒女還要令他高興。

馬太太在她丈夫心情特別好的時候，也會說幾句打趣他的話，說他請客人到家裡來吃飯，爲的就是要聽這幾句讚美的話。

馬方中總是笑嘻嘻的笑著，也不否認。

因爲種花的確就是他最大的嗜好。

除了種花外，他最喜歡的就是馬。

驛站的官衙裡本有個馬廄，馬方中搬進來後，將馬廄修建得更好。

雖然他一共只養了兩匹馬，但兩匹都是蒙古的快馬。

馬方中看待這些馬，簡直就好像看待自己的兒女一樣。

除了在風和日麗的春秋佳日，他偶爾會替這兩匹馬套上車，帶著全家到附近去兜兜風之外，就連他自己到外地去趕集的時候，也因捨不得騎這兩匹馬，而另外花錢去僱驛車。

但這並不是說他對自己的兒女不好。

大家都知道，馬方中唯一被人批評的地方，就是對兒女太溺愛，連馬太太都認爲他溺愛得過了分。

兒子女兒無論要什麼，幾乎全都有求必應，他們就算做錯事，馬方中也沒有責備過他們一句。

現在兒女都已有八、九歲了，都已漸漸懂事，馬太太有時想將他們送到城裡的私塾去唸書，馬方中總是堅決反對。

因爲他簡直連一天都捨不得離開他們，只要一空下來，就陪他們到處去玩，無論他們要怎麼玩，他都從沒有說過一次「不肯」。

馬太太有時也會埋怨……

「女兒還沒關係，兒子若是目不識丁，長大了怎麼得了？你就算捨不得送他們到外面去唸書，自己也該教教他，怎麼能整天陪著他玩呢？」

馬方中總是笑嘻嘻的答應，但下次拿起書本時，只要兒子說想去釣魚，他還是立刻就會放下書本，陪兒子去釣魚。

馬太太也拿這父子兩人沒法子。

但除了這樣之外，馬太太無論說什麼，馬方中都千依百順。

村子裡的老太太、小媳婦們，都在羨慕馬太太，一定是上輩子積了德，所以才嫁到這樣一位好丈夫。

馬太太自己當然也很滿意。

因爲馬方中不但是個好父親；也是個好丈夫、好朋友。

這一點無論誰都不會否認，像馬方中這麼一位好好先生，誰都想不到他也會有什麼秘密。
就是馬太太，連做夢也都不會想到，她的丈夫居然也會有秘密。
只有一個秘密。
一個可怕的秘密。
這天天氣特別好，馬方中的心情也特別好。
所以馬太太特別做了幾樣他最喜歡吃的菜，請了兩個他最歡迎的客人，吃了頓非常愉快的晚飯。
晚飯後下了幾盤棋，客人就告退了，臨走的時候，當然沒有忘記特別讚美了幾句院子裡的花。
現在開的是菊花，開得正好。
客人走了後，馬方中還在院子裡流連著，捨不得回房睡覺。
天高氣爽，風吹在身上，不冷也不熱。
馬太太就將夏天用的藤椅搬出來，沏了壺茶，陪著丈夫在院子裡聊天。
聊來聊去，又聊到了那句老話。
「小中已經快十歲了，連一本三字經都還沒有唸完，你究竟想讓他玩到什麼時候？」
馬方中沉默著，過了許久，才笑了笑，道：「也許我現在已經可以開始教他唸書了。」
馬太太鬆了口氣，笑道：「其實你早就該開始了，我真不懂，你爲什麼要等到現在？」

馬方中微笑著，搖著頭，喃喃道：「有些事你還是不懂的好。」

馬太太道：「還有些什麼事？」

馬方中道：「男人的事，女人最好連問都不要問，時候到了，就自然會讓你知道。」

他畢竟還是不太瞭解女人。

你愈是要女人不要問，她愈要問。

馬太太道：「什麼時候？究竟是什麼事？」

馬方中微笑道：「照現在這情況看來，那時候永遠都不會到了。」

他慢慢的啜了口茶，笑得很特別，又道：「茶不錯，喝了這杯茶，你先去睡吧！」

這表示談話已結束。

馬太太順從的端起了茶，剛啜了一口，忽然發現院子裡有幾株菊花在動，她還以為是自己的眼睛看花了，誰知菊花卻動得更厲害。

突然間，這幾株菊花竟憑空跳了起來，下面的泥土也飛濺而出，地上竟駭然裂開了一個洞。

洞裡竟駭然有個人頭探了出來。

一顆巴斗般大的頭顱，頂上光禿禿的，連一根頭髮都沒有，一張臉白裡透青，青裡發白，活像是戴著個青銅面具。

但卻絕不是面具，因為他的鼻子在動，正在長長的吸著氣。

看他吸氣的樣子，就像是已有很久很久都沒有呼吸過了，這難道不是人？難道是個剛從地獄中逃出來的惡鬼？

「噹」，茶碗掉在地上，摔成粉碎。

馬太太嚇得幾乎暈了過去。

半夜三更，地下突然有個這麼樣的人鑽出來，就連比馬太太膽子大十倍的人，也難免要被嚇得魂飛魄散。奇怪的是，馬方中卻連一點驚嚇的樣子都沒有，就好像早已預料到會有這種事發生似的。

他非但沒有逃，反而很快的迎了上去，看他這時的行動，已完全不像是個飽食終日、四肢不動的胖子。

連馬太太都從未看過她丈夫行動如此迅速。

地下的人已鑽了出來。

馬方中並不矮，這人卻比他整整高了兩尺，在這麼涼的天氣裡，居然精赤著上身，看來像是個巨靈神。

馬方中一竄過去，立刻沉聲道：「老伯呢？」

這巨人並沒有回答，沉聲反問道：「你就是馬方中？」

他說話的口氣顯得很生澀、很吃力，就像是已有很久很久沒有跟別人說過話，說話的時候眼睛也沒有看著馬方中。

馬太太這才發現他原來是個瞎子。

馬方中道：「我不是馬方中，是方中駒。」

他為什麼不承認自己是馬方中？

巨人卻點了點頭，像是對這回答覺得很滿意。

然後他才轉過身，從地洞中拉起一個人來。

一個女人，年輕美麗的女人，只不過滿臉都帶著驚駭恐懼，全身一直在不停的發抖。

她身上裹著條薄被，但馬太太卻已看出她薄被下的身子是赤裸著的！

女人看女人，總是看得特別清楚些。

「這樣一個年輕美麗的女孩子，怎麼跟這惡鬼的巨人在一起？又怎會從地下鑽出來？」

馬太太想不通！

誰都想不通。

沒有人能想到老伯那秘密通道的出口，就在馬方中院子裡的花壇下。

沒有人能想到馬方中這麼樣一個人，也會和老伯有關係。

廿三 義薄雲天

老伯雖已站不直，神情間還是帶著種說不出的威嚴，威嚴中又帶著親切，只不過一雙稜稜有威的眸子，看來已有些疲倦。

那女孩子在旁邊扶著他，身子還是在不停的發抖。

馬方中已拜倒在地。

老伯道：「起來，快起來，你莫非已忘了我從不願別人行大禮。」

他語聲還是很沉穩有力。

他說的話還是命令。

馬方中站立，垂手而立。

老伯看著他的時候，目中帶著笑意，道：「十餘年不見，你已胖了很多！」

馬方中垂首道：「我吃得好，也睡得好。」

老伯微笑道：「可見你一定娶了個好老婆。」

他看了馬太太一眼，又道：「我也應該謝謝她，將你照顧得很好。」

馬方中道：「還不快來拜見老伯。」

馬太太一向順從，怎奈此刻早已嚇得兩腿發軟，哪裡還能站得起來？

老伯道：「用不著過來，我……」

他突然緊握雙拳，嘴角肌肉已因痛苦而抽緊！

沒有人能想到老伯正在忍受著多麼大的痛苦，也只有老伯才能忍受這種痛苦。

馬方中目中露出悲憤之色，咬牙道：「是誰？誰的毒手？」

老伯沒有回答，目中的悲痛和憤怒之色更重，冷汗也已沁出！

馬方中也不再問，突然轉身，奔向馬廄。

他以最快的速度爲這兩匹快馬套上了車，牽到前面的院子裡。

老伯這才長長吐出氣，道：「你準備得很好，這兩匹都是好馬。」

馬方中道：「我從來就不敢忘記你老人家的吩咐。」

馬太太看著她的丈夫，直到現在，她才明白他爲什麼喜歡種花、爲什麼喜歡養馬，原來他以前所做的一切事，全是爲了這已受了重傷的老人。

她只希望這老人快點坐上這馬車，快點走，從此永遠莫要再來打擾他們平靜安寧的生活。

那巨人終於上了前面的車座。

老伯道：「你明白走哪條路麼？」

巨人點了點頭。

老伯道：「外面有沒有人？」

這句話本應由馬方中回答的，但這巨人卻搶著又點了點頭。

因爲他有雙靈敏的耳朵，外面無論有人有鬼，他都能聽得出，瞎子的耳朵總是比不瞎的人靈敏得多。

馬太太的心沉了下去！

難道他們要等到沒有人的時候再走？那得要等多久？

誰知老伯卻長長嘆了口氣，道：「好，現在已可以走了。」

他們的行動既然如此隱秘，爲什麼要在外面有人的時候走？

馬太太正覺得奇怪，想不到還有更奇怪的事在後頭。

老伯竟沒有上車！

「他爲什麼不走？難道要留在這裡？」

馬太太的心又沉了下去。

「難道他不怕別人從地道中追到這裡來？」

她雖然並不是個很聰明的女人，卻也不太笨，當然也已看出這老人是在躲避仇家的追蹤。

他若不走，就表示他們以前那種平靜安寧的生活已結束。

她恨不得將這些人全都趕走，走得愈遠愈好，可是她不敢，只有默默的垂下頭，連眼淚都不敢掉下來。

馬方中已開了大門，回頭望著那趕車的巨人。

這巨人一雙死魚般的眼睛茫然凝注著前方，星光照在他青銅般的臉上，這張臉本不會有任何表情，但現在卻已因痛苦而扭曲。

他突然跳下馬車，奔過去，緊緊擁抱住老伯。

馬方中恰巧可以看到他的臉，看到兩滴眼淚從他那充滿了黑暗和絕望的眼睛裡流了下來。

原來瞎子也會流淚的。

老伯沒有說話、沒有動，過了很久，才長長嘆息了一聲，黯然道：「你走吧，以後我們說不定還有見面的機會。」

巨人點點頭，像是想說什麼，卻又忍住。

馬方中面上也不禁露出了悽慘之色，道：「這兩匹馬認得附近的路，可以一直將你載到方老二的家，到了那裡，他就會將你送到關外。」

巨人突然跪下來，以首頓地，重重磕了三個頭，嗄聲道：「這裡的事，就全交給你了。」

馬方中也跪下來，以首頓地，道：「我明白，你放心走吧。」

巨人什麼話也沒有再說，跳上馬車打馬而去。

大門立刻緊緊關上。

突然間，一個男孩子和一個女孩子手牽著手從屋裡跑出來，拉住了馬方中的衣角。

男孩子仰著臉道：「爹爹，那個大妖怪怎麼把我們的馬搶走了？」

馬方中輕撫著孩子的頭，柔聲道：「馬是爹送給他的，他也不是妖怪。」

男孩子道：「不是妖怪是什麼？」

馬方中長嘆道：「他是個很好很好的人，又忠實，又講義氣，你將來長大後，若能學到他一半，也就不枉是個男子漢了。」

說到這裡，他語聲突然哽咽，再也說不下去。

男孩子似懂非懂的點了點頭，女孩子卻問道：「他到底有多講義氣？」

老伯嘆了口氣，道：「爲了朋友，他可以一個人孤孤單單的在黑暗中過十幾年，除了你的爹爹外，他就可以算是最講義氣的人了。」

女孩子眨眨眼，道：「他爲什麼要講義氣，義氣是什麼？」

男孩子搶著道：「義氣就是夠朋友，男人就要講義氣，否則就連女人都不如了。」

他挺起小小的胸膛，大聲道：「我也是男人，所以我長大後也要和他一樣的講義氣，爹！你說好不好？」

馬方中點點頭，熱淚已將奪眶而出。

老伯拉起了這男孩子的手，柔聲道：「這是你的兒子？有多大了？」

馬方中道：「十……十歲還不到。」

老伯說道：「這孩子很聰明，你把他交給我如何？」

馬方中眼睛一亮，但立刻又充滿痛苦之色，黯然說道：「只可惜，他還太小，若是再過十年，也許……」

他忽然拍了拍孩子的頭，道：「去，去找你娘去！」

馬太太早已張開手，等著孩子撲入她的懷抱裡。

老伯看著他們母子倆，神色很悽慘，緩緩道：「你有個好妻子，孩子也有個好母親……她叫什麼名字？」

馬方中道：「她也姓馬，叫月雲。」

老伯慢慢的點了點頭，喃喃道：「馬月雲……馬月雲……」

他將這名字反反覆覆唸了十幾次，彷彿要將它永遠牢記在心。

然後他又長嘆了一聲，道：「現在我也可以走了。」

馬方中道：「那邊，我早已就有準備，請隨我來！」

後院有口井，井水很深，很清洌。

井架的轆轤上懸著個很大的吊桶。

馬方中將吊桶放下來，道：「請。」

老伯就慢慢的坐進了吊桶。

鳳鳳一直咬著唇，在旁邊看著，此刻目中也不禁露出了驚異之色。

她猜不出老伯為什麼要坐入這吊桶？難道想到井裡去？

井裡都是水，他難道已不想活了？

等她發現老伯正在盯著她的時候，她立刻又垂下頭。

馬方中看了看她，又看了看老伯，試探著道：「這位姑娘是不是也要跟著你老人家一起下去？」

老伯沉吟著，淡淡道：「那就要看她是不是願意跟著我。」

馬方中轉過頭，還沒有說話，鳳鳳忽然道：「現在我難道還有什麼別的路可走？」

老伯看著她，目中忽然有了些溫暖之意，但等他轉向馬方中的時候，神色又黯淡了下來，黯然道：「這一次，多虧了你。」

馬方中忽然笑了笑，道：「你老人家用不著記掛著我，我已過了十幾年好日子。」

老伯伸出手，緊緊握了握他的手，道：「你很好，我也沒有什麼別的話可說了——嗯，也許只有一句話。」

馬方中道：「你老人家只管說。」

老伯的臉色很悲痛，也很嚴肅，緩緩說道：「我這一生雖然看錯過幾個人，但總算也交到幾個好朋友。」

老伯和鳳鳳都已從吊桶下去，消失在井水中。

馬方中還站在井邊，呆呆的看著井水出神。

水上的漣漪已漸漸消失，馬方中終於慢慢的轉過身，就看到他的妻子正牽著兩個孩子站在遠遠的等著他。那雙溫柔的眼睛裡，也不知道含蘊著多少柔情、多少關切。

做了十幾年夫妻，沒有人能比他瞭解她更多。

他知道她已將自己全部生命寄託在他和孩子們身上，無論吃什麼苦、受什麼罪，她絕不會埋怨。

現在他們雖已漸漸老了，但有時等孩子都睡著後，他們還是會和新婚時同樣熱情。

他知道自己一生中最大的幸運，就是娶到她。

現在他只希望她能瞭解他做的事，只希望她能原諒。

孩子又奔過來，馬方中一手牽住了一個，柔聲道：「你們餓不餓？」

孩子立刻搶著道：「餓，好餓喲！」

孩子們的胃好像永遠都塡不滿的。

馬方中微笑著，抬頭去看他的妻子，道：「孩子們難得吃宵夜，今天讓我們破例一次好不好？」

馬月雲順從的點了點頭，道：「好，晚上還有剩下的燻魚和滷蛋，我去煮麵。」

麵很燙！

孩子將長長的麵條捲在筷子上，先吹涼了再吃下去，孩子們好像無論在做什麼事的時候，都能找到他們自已的樂趣。

只要看到孩子，馬方中臉上就不會沒有笑容，只不過今天他的笑容看來彷彿有點特別，胃口也彷彿沒有平時那麼好。

馬月雲的手在爲孩子剔著魚裡的刺，眼睛卻一直在盯著丈夫的臉，終於忍不住試探著問道：「我怎麼從來沒有聽你說過有個老伯？」

馬方中沉吟著，像是不知該如何回答這句話，考慮很久，才緩緩道：「他並不是我真的老伯！」

馬月雲道：「那麼他是誰？」

馬方中道：「他是我的兄弟，我的朋友，也是我的父母，若沒有他，我在十六歲的時候已經被人殺死了，根本見不到你，所以……」

馬月雲溫柔的笑了笑，道：「所以我也應該感激他，因爲他替我留下了個好丈夫。」

馬方中慢慢的放下筷子，她知道他放下筷子來說話的時候，就表示他要說的話一定非常嚴重。

她早已有了準備。

馬方中道：「你不但應該感激他，也應該和我一樣，不惜爲他做任何事。」

馬月雲道：「我明白。」

馬方中道：「你現在已明白，我住在這裡，就是要爲他守著那地道的出口。」

他嘆息了一聲，黯然道：「我只希望他永遠都用不著這條地道，本來已漸漸認爲他絕不會有這麼樣一天，想不到這一天畢竟還是來了。」

馬月雲垂著頭，在聽著。

馬方中道：「他既已到了這地步，後面遲早總會有人追來的。」

馬月雲忍不住道：「既然如此，他爲什麼不坐那輛馬車逃走呢？」

馬方中道：「因爲追來的人一定是個很厲害的角色，無論那兩匹馬有多快，總有被人追上的時候，何況，他又受了很重的傷，怎麼還能受得了車馬巔簸之苦？」

他慢慢的接著道：「現在，就算有人追來，也一定認爲他已坐著那輛馬車走了，絕對想不到他還能留在這裡，更不會想到他居然能藏在一口有水的井裡。」

馬月雲現在才知道他爲什麼要在外面有人的時候叫馬車走了。

他就是要讓別人去追。

馬方中養那兩匹馬，根本就不是爲了準備要給他作逃亡的工具，而是爲了要轉移追蹤者的目標。

這計劃不但複雜，而且周密。

馬月雲長長嘆了口氣，道：「原來這些事都是你們早已計劃好了的。」

馬方中道：「十八年前，就已計劃好了，老伯無論走到哪裡，都一定會先留下一條萬無一失的退路。」

馬月雲臉上也不禁露出敬畏之色，嘆道：「看來他真是個了不起的人物。」

馬方中道：「他的確是！」

馬月雲道：「但那口井又是怎麼回事呢？他難道能像魚一樣躲在水裡？」

馬方中道：「他用不著躲在水裡，因爲那口井下面也有退路……」

馬月雲道：「什麼樣的退路？」

馬方中道：「還沒有挖那口井的時候，他就已在地下建造了間屋子，每個月我趕集回來，總會將一批新鮮的食糧換進去，就算是在我已認爲老伯不會來的時候，還是從不中斷。」

他接著又道：「那些食糧不但都可以保存很久，而且還可以讓他吃上三、四個月。」

馬月雲道：「水呢？」

馬方中道：「井裡本就有取之不盡、用之不竭的水。」

馬月雲道：「可是……井裡都是水，他怎麼能進得了那間屋子？」

馬方中道：「井壁上有鐵門，一按機鈕，這道門就會往旁邊滑開，滑進井壁。」

馬月雲道：「那麼樣一來，井水豈非跟著要湧了進去？」

馬方中道：「門後面本來就是個小小水池，池水本就和井水齊高，所以就算井水湧進去，池水也不會冒出來……水絕不會往高處流的，這道理你總該明白。」

馬月雲長嘆道：「這計劃真是天衣無縫，真虧你們怎麼想得出來的！」

馬方中道：「是老伯想出來的。」無論多複雜周密的計劃，在孩子們聽來還是很索然無味。

他們吃完了一碗麵，眼睛就睜不開了，已伏在桌上睡得很沉。

馬月雲瞟了孩子一眼，勉強笑道：「現在，他既然躲在井裡，只怕天下間絕不可能有人找得到他了！」

馬方中沉默了很久，一字字道：「的確不會，除非我們說出來。」

馬月雲臉色已發青，還是勉強笑著道：「我們怎麼會說出來呢？不用說你，連我都一定會守口如瓶的！」

馬方中的臉色愈來愈沉重，道：「現在你當然不會說，但別人要殺我們的孩子時，你還能守口如瓶麼？」

馬月雲手裡的筷子突然掉在桌上，指尖已開始發抖，顫聲道：「那……那我們也趕快逃走吧！」

馬方中搖了搖頭，黯然道：「逃不了的。」

馬月雲道：「爲什麼……爲什麼？」

馬方中長嘆道：「能將老伯逼得這麼慘的人，怎會追不到我們呢？」

馬月雲全身都已發抖，道：「那我們……我們該怎麼辦呢？」

馬方中沒有說話，一個字都沒有說。他已不必說出來。

他只是默默的凝視著他的妻子，目光中帶著無限溫柔，也帶著無限悲痛。

馬月雲也在凝視著她的丈夫，彷彿有說不出的憐惜，又彷彿有說不出的驚畏，因爲她已發現她的丈夫比她想像中更偉大得多。過了很久，她神色忽然變得很平靜，慢慢從桌上伸過手去，握住了她丈夫的手，柔聲道：「我跟你一樣已過了十幾年好日子，所以現在無論發生什麼事，我都絕不會埋怨。」

馬方中道：「我……我對不起你。」

這句話在此刻來說已是多餘的了，但是他喉頭已哽咽，熱淚已盈眶，除了這句話外，他還能說什麼？

馬月雲柔聲道：「你沒有對不起我，你一向都對我很好，我跟你一起活著，固然已心滿意足，能跟你一起死，我也很快樂。」

她不讓馬方中說話，很快的接著又道：「我跟了你十幾年，從來沒有求過你什麼，現在，我只想求你一件事。」

馬方中道：「你說！」

馬月雲的眼淚忽然流下，悽然道：「這兩個孩子……他們還小，還不懂事，你……你……

你能不能放他們一條生路？」

馬方中扭過頭，不忍再去瞧孩子，哽咽著道：「我也知道孩子無辜，所以他們活著的時候，我總是盡量放縱他們，盡量想法子讓他們開心些。」

馬月雲點點頭，道：「我明白。」

她直到現在才明白，她的丈夫爲什麼要那樣溺愛孩子。

他早已知道孩子活不了多久。

對一個作父親的人說來，世上還有什麼比這更悲慘的事？

馬月雲流著淚道：「我現在才明白，你一直在忍受著多麼大的痛苦。」

馬方中咬著牙，道：「我一直在祈求上蒼，不要讓我們走上這條路，但現在，現在……我們已沒有別的路可走。」

馬月雲斷聲道：「但我們還是可以打發孩子們走，讓他們去自尋生路，無論他們活得是好是壞，無論他們能不能活下去，只要你肯放他們走，我就……我就死而無怨了。」

她忽然跪下來，跪在她丈夫面前，失聲痛哭道：「我從來沒有求過你，只求你這件事，你一定要答應我……一定要答應我……」

馬方中很久沒有說話，然後他目光才緩緩移向孩子面前那個碗。碗裡的麵已吃光！

馬月雲看著她丈夫的目光，臉色突又慘變，失聲道：「你……你已……你在麵裡……」

馬方中悽然道：「不錯，所以我現在就算想答應你，也已太遲了！」

世上是不是還有比地獄更悲慘的地方？

有！

在哪裡？

就在此時，就在這裡！

屋子裡只有一張床，老伯睡在床上，所以鳳鳳只有坐著。

椅子和床一樣，都是石頭做的，非常不舒服，但鳳鳳坐的姿勢還是很優美，這是高老大教她的！「你若想抓住男人的心，就得隨時隨地注意自己的姿態，不但走路的樣子要好看，坐著、站著、吃飯的時候，甚至連睡覺的時候都要儘量保持你最好看的姿態，就算你只不過是個妓女，也一定要男人覺得你很高貴，這樣，男人才會死心塌地的喜歡你。」

這些話高老大也不知對她們說過多少次了。

「可是我現在抓住了一個怎麼樣的男人呢？……一個老頭子，一個受了重傷的老頭子。」

你只要能真正抓住一個男人，就有往上爬的機會。

「可是我現在爬到什麼地方了呢？一口井的底下，一間充滿發霉味道的臭屋子。」

她幾乎忍不住要大聲笑出來。

屋子裡堆著各式各樣的食糧，看來就像是一條破船底下的貨艙。

角落裡掛著一大堆鹹魚鹹肉，使得這地方更臭得厲害。她眼睛盯在那些鹹魚上，拚命想集中注意力，數數看一共有多少條鹹魚，因爲她實在不想去看那老頭子。

但是她偏偏沒法子能一直不看到那邊，老伯站著的時候，穿著衣服的時候，看來也許是個很有威嚴的人，但他現在赤裸著躺在床上，看來就和別的老頭子沒有什麼不同。

他躺著的樣子，比別的老頭子還要笨拙可笑——兩條腿彎曲著，肚子高高的挺起，就像是個蛤蟆般在運著氣。喉嚨裡，偶爾還會發出「格格格」的聲音。

鳳鳳若不是肚子很餓，只怕已經吐了出來。

過了很久，老伯才長長吐出口氣，軟癱在床上，全身上下都被汗濕透，肚子上下的肉也鬆了。

那樣子實在比鹹魚還難看。鳳鳳突然間忍不住了，冷笑道：「我看！最好還是省點力氣吧，莫忘了你自己說過，七星針的毒根本無藥可救。」

老伯慢慢的坐起來，凝視著她，緩緩道：「你希望我死？」

鳳鳳翻起眼，看著屋頂。

老伯慢慢望著道：「你最好希望我還能活著，否則你也得陪我死在這裡。」

鳳鳳開始有點不安，她還年輕，還沒有活夠。

她忍不住問道：「七星針的毒是不是真的無藥可救？」

老伯點點頭，道：「我從不說假話。」

鳳鳳的臉有點發白，道：「你既然非死不可，又何必費這麼多力氣逃出來呢？」

老伯忽然笑了笑，道：「我只說過無藥可救，並沒有說過無人可救，人能做的事遠比幾棵藥草多得多。」

鳳鳳的眼睛亮了，道：「你難道真能將七星針的毒逼出來？」

老伯忽又嘆了口氣，道：「就算能，至少也得花我一、兩個月的工夫！」

鳳鳳的眼睛又黯淡了下來，道：「這意思就是說你最少要在這地方待一、兩個月。」

老伯笑道：「這地方有什麼不好？有魚、有肉，出去的時候，我保證可以把你養得又白又胖。」

鳳鳳用眼角瞟著他，覺得他笑得可惡極了，也忍不住笑道：「你不怕別人找到這裡來？」

老伯道：「沒有人能找得到。」

鳳鳳道：「那姓馬的不會告訴別人？」

老伯道：「絕不會。」

鳳鳳冷笑道：「想不到你居然還是這麼有把握，看來你現在信任那姓馬的，就好像你以前信任律香川一樣。」

老伯沒有說話，臉上一點表情也沒有。

鳳鳳道：「何況，世上除了死人外，沒有一個是真能守口如瓶的！」

老伯又沉默了很久，才淡淡道：「你看馬方中像不像是個會爲朋友而死的人？」

鳳鳳道：「他也許會，他若忽然看到你被人欺負，一時衝動起來，也許會爲你而死，但現在他並沒有衝動。」

她接著又道：「何況，你已有十幾年沒見過他，就算他以前是想替你賣命，現在也許早已冷靜了下來。」

老伯道：「也許就因爲他已冷靜下來，所以才會這麼樣做。」

鳳鳳道：「為什麼？」

老伯道：「因為他一直都認為這樣做是理所當然的，一直都在準備這件事發生，這已成了他思想的一部份，所以等到事情發生時，他根本連想都不必想，就會這樣子做出來了。」

鳳鳳冷笑道：「那當然也是你教他這麼想。」

老伯笑道：「人往往有兩面，一面是善的，一面是惡的，有些人總能保持善的一面，馬方中就是這種人，所以只要是他認為應該做的事，無論在什麼情形下，他都一定會去做！」他接著道：「就因為你生長的地方只能看到人惡的一面，所以你永遠不會瞭解馬方中這種人，更無法瞭解他做的事。」

鳳鳳扭過頭，不去看他。

她自己也承認這世上的確有很多事都無法瞭解，因為她所能接觸到的事、所受的教育，都是單方面的，也許正是最壞的那一面。

可是，她始終認為自己很瞭解男人。

因為那本是她的職業，也是她生存的方式——她若不能瞭解男人，根本就無法生存。

「男人只有一種，無論最高貴或最貧賤的都一樣，你只消懂得控制他們的法子，他們就是你的奴隸。」

控制男人的法子卻有兩種。

一種是儘量讓他們覺得你柔弱，讓他們來照顧你、保護你，而且還要讓他們以此為榮。

還有一種就是儘量打擊他們，儘量摧毀他們的尊嚴，要他們在你面前永遠都抬不起頭來。

那麼你只要對他們略加青睞，甚至只要對他們笑一笑，他們都會覺得很光榮、很感激。

你若真的能讓男人有這種感覺，他們就不惜為你做任何事了。

這兩種法子她都已漸漸運用得很純熟，所以無論在哪種男人面前，她都已不再覺得侷促、畏懼。

因為她已能將局面控制自如。

但現在，她忽然發覺這兩種法子對老伯都沒有用。在老伯眼中，她只不過是個很幼稚的人，甚至根本沒有將她當做人。老伯在看著她的時候，就好像在看著一張桌子、一塊木頭。

這種眼色正是女人最受不了的，她們寧可讓男人打她、罵她，但這種態度，簡直可以令她們發瘋。

鳳鳳突然笑了。

她也已學會用笑來掩飾恐懼的心理和不安，所以她笑得特別迷人。她微笑道：「我知道你一定很恨我，恨得要命。」

她的確希望老伯恨她。

女人寧可被恨，也不願被人如此輕蔑。

老伯卻只是淡淡道：「我為什麼要恨你？」

鳳鳳道：「因為你落到今天這種地步，都是被我害的。」

老伯道：「你錯了。」

鳳鳳道：「你不恨我？」

老伯道：「這件事開始計劃時，你只不過還是個孩子，所以這件事根本就和你全無關係。」

鳳鳳道：「但若沒有我……」

老伯打斷了她的話道：「若沒有你，還是有別人，你只不過是這計劃中，一件小小工具而已，計劃既已成熟，無論用誰來做這工具都一樣。」他笑笑，又道：「所以我非但不恨你，倒有點可憐你。」

鳳鳳的臉色已脹得通紅，忽然跳起來，大聲道：「你可憐我？你爲什麼不可憐可憐自己？」

老伯道：「等我有空的時候，我會的！」

鳳鳳道：「你不會，像你這種人絕不會可憐自己，因爲你總覺得自己很了不起。」

老伯道：「哦？」

鳳鳳道：「一個人若懂得利用別人『惡』的那一面；懂得利用別人的貪婪、虛榮、妒嫉、仇恨，他已經可以算是個很了不起的人。」

老伯道：「的確如此。」

鳳鳳道：「但你卻比那些人更高一著，你還懂得利用別人『善』的一面，還懂得利用別人的感激、同情和義氣。」

老伯全無表情，冷冷道：「所以我更了不起。」

鳳鳳咬著牙，冷笑道：「但結果呢？」

老伯說道：「結果怎麼樣，現在誰都不知。」

鳳鳳道：「我知道。」

老伯道：「哦。」

鳳鳳道：「現在就算馬方中已死了，就算沒有人能找到你，就算你能將七星針的毒連根拔出，你又能怎麼樣？」

她冷笑著，又道：「現在你的家已被別人佔據，你的朋友也已變成了別人的朋友，你不但已眾叛親離，而且已將近風燭殘年，就憑你孤孤單單的一個老頭子，除了等死外，還能做什麼？」

這些話毒得就像是惡毒的響尾蛇。

女人若想傷害一個人的時候，好像總能找出最惡毒的話來，這好像是她們天生的本事，正如響尾蛇生出來就是有毒的。

老伯卻還是靜靜的看著她！

那眼色還是好像在看著一張桌子、一塊木頭。

鳳鳳冷笑道：「你怎麼不說話了？是不是因爲我說出了你自己連想都不敢想的事？」

老伯道：「是的！」

鳳鳳道：「那麼你現在有何感覺呢？是在可憐我？還是在可憐你自己？」

老伯道：「可憐你，因爲你比我更可憐！」

他聲音還是平靜而緩慢，接著道：「我的確已是個老頭子，所以我已活過，但你呢？……

我知道你不但恨我，也恨你自己。」

鳳鳳忽然衝過來，衝到他面前，全身不停的顫抖。她本來簡直想殺了他，但也不知道爲了什麼，卻突然倒在他懷裡，失聲痛哭了起來。

他畢竟是她第一個男人。

也是她唯一的男人。

他們的生命已有了種神秘的聯繫，她雖不願承認，卻也無法改變這事實。

事實本是誰都改變不了的。

廿四　井底情仇

人與人之間，好像總有種奇怪而愚昧的現象。

他們總想以傷害別人來保護自己，他們傷害的卻總是和自己最親近的！

因為他們只能傷害到這些人，卻忘了他們傷害到這些人的時候，同時也傷害了自己。

所以他們受到的傷害也比別人更深。

所以他們自己犯了錯，自己痛恨自己時，就拚命想去傷害別人。

人間若真有地獄，那麼地獄就在這裡。

就在這叢盛開著的菊花前，就在這小小院子裡。

院子裡有四個人的屍身──父親、母親、女兒、兒子。

孟星魂若是早來一步，也許就能阻止這悲劇發生，但他來遲了。

黃昏，夕陽的餘暉中彷彿帶著血一般的暗紅色，血已凝結時的顏色。

創口中流出的血已凝結，孟星魂彎下腰，仔細觀察著這些屍身上的創口，就像是期望著他們還能說出臨死前的秘密。

「這些人怎麼會死的？死在誰的手上？」

孟星魂幾乎已可算是殺人的專家，對死人瞭解得也許比活人還多，他看過很多死人，也曾仔細研究過他們臨死前的表情。

一個人若是死在刀下，臉上通常只有幾種表情，不是驚慌和恐懼；就是憤怒和痛苦。

無論誰看到一柄刀砍在自己身上時，都只有這幾種表情。

但這對夫妻的屍身卻不同。

他們的臉上既沒有驚懼，也沒有憤怒，只是帶著種深邃的悲哀之色——一種自古以來，人類永遠無法消滅的悲哀；一種無可奈何的悲哀。

他們顯然不想死，卻非死不可。

但他們臨死前又並不覺得驚怪憤怒，就彷彿「死」已變成了他們的責任，他們的義務。

這其中必定有種極奇怪的理由。

孟星魂站起來，遙視著天畔已逐漸黯淡的夕陽，彷彿在沉思。

這件事看來並沒有什麼值得思索的。

無論誰看到這些屍身，都一定會認爲是老伯殺了他們的。

一個在逃亡中的人，時常都會將一些無辜的人殺了滅口，但孟星魂的想法卻不同。

因爲他已發覺這些人真正致命的死因並不是那些刀傷。他們在這一刀砍下來之前，已先中了毒。

那毒藥的份量已足夠致命。

老伯絕不會在一個人已中了致命之毒後，再去補上一刀。

他既不是如此殘忍的人，也沒有如此愚蠢。

「那麼這些人是怎會死的？死在誰手上呢？」

孟星魂的眼角在跳動。

當他有某種強烈的預感時，眼角總是會不由自主的跳動起來。

那麼他是不是已找出了這秘密的答案？

外面忽然有人在敲門。

孟星魂沉吟了半晌，終於慢慢的走過去，很快的將門拉開。

他的人已到了門後。

每個人開門的方式不同，你若仔細的觀察，往往會從一個人開門的方式中發覺他的職業和性格。

孟星魂開門的方式是最特別、最安全的一種。

像這麼樣開門的人，仇敵一定比朋友多。

門外的人吃了一驚。

無論誰看到面前的門忽然被人很快的打開，卻看不到開門的人時，往往都會覺得大吃一驚。

何況他本就是個很容易吃驚的人。

容易吃驚的人通常比較膽小，比較懦弱，也比較老實。

孟星魂無論觀察活人和死人都很尖銳，他觀察活人時先看這人的眸子。

就算天下最會說謊的人，眸子也不會說謊的。

看到門外這人目中的驚恐之色，孟星魂才慢慢的從門背後走出來，道：「你找誰？」

他的臉也和老伯的臉一樣，臉上通常都沒有任何表情。

沒有表情通常也就是一種很可怕的表情。

門外這人顯然又吃了一驚，不由自主便退後了兩步，向這扇門仔細打量了兩眼，像是生怕自己找錯了人家。

這的確是馬方中的家，他已來過無數次。

他鬆了口氣，陪笑道：「我來找馬大哥的，他在不在？」

這家人原來姓馬。

孟星魂道：「你找他幹什麼？」

他問話的態度就好像在刑堂上審問犯人，你若遇見個用這種態度來問你的人，不跟他打一架，就得老老實實的回答。

這人不是打架的人！

他喉結上上下下的移動，囁嚅道：「昨天晚上有個人將馬大哥的兩匹馬和車子趕走了，到現在還沒回來，我想來問問馬大哥，究竟是怎麼回事？」

孟星魂道：「趕車的是個什麼樣的人？」

這人道：「是個塊頭很大的人。」

孟星魂道：「車子裡面有沒有別人？」

這人道：「有。」

孟星魂道：「有多少人？」

這人道：「我不知道。」

孟星魂沉下了臉，道：「怎麼會不知道……」

這人情不自禁，又往後退了兩步，吃吃道：「車窗和車外都是緊緊關著的，我看不見。」

孟星魂道：「既然看不見，怎知道有人？」

這人道：「看那趕車的樣子，絕不像是在趕著輛空車。」

孟星魂道：「他什麼樣子？」

這人又嚥了幾口口水，訥訥道：「看樣子他很匆忙，而且還有點驚惶。」

孟星魂道：「你什麼時候看到他的？」

這人道：「昨天晚上。」

孟星魂道：「昨天晚上什麼時候？」

這人道：「已經很晚了，我已經準備上床的時候。」

孟星魂道：「既然已那麼晚，你怎麼還能看得清楚？」

這人道：「我……我並沒有看得很清楚。」

孟星魂道：「既然沒有看清楚，怎麼知道他很驚惶？」

這人道：「我……我……我只不過有那種感覺而已。」

他忽然拉拉衣角，忽然摸摸頭髮，已嚇得連一雙手都不知往哪裡放才好。

他從沒被人這樣問過話，簡直已被問得連氣都喘不過來，也忘了問孟星魂憑什麼問他這些話了。

這人點點頭。

現在孟星魂才讓他喘了口氣，但立刻又問道：「你親眼看到那輛馬車？」

孟星魂道：「你看到車子往哪條路走的？」

這人向東面指了指，道：「就是這條路。」

孟星魂道：「你會不會記錯？」

這人道：「不會。」

孟星魂道：「車子一直沒有回頭？」

這人道：「沒有。」

他長長吐了口氣，陪笑道：「所以我才想來問問馬大哥，這是怎麼回事，那兩匹馬他一向都看得很寶貴，無論多好的朋友，想借去溜個圈子都不行，這次怎麼會讓一個陌生人騎去的呢？」

孟星魂道：「那大塊頭不是這裡的人？」

這人道：「絕不是，這裡附近的人，我就算不認得，至少總見過。」

孟星魂道：「那人你沒有見過？」

這人道：「從來沒有。」

孟星魂道：「他騎走的是你的馬？」

這人道：「不是，是馬大哥的！」

孟星魂道：「人，你不認得；馬，又不是你的，這件事和你有什麼關係？」

這人又退了兩步，道：「沒……沒有。」

孟星魂道：「既然沒有關係，你爲什麼要來多管閒事？」

這人道：「我……我……」

孟星魂道：「你知不知道多管閒事的人，總是會有麻煩上身的？」

這人不停的點頭，轉身就想溜了。

孟星魂道：「站住！」

這人嚇得幾乎跳了起來，苦笑著道：「大……大哥還有何吩咐？」

孟星魂道：「你是不是來找馬大哥的？」

這人道：「是……是的。」

孟星魂道：「他就在裡面，你爲什麼不進去找他了？」

這人苦笑道：「我……我怕……」

孟星魂沉著臉道：「怕什麼？快進去，他正在裡面等你。」

他叫別人進去，自己卻大步走出了門。

這人在門口愣了半天，終於硬著頭皮走進去。

孟星魂很快就聽到他的驚呼聲，忽然嘆了口氣，喃喃道：「喜歡多管閒事的人，的確總是會有麻煩惹上身的。」

角落裡有兩根鐵管，斜斜的向上伸出去。

鐵管的另一端也在井裡——當然在水面之上，因爲這鐵管就是這石室中唯一通風的設備。

人在這裡雖不至於悶死，但呼吸時也不會覺得很舒服的。所以這裡絕不能起火。所以老伯就只有吃冷的。

鳳鳳將鹹肉和鍋餅都切得很薄，一片片的，花瓣般鋪在碟子裡，一層紅、一層白，看來悅目得很。

她已懂得用悅目的顏色來引起別人的食慾。

老伯微笑道：「看來你刀法不錯。」

鳳鳳嫣然道：「可惜只不過是菜刀。」

她眨著眼，又道：「我總覺得女人唯一應該練的刀法，就是切菜的刀法，對女人來說，這種刀法簡直比五虎斷門刀還有用。」

老伯道：「哦？」

鳳鳳道：「五虎斷門刀最多也只不過能要人的命，但切菜的刀法有時卻能令一個男人終生拜倒在你腳下，乖乖的養你一輩子。」

有人說：通向男人心唯一的捷徑，就是他的腸胃。

這世上不愛吃的男人還很少，所以會做菜的女人總不愁找不到丈夫的！

老伯又笑了，道：「我本來總認爲你只不過還是個孩子，現在才知道你真的已是個女人。」

鳳鳳用兩片鍋餅夾了片鹹肉，餵到老伯嘴裡，忽又笑道：「有人說，女爲悅己者容，也有人說，女爲己悅者容，我覺得這兩句話都應該改一改。」

老伯道：「怎麼改法？」

鳳鳳道：「應該改成，女爲己悅者下廚房。」

她眨著眼笑道：「女人若是不喜歡你，你就算要她下廚房去炒個菜，她都會有一萬個不願意的。」

老伯大笑道：「不錯，女人只肯爲自己喜歡的男人燒好菜，這的確是千古不移的大道理！」

鳳鳳道：「就好像男人只肯爲自己喜歡的女人買衣服一樣，他若不喜歡你，你即使要他買塊破布送給你，他都會嫌貴的。」

老伯笑道：「但我知道有些男人雖然不喜歡他的老婆，還是買了很多漂亮衣服給老婆穿。」

鳳鳳道：「那只因他根本不是爲了他的老婆而買的！」

老伯道：「是爲了誰呢？」

鳳鳳道：「是爲了他自己，爲了他自己的面子，其實他心裡恨不得他老婆只穿樹葉子！」

老伯又大笑，忽然覺得胃口也開了。

鳳鳳又夾了塊鹹肉送過去，眼波流動，柔聲道：「我若要你替我買衣服，你肯不肯？」

老伯道：「當然肯！」

鳳鳳道：「你會爲我買怎樣的料子做衣服？」

老伯道：「樹葉子，最好的樹葉子！」

鳳鳳「嚶嚀」一聲，噘起了嘴，道：「那麼你以後也只有吃紅燒木頭了。」

老伯道：「紅燒木頭？」

鳳鳳道：「你讓我穿樹葉子，我不讓你吃木頭？吃什麼呢？」

老伯再次大笑。

他已有很久沒有這麼笑過了！

他笑的時候，一塊鹹肉又塞進了他的嘴。

老伯只有吃下去，忽然道：「你剛才還在拚命的想讓我生氣，現在怎麼變了？」

鳳鳳霎了霎眼，道：「我變了嗎？」

老伯道：「現在你不但在想法子讓我多吃些，而且還在儘量想法子要我開心。」

鳳鳳垂下頭，沉默了很久，才輕輕嘆了口氣，道：「這也許只爲我已想通了一個道理。」

老伯道：「什麼道理？」

鳳鳳道：「這屋子裡只有我們兩個人，你若很不開心，我也一定不會很好受，所以我若想開心些，我一定要先想法子讓你開心。」

她抬起頭，凝視著老伯，慢慢的接著道：「一個人無論在什麼情況下都應該儘量想法子使自己活得開心些，是不是？」

老伯點點頭，微笑道：「想不到你已變得愈來愈聰明了！」

其實女人多數都很聰明，她若已知道無法將你擊倒的時候，她自己就會倒到你這邊來。所以你若是不願被女人征服，就只有征服她，你若和女人單獨相處，就只有這兩條路可走，千萬不能期望還有第三條路，聰明的男人當然都知道應該選擇哪條路，所以你千萬不能妥協。

因爲妥協的意思通常就是「投降」。你只要有一次被征服，就得永遠被征服。

廿五 最後一注

井水很清涼。

鳳鳳慢慢的啜著一杯水，幽幽道：「假如我們真的能在這裡安安靜靜過一輩子，倒也不錯。」

老伯道：「你願意？」

鳳鳳點點頭，忽又長嘆道：「只可惜我們絕對沒法子在這裡安安靜靜的過下去！」

老伯道：「爲什麼？」

鳳鳳道：「因爲他們遲早總會找到這裡來。」

老伯道：「他們？」

鳳鳳道：「他們並不一定是你的仇人，也許是你的朋友。」

老伯道：「我已沒有朋友。」

他說這句話的時候，臉上還是連一點表情都沒有，就像是在敘述著一件極明顯、極簡單；而且與他完全無關的事實。

鳳鳳道：「誰也不知道自己究竟有沒有朋友。真正的朋友平時是看不出來的，但等你到了患難危急時，他說不定就會忽然出現了。」

她說的不錯。

真正的朋友就和真正的仇敵一樣，平時的確不容易看得出。

他們往往是你平時絕對意料不到的人。

老伯忽然想到律香川。

他就從未想到過律香川會是他的仇敵，會出賣他。

現在他也想不出誰是他真正可以同生死、共患難的朋友。

老伯看著自己的手，緩緩道：「就算我還有朋友，也絕對找不到這裡來。」

鳳鳳道：「絕對找不到？」

老伯道：「嗯。」

鳳鳳眼波流動，道：「我記得你以前說過，天下本沒有『絕對』的事。」

老伯道：「我說過？」

鳳鳳道：「你說過。我還記得你剛說過這句話沒多久，我就從床上掉了下去，當時我那種感覺就好像忽然裂開了似的。」

老伯凝視著她，道：「你是不是沒有想到？」

鳳鳳道：「我的確沒有想到，因爲律香川已向我保證過，你絕對逃不了的，否則我也不會答應他來做這件事了。」

她直視著老伯，目中並沒有羞愧之色，接著道：「你現在當然已經知道，我也是被他們買通了來害你的，因爲我以前本是個有價錢的人，只要你出得起價錢，無論要我做什麼事都行。」

老伯道：「你從沒有因此覺得難受過？」

鳳鳳道：「我爲什麼要難受？這世界大多數人豈非都是有價錢麼？只不過價錢有高有低而已！」

老伯忽然笑了笑，道：「你又錯了，這世上也有你無論花多大代價都買不到的人。」

鳳鳳道：「譬如說……那姓馬的？」

老伯道：「譬如說，孫巨。」

鳳鳳道：「孫巨？……是不是那個瞎了眼的巨人？」

老伯道：「是。」

鳳鳳道：「他是不是爲你做了很多事？」

老伯道：「他爲我做了什麼事，絕不是你們能想得到的。」

鳳鳳道：「他在那地道下已等了你很久？」

老伯道：「十三年，一個人孤孤單單的在黑暗中生活十三年，那種滋味也絕不是任何人所能想得到的。」

他目中第一次露出哀痛感激之色，緩緩接著道：「他本來也跟你一樣，有雙明亮的眼睛，你若也在黑暗中待了十三年，你的眼睛也會瞎得跟蝙蝠一樣。」

鳳鳳忍不住機伶伶打了個寒噤，道：「要我那麼做，我寧可死。」

老伯黯然道：「世上的確有很多事都比死困難得多、痛苦得多！」

鳳鳳道：「他爲什麼要忍受著那種痛苦呢？」

老伯道：「因爲我要他那樣做的。」

鳳鳳動容道：「就這麼簡單？」

老伯道：「就這麼簡單！」

他嘴裡說出「簡單」這兩字的時候，目中的痛苦之色更深。

鳳鳳長長吐出口氣，道：「但我還是不懂，他怎麼能及時將你救出去的？」

老伯道：「莫忘記瞎子的耳朵總比普通人靈敏得多。」

鳳鳳動容道：「他一直在聽？」

老伯道：「一直在聽，一直在等！」

鳳鳳的臉忽然紅了，道：「……那麼……那麼他豈非也聽見了我們……」

老伯點點頭。

鳳鳳的臉更紅，道：「你……你爲什麼連那種事都不怕被他聽見？」

老伯沉默了很久，終於道：「因爲連我自己也沒有想到，在我這樣的年紀還會有那種事發生。」

鳳鳳垂下頭。

老伯又在凝視著她，緩緩道：「這十餘年來，你是我第一個女人。」

鳳鳳忽然握住了他的手，握得很緊。

老伯的手依然瘦削而有力。

她握著他的手時，只覺得他還是很年輕的人。

老伯道：「你是不是已在後悔？」

鳳鳳道：「絕不後悔，因爲我若沒有做這件事，就不會認得你這麼樣的人。」

老伯道：「我是個怎麼樣的人？」

鳳鳳道：「我不知道……我只知道現在若還有人要我害你，無論出多少價錢，我都不會答應。」

老伯凝視著她，很久很久，忽也長長嘆息了一聲，喃喃道：「我已是個老人，一個人在晚年時還能遇到像你這樣的女孩子，究竟是幸運，還是不幸？」

有誰能回答這問題？

誰也不能。

鳳鳳的手握得更緊，身子卻在發抖。

老伯道：「你害怕？怕什麼？」

鳳鳳顫聲道：「我怕那些人追上孫巨，他……他畢竟是個瞎子。」

老伯道：「你應該也聽見馬方中說的話，到了前面，就有人接替他了！」

鳳鳳道：「我聽見了，那個接替他的人叫方老二。」

老伯道：「不錯。」

鳳鳳道：「但方老二對你是不是也會像他們一樣忠誠呢？這世上肯爲你死的人真有那麼多？」

老伯道：「沒有。」

鳳鳳道：「但你卻很放心！」

老伯道：「我的確很放心。」

鳳鳳道：「爲什麼？」

老伯道：「因爲忠實的朋友本就不用太多，有時只要一個就足夠了。」

鳳鳳忽然抱住了他，柔聲道：「我不想做你的朋友，只想做你的妻子，無論在這裡還是在外面，無論你將來變成什麼樣子，我都是你的妻子，永遠都不會變的。」

一個孤獨的老人；一個末路的英雄，在他垂暮的晚年中，還能遇著一個像鳳鳳這樣的女孩子。

他除了抱緊她之外，還能做什麼呢？

方老二趕車，孫巨坐在他身旁。

方老二是個短小精悍的人，也是個非常俊秀的車伕，他全神貫注在趕車的時候，世上沒有第二輛馬車能追得上他。

但現在，他並沒有全神貫注在車上。

他的眸子閃爍不定，顯然有很多心事。

孫巨忽然道：「你在想心事？」

方老二道：「你怎麼知道的？」

他顯然吃了一驚，因爲這句話已無異承認了孫巨的話。

但瞬息之後他臉上就露出了譏誚之色，冷笑道：「你難道還能看得出來？」

孫巨冷冷道：「我看不出，但卻感覺得出，有些事本就不必用眼睛看的。」

方老二盯著他看了半天，看到他臉上那一條條鋼鐵般橫起的肌肉時，方老二的態度就軟了下來。

一個人若連臉上的肌肉都像鋼鐵，他的拳頭有多硬就可想而知。

方老二嘆了一口氣，苦笑道：「我的確是在想心事，有時我真懷疑，瞎子是不是總比不瞎的人聰明些。」

孫巨道：「不是，但我卻知道你在想什麼。」

孫巨接著道：「你在想，我們何必辛辛苦苦的趕著輛空車子亡命飛奔，爲什麼不找個地方歇下來，舒舒服服的喝杯酒。」

方老二目光閃動，又在盯著他的臉，像是想從這張臉上，看出這個人的心裡真正想的是什麼。但是，他看不出。

所以他只有試探著，問道：「看來你酒量一定不錯？」

孫巨道：「以前的確不錯。」

方老二道：「以前？你難道已有很多年沒有喝過酒了？」

孫巨道：「很多年——現在我幾乎已連酒是什麼味道都忘記了！」

方老二道：「你難道從來不想喝？」

孫巨道：「誰說我不想？我天天都在想。」

方老二笑了，悄悄笑道：「我知道前面有個地方的酒很不錯，不但有酒，還有女人……」

他大笑得連眼睛都瞇了起來，道：「那種屁股又圓又大、一身細皮白肉的女人，你隨便都捏得出水來──你總不會連那種女人的味道都忘了吧？」

孫巨沒有說話，但臉上卻露出了種很奇特的表情，像是在笑，又不大像。

也許只因爲他根本已忘了怎麼樣笑的。

方老二立刻接著道：「只要你身上帶著銀子，隨便要那些女人幹什麼都行。」

孫巨道：「五百兩銀子夠不夠？」

方老二的眼睛已瞇成了一條線，道：「太夠了，身上帶著五百兩銀子的人，如果還不趕快去享受享受，簡直是傻瓜。」

孫巨還是在猶疑著，道：「這輛馬車……」

方老二立刻打斷了他的話，道：「我們管這輛馬車幹什麼？只要你願意，我也願意，我們隨便幹什麼都沒有人管，根本就沒有人知道。」

他接著又道：「你若嫌這輛馬車，我們可以把它賣了，至少還可以賣個百把兩銀子，那已夠我們舒舒服服的在那裡享受享受兩個月了。」

孫巨沉吟著，道：「兩個月以後呢？」

方老二拍了拍他的肩，道：「做人就要及時行樂，你何必想得太多？想得太多的人也是傻瓜。」

孫巨又沉吟了半晌，終於下了個決定，道：「好，去就去，只不過……」

方老二道：「只不過怎麼樣？」

孫巨道：「我們絕不能將這輛馬車賣出去。」

方老二道：「爲什麼？」

孫巨道：「你難道不怕別人來找我們算帳？」

方老二臉色變了變道：「那麼你意思是……」

孫巨道：「我們無論是將馬車賣出去，還是自己留著，別人都有線索來找我們，但我們若將這輛馬車和兩匹馬全都徹底毀了，還有誰能找到我們？」

他拍了拍身上一條又寬又厚的皮帶，又道：「至於銀子，你大可放心，我別的都沒有，就是有點銀子。」

方老二眉開眼笑，道：「好，我聽你的，你說怎麼樣，咱們就怎麼辦。」

孫巨道：「現在距離天黑還有多久？」

方老二道：「快了。」

孫巨道：「我記得這附近有好幾個湖泊。」

方老二道：「不錯，你以前到這裡來過！」

方老二將馬車停在湖泊。

夜已深，就算在白天，這裡也少有人跡。

孫巨道：「這裡有沒有石頭？」

方老二道：「當然有。」

孫巨道：「好，找幾個最大的石頭到這馬車裡去。」

這件事並不困難。

方老二道：「裝好了之後呢？」

孫巨道：「把車子推到湖裡去。」

「噗通」一聲，車子沒入了湖水中。

孫巨突然出手，雙拳齊出，打在馬頭上。

兩匹健馬連嘶聲都未發出，就像個醉漢般軟軟的倒了下去。

方老二看得眼睛都直了，半天透不出氣來。

只見刀光一閃，孫巨已自靴筒裡抽出了柄解腕尖刀，左手拉起了馬匹，右手一刀剁了下去。

他動作並不太快，但卻極準確、極有效。

兩匹馬眨眼間就被他分成了八塊，風中立刻充滿了血腥氣。

方老二已忍不住在嘔吐。

孫巨冷冷道：「你吐完了麼？」

方老二喘息著，他現在吐的已是苦水。

孫巨道：「你若吐完了，就趕快挖開個大洞，將這兩匹馬和你吐的東西全都埋起來。」

方老二喘息著道：「爲什麼不索性綁塊大石頭沉到湖裡去，爲什麼還要費這些事？」

孫巨道：「因爲這麼樣做更乾淨！」

他做得的確乾淨，乾淨而徹底。

馬屍泡在湖水中，總有腐爛的時候，腐爛後說不定就會浮起來，說不定就會被人發覺。

那種可能也並不太大，但就算只有萬一的可能，也不如完全沒有可能的好。

方老二嘆了口氣，苦笑道：「想不到你這樣大的一個人，做事卻這麼小心。」

孫巨道：「我不能不特別小心。」

方老二道：「爲什麼？」

孫巨道：「因爲我已答應老伯過，絕不讓任何人追到我的。」

他臉上又露出了那種很奇怪的表情，緩緩地接著道：「只要我答應過他的事，無論如何都一定要做到。」

方老二忍不住地道：「你還答應過他什麼？」

孫巨一字字道：「我還答應過他，只要我發現你有一點不忠實，我就要你的命！」

方老二臉色立刻慘變，一步步往後退，嗄聲道：「我……我只不過是說著玩玩的，其實我……」

孫巨打斷了他的話，冷冷道：「也許你的確只不過是說著玩的，但我卻不能冒險，我絕不能給你一點機會來出賣老伯。」

方老二已退出七、八步，滿頭冷汗如雨，突然轉身飛奔而出。

他逃得並不慢，但孫巨手裡的刀更快。

刀光一閃，方老二的人已被活生生釘在樹上，手足四肢立刻抽緊，就像是個假人般痙攣扭曲了起來。

那淒厲的呼聲在靜夜中聽來就像是馬嘶。

這個洞挖得更大、更深。

孫巨埋起了他，將多出來的泥土撒入湖水裡，然後面朝西南方跪下。

他並不知道天上有什麼神祇是在西南方的，只知道老伯在西南方。

老伯就是他的神。

他跪下時瞎了的眼睛裡又流下淚來。

十三年前，他就已想爲老伯而死的，這願望直到今天才總算達成。

他流著淚低語！

「我本能將馬車趕得更遠些的，怎奈我已是個瞎子，所以我只能死。」

沒有人知道他爲什麼一心要爲老伯而死。

他自己知道。

一個巨人生活在普通人的世界裡，天生就是種悲劇，他一生從沒有任何人對他表示過絲毫溫情。

只有老伯。

他早已無法再忍受別人對他的輕蔑、譏嘲和歧視，早已準備死——先殺了那些可恨的人再死。

可是老伯救了他，給了他溫暖與同情。

這在他說來，已比世上所有的財富都珍貴，已足夠令他爲老伯而死。

他活下來，爲的就是要等待這機會。

有時候只要肯給別人一絲溫情，就能令那人感激終生，有時你只要肯付出一絲溫情，就能回收終生的歡愉。

只可怕世人偏偏要將這一點溫情吝惜，偏偏要用譏嘲和輕蔑去喚起別人的仇恨！

孫巨慢慢的站起來，走向湖畔，慢慢的走入湖水中。

湖水冰冷。

他慢慢的沉下去，摸索著，找到了那輛馬車。

他用力將馬車推向湖心，打開車門，鑽了進去，擠在巨大的石塊中，用力拉緊了車門。

然後他就回轉刀鋒，向自己的心口一刀刺了下去。

尖刀直沒至柄。

他緊緊的按著刀柄，直到心跳停止。

刀柄還留在創口上，所以只有一絲鮮血沁出，轉眼就沒入碧綠的湖水裡。

湖水依然碧綠平靜。

誰也不會發現湖心的馬車，誰也不會發現這馬車中這可怕的屍身，更不會發現藏在這可怕的屍身中那顆善良而忠實的心！

沒有任何線索，沒有任何痕跡。

馬、馬車、孫巨、方老二，從此已自這世界上完全消失。所以老伯也從此消失。

一個聰明的女人，只要她願意，就可以將世上最糟糕的地方為你改變成一個溫暖而快樂的家。

鳳鳳無疑很聰明。

這地方也實在很糟糕，但現在卻已漸漸變得有了溫暖，有了生氣，甚至已漸漸變得有點像個家了。

每樣東西都已擺到它應該擺的地方，用過的碗碟立刻就洗得乾乾淨淨，吊在牆上的鹹肉和鹹魚已用雪白的床單蓋了起來。

馬方中不但為老伯準備了很充足的食物，而且還準備了很多套替換的衣服和被單。

他知道老伯喜歡乾淨。

鳳鳳在忙碌著的時候，老伯就在旁邊看著，目中帶著笑意。

男人總喜歡看著女人為他做事，因為在這種時候，他就會感覺到這女人是真正喜歡他的，而且是真正屬於他的。

鳳鳳輕盈的轉了個身，將屋子又重新打量一遍，然後才嫣然笑道：「你看怎麼樣？」

老伯目中露出滿意之色，笑道：「好極了！」

鳳鳳道：「有多好？」

老伯道：「好得簡直已有點像是個家了。」

鳳鳳叫了起來，道：「像是個家？誰說這地方只不過像是個家？」

她又燕子般輕盈的轉了個身，笑道：「這裡根本就是個家，我們的家。」

老伯看著她容光煥發的臉，看著她充滿了青春歡樂的笑容，忽然覺得自己好像也年輕了起來。

鳳鳳道：「世上有很多小家庭都是這樣子的，一個丈夫，一個妻子，一間小小的房屋，既不愁吃、又不愁穿，也不愁挨凍。」

她滿足的嘆了口氣，道：「無論什麼樣的女人，只要有了個這麼樣的家，都已應該覺得滿足！」

老伯笑了笑，道：「只可惜這丈夫已經是個老頭子了。」

鳳鳳咬起了嘴唇，嬌嗔道：「你爲什麼總是覺得自己老呢？」

她不讓老伯說話，很快的接著又道：「一個女人心目中的好丈夫，並不在乎他的年紀大小，只看他是不是懂得對妻子溫柔體貼，是不是一個頂天立地的男子漢。」

老伯微笑著，忍不住拉起她的手。

有人將他當做好朋友，也有人將他當做好男兒，但被人當做好丈夫，這倒還是他平生第一次。

他從未做過好丈夫。

他成親的時候，他還是在艱苦奮鬥、出生入死的時候。

他的妻子雖也像鳳鳳一樣，聰明、溫柔而美麗，但他一年中卻難得有幾天晚上和妻子共度過。

等他漸漸安定下來、漸漸有了成就時，他妻子已因憂慮所積的病痛而死，直到死的時候還是毫無怨言、毫無所求，她唯一的要求，就是要求他好好的看待她的兩個孩子。

他沒有做到。

他既不是好丈夫，也不是個好父親。

老伯是屬於大家的，已沒有時間照顧他自己的兒女。

想到他的兒女，老伯心裡就不由自主地覺得一陣酸苦。

兒子已被他親手埋葬在菊花下，女兒呢？……

他忽然發現自己從來沒有真正瞭解過她，從來沒有真正關心過她的幸福，他所關心的，只不過是他自己的面子。

「爲什麼一個人總要等到老年時，才會真正關心自己的女兒？」

是不是因爲那時候他已沒有什麼別的事好關心了？

是不是因爲一個人只有在窮途末路時才會懺悔自己的錯誤。

老伯長長嘆息了一聲，道：「我從來也不是個好丈夫，以前不是，以後也不會是的。」

鳳鳳嬌笑一聲，道：「我不管你以前的事，只要你現在……」

老伯搖搖頭，打斷了她的話，道：「現在我就算想做個好丈夫，也來不及了。」

鳳鳳道：「為什麼來不及？只要你願意，你就能做到。」

老伯道：「只可惜有些事我雖不願意做，卻也非做不可！」

他目光凝視著遠方，表情漸漸變得嚴肅！

鳳鳳看著他，目中忽然露出了恐懼之色，道：「你還想報復？」

老伯沒有回答。

沒有回答通常就是肯定的回答。

鳳鳳道：「你為什麼一定要報復？難道就不能忘了那些事？重新做另外一個人？」

老伯道：「不能！」

鳳鳳道：「為什麼？……為什麼？」

老伯道：「因為我若不去報復，我這人就算真還能活著，也等於死了。」

鳳鳳垂下頭道：「我不懂。」

老伯道：「你的確不懂。」

以牙還牙，以血還血！

這不但是老伯的原則，也是每個江湖好漢的原則。他若不能做到這一點，就表示他已變得膽小而懦弱，非但別人要恥笑他，看不起他，他自己也會看不起自己。

一個人若連自己都看不起，他還活著幹什麼？

老伯緩緩道：「我若從頭再活一遍，也許就不會做一個這麼樣的人，但現在再要我改變卻已來不及了。」

鳳鳳霍然抬頭道：「你就算從頭再活一遍，也還是不會改變的，因爲你天生就是這麼樣的一個人，天生就是『老伯』！」

她聲音又變得很溫柔，柔聲道：「也許就連我都不希望你改變，因爲我喜歡的就是像你這麼樣的一個人，不管你是好、是壞，你總是個不折不扣的男子漢。」

她說的不錯。

老伯永遠是老伯。

永遠不會改變，也永遠沒有人能代替。

不管他活的方式是好、是壞，他總是的的確確在活著！

這已經很不容易了！

老伯躺了下去，臉上又變得毫無表情。

他痛苦的時候，臉上總不會露出任何表情來。

現在他正在忍受著痛苦——他背上還像是有針在刺著。

鳳鳳凝視著他，滿懷關切，柔聲道：「你的傷真能治得好麼？」

老伯點點頭。

鳳鳳道：「等你的傷一好，你就要出去？」

老伯又點點頭。

鳳鳳用力咬著嘴唇，道：「我只擔心，以你一個人之力，就能對付他們？」

老伯勉強笑了笑，道：「我本就是一個人出來闖天下的！」
鳳鳳道：「但那時你還有兩個很好的幫手！」
老伯道：「你知道？」
鳳鳳道：「我聽說過！」
她笑了笑，又道：「我還沒有見到你的時候，就已聽人說起過你很多的事！」
老伯閉上眼睛。
他顯然不願再討論這件事，是不是因爲他也和鳳鳳同樣擔心？
鳳鳳卻還是接著說了下去道：「我知道那兩個人一個叫陸漫天，一個叫易潛龍，他們後來雖然也全都背叛了你，但當初卻的確爲你做了不少事！」
老伯忍不住道：「你還知道什麼？」
鳳鳳嘆了口氣道：「我還知道你現在再也找不到像他們那樣的兩個人了。」
老伯也嘆了口氣，喃喃道：「女人真奇怪，不該知道的事她們全知道，該知道的事，她們反而全不知道。」
鳳鳳凝視著他，過了很久，才緩緩說道：「你是不是不願聽我說起這件事？你以爲我自己很喜歡說？」
老伯道：「你可以不說。」
鳳鳳捏著自己的手，道：「我本來的確可以不說，我可以揀那些你喜歡聽的話說，但現在……」

她目中忽然有淚流下，嘶聲道：「現在我怎麼能不說？你是我唯一的男人，我這一生已完全是你的，我怎麼能不關心你的死活？」

老伯終於張開了眼睛。

在這種情況下，沒有一個男人還能硬得起心腸來的。

鳳鳳已伏在他身上，淚已沾濕了他胸膛。

她流著淚道：「我只想聽你說一句話，你這次出去，有幾分把握？」

老伯輕撫著她的頭髮，緩緩道：「你知不知道實話總是會傷人的？」

鳳鳳道：「我知道，我還是要聽。」

老伯沉默了很久，緩緩道：「我是個賭徒，賭徒本來總會留下些賭注準備翻本的，但這……這次我卻連最後一注也押了下去。」

鳳鳳道：「這一注大不大？」

老伯笑了笑，笑得很淒涼，道：「最後一注，通常總是最大的一注。」

鳳鳳道：「這一注有沒有被他們吃掉？」

老伯道：「現在還沒有，但點子已開出來了。」

鳳鳳道：「誰的點子大？」

老伯道：「他們的！」

鳳鳳全身都顫抖了起來，哽聲道：「他們既然還沒有吃掉，你就應該還有法子收回來！」

老伯搖搖頭，道：「現在已來不及了。」

鳳鳳道：「爲什麼？」

老伯道：「因爲賭注並不在這裡。」

鳳鳳道：「你押在哪裡了？」

老伯道：「飛鵬堡！」

鳳鳳顯得很驚訝，道：「飛鵬堡豈非就是十二飛鵬幫的總舵？」

老伯點點頭，嘆道：「因爲那時我還以爲萬鵬王才是我真正的仇敵，唯一的對手！」

鳳鳳也嘆了口氣，道：「我好像記得有人說過，真正的仇敵就和真正的朋友一樣，只有最後關頭才能看得出來。」

老伯苦笑道：「你當然應該記得，因爲這句話就是我說的！」

鳳鳳道：「可是你爲什麼要將賭注押在別人一伸手就可以吃掉的地方呢？」

老伯道：「因爲我算準他吃不掉。」

鳳鳳道：「是不是因爲那一注太大？」

老伯道：「大小並不重要，重要的是，根本沒有人知道這一注押在哪裡！」

鳳鳳道：「爲什麼？」

老伯沉聲道：「因爲這一注押在另一注後面的！」

鳳鳳想了想，皺眉道：「我不懂……」

老伯道：「我決定在初七那一天，親自率領四路人馬由飛鵬堡的正面進攻，在別人看來，這也是我的孤注一擲，只不過這一注是明的！」

鳳鳳目光閃動，道：「其實你還有更大的一注押在這一注後面？」

老伯道：「不錯。」

鳳鳳道：「你怎麼押的？」

老伯道：「這些年來，誰也不知道我又已在暗中訓練出一組年輕人。」

鳳鳳道：「年輕人？」

老伯道：「年輕人血氣方剛，血氣方剛的人才有勇氣拚命，所以我將這一組稱爲『虎組』，因爲他們正如初生之虎，對任何事都不會有所畏懼。」

鳳鳳道：「但，年輕人豈非總是難免缺乏經驗嗎？」

老伯道：「經驗雖重要，但到了真正生死決戰時，就遠不及勇氣重要了。」

鳳鳳道：「你訓練他們爲的就是這一戰？」

老伯點點頭，道：「養兵千日，用在一朝，爲了這一戰，他們已等了很久，每一個人都已明白這一戰對他們有多麼重要。」

鳳鳳眨眨眼，道：「我還不明白！」

老伯道：「我已答應過他們，只要這一戰勝了，活著的每個人都可榮華富貴，享受一生，這一戰若敗了，大家就只有死路一條！」

鳳鳳嫣然道：「他們當然知道，只要是老伯答應過的話，從來沒有不算數的！」

老伯道：「所以現在他們不但士氣極旺，而且都已抱定不勝不戰的決心。」

鳳鳳道：「現在，你已將他們全部調集到飛鵬堡？」

老伯道：「不錯。」

鳳鳳道：「你已和他們約定，在初七那一天進攻？」

老伯道：「初七的正午。」

鳳鳳道：「你由正面進攻，他們當然攻後路了？」

老伯點點頭，道：「我雖然沒有熟讀兵法，但也懂得『前後夾攻，聲東擊西，虛則實之，實則虛之，出其不意，攻其不備』的道理！」

鳳鳳也大笑道：「你說他們那些人都正如初出猛虎，又抱定了必勝之心，就憑這一股銳氣，已不是飛鵬堡那些老弱殘兵所能抵擋的了。」

老伯道：「飛鵬堡的守卒雖不能說是老弱殘兵，但近十年來已無人敢輕越飛鵬堡雷池一步，安定的日子過得久了，每個人都難免疏忽。」

鳳鳳道：「就算是一匹千里馬，若久不下戰場，也會養出肥腰的。」

老伯凝視著她，微笑道：「想不到你懂的事並不少。」

他忽然覺得和鳳鳳談話是件很愉快的事，因爲無論他說什麼，鳳鳳都能瞭解。

對一個寂寞的老人來說，這一點的確比什麼都重要。

鳳鳳長長吐出口氣，道：「我現在才明白，你爲什麼會那樣有把握了。」

老伯的雄心卻已消沉，緩緩道：「但我卻忘了我自己說的一句話。」

鳳鳳道：「什麼話？」

老伯沉聲道：「一個人無論什麼事，都不能太有把握！」

鳳鳳的臉色也沉重了起來，慢慢的點了點頭，黯然道：「現在你明白那一注想必已被吃掉。」

老伯嘆道：「我雖然並沒有將這計劃全部說出來，但律香川早已起了疑心，當然絕不會放過他們了。」

鳳鳳道：「那些青年的勇士們當然也不會知道你這邊已有了變化。」

老伯黯然道：「他們就算聽到這消息，只怕也不會相信。」

他知道他們信賴他，就好像信徒們對神的信賴一樣。

因為老伯就是他們的神！永遠的、不敗的神！

鳳鳳道：「所以他們一定還是會按照計劃，在初七那一天的正午進攻？」

老伯點點頭，目中已不禁露出悲傷之色。因為他已可想像到他們的遭遇。

這些年輕人現在就像是一群飛蛾，當他們飛向烈火，卻還以為自己終於已接近光明。

也許直到他們葬身在烈火中之後，還會以為自己飛行的方向很正確。

因為這方向是老伯指示他們的……

老伯垂下頭，突然覺得心裡一陣刺痛，直痛到胃裡。

他平生第一次自覺內疚。

他發覺這種感覺甚至比仇恨和憤怒，更痛苦得多。

鳳鳳也垂下頭，沉默了很久，黯然嘆息著道：「你訓練這一組年輕人，必定費了很多苦心？」

老伯捏緊雙手，指甲都已刺入肉裡。

有件事他以前總覺得很有趣——人到老年後，指甲反而長得快了。

鳳鳳又沉默了很久，忽然抬起頭，逼視著他，一字字道：「現在你難道要眼看著他們被吃掉？」

老伯也沉默了很久，緩緩道：「我本以爲手裡捏著的是副通吃的點子，誰知卻是通賠。」

鳳鳳道：「所以你……」

老伯道：「一個人若拿了副通賠的點子，就只有賠！」

鳳鳳道：「但現在你還有轉敗爲勝的機會。」

老伯道：「沒有。」

鳳鳳大聲道：「有！一定有！因爲現在你手裡的點子沒有亮出來。」

老伯道：「縱然還沒有亮出來，也沒有人能改變了。」

鳳鳳道：「你怎麼又忘了你自已說的話，天下沒有絕對的事！」

老伯道：「我沒有忘，但是……」

鳳鳳打斷了他的話，道：「你爲什麼不叫馬方中去通知虎組的人，告訴他們計劃已改變？」

老伯道：「因爲我現在已不敢冒險。」

鳳鳳道：「這也算冒險？你豈非很信任他？」

老伯沒有回答。

他不願被鳳鳳或其他任何人瞭解得太多。

馬方中若不死，就絕不忍心要他的妻子兒女先死！

這是人之常情。

馬方中是人。

他的妻子兒女若不死，就難免會洩露老伯的秘密。

女人和孩子都不是肯犧牲一切，爲別人保守秘密的人。

老伯比別人想得深，所以他不敢再冒險。

他現在已輸不起。

所以他只嘆息一聲，道：「就算我想這麼樣做，現在也已來不及了。」

鳳鳳道：「現在還來得及！」

她不讓老伯開口，很快的接著道：「現在還是初五，距離初七的正午最少還有二十個時辰，已足夠趕到飛鵬堡去。」

這地方根本不見天日，她怎麼能算出時日來的？因爲女人有時就像野獸一樣，對某種事往往會有極神秘的第六感。

老伯瞭解這一點，所以他絕不爭辯。

他只問了一句：「現在我能叫誰去？」

鳳鳳道：「我！」

老伯笑了，就好像聽到一件不能不笑的事。

鳳鳳瞪眼道：「我也是人，我也有腿，我爲什麼不能去？」

老伯的回答很簡單，道：「因爲你不能去。」

鳳鳳咬著牙，道：「你還不信任我？」

老伯道：「我信任你。」

鳳鳳道：「你以爲我是個弱不禁風的女人？」

老伯道：「我知道你不是。」

鳳鳳道：「你怕我一出去就被人捉住？」

這次老伯才點了點頭，嘆道：「你去比馬方中去更危險。」

鳳鳳道：「我可以等天黑之後再出去。」

老伯道：「天黑之後他們一樣可以發現你，也許比白天還容易。」

鳳鳳道：「但他們既然認爲你已高飛遠走，就不會派人守在這裡。」

老伯道：「律香川做事一向很周密。」

鳳鳳道：「現在他要做的事很多，而且沒有一件不是重要的。」

老伯道：「不錯。」

鳳鳳道：「所以，至少他自己絕對不會守在這裡！」

老伯點點頭，這點他也同意。

鳳鳳道：「他就算留人守在這裡，也只不過是以防萬一而已，因爲誰也想不到你還留在這裡。」

老伯也同意。

鳳鳳道：「所以，他們也絕不會將主力留在這裡。」

老伯沉思著，緩緩道：「你是說他們就算有人留在這裡，你也可以對付的？」

鳳鳳道：「你不信？」

老伯看著她，看著她的手。她的手柔若無骨，只適撫摸，不適於殺人。

鳳鳳道：「我知道你一見到我時，就在注意我的手，因爲你想看我是不是會武功。」

老伯承認。他看不出這雙手練過武——這也正是他要她的原因之一。

鳳鳳道：「但你卻忘了一件事，武功並不一定要練在手上的。」

她的腿突然飛起。

廿六　遠走高飛

練過掌力的手，當然瞞不過老伯。

握過刀劍的手，也瞞不過老伯。

甚至連學過暗器的手，老伯都一眼就能看出。

但鳳鳳練的是鴛鴦腿。

所以她瞞過了老伯。

老伯現在才明白她的腿爲什麼夾得那麼緊。

這也許是因爲他已太久沒有接近過女人，沒有接近過女人的腿。

一剎那間，她已踢出了五腿。她踢得很快、很準確；而且很有力。

這點老伯看得出。她停下來的時候，並沒有臉紅，也沒有喘氣。

老伯目光閃動，道：「這是誰教給你的？」

鳳鳳道：「高老大，她始終認爲女人也應該會點武功，免得被人欺負。」

她抿著嘴一笑，又道：「但她認爲女人就算練武，也不能將一雙手練粗，因爲男人都不喜歡手粗的女人，而且她還說……」說到這裡，她的臉忽然紅了。

老伯道：「她還說了什麼？」

鳳鳳垂下頭，咬著嘴唇道：「她還說……女人的腿愈結實、愈有力，就愈能讓男人快樂。」

老伯看著她的腿，想到那天晚上她腿的動作。

他心裡忽然升起一種慾望。

他已有很多年不再有這種慾望。

鳳鳳眼波流動，已發現他在想著什麼，突然輕巧的躲開，紅著臉道：「現在不行，你的傷……」

她拒絕，並不是因爲她真的要拒絕，只不過因爲關心他。

對男人來說，沒有什麼能夠比這種話更誘惑的了。

在這種情況下，一萬個男人中最多也只有一個能控制住自己的慾望。

幸好老伯就是那唯一的例外。

所以他只嘆了口氣，道：「看來你那高老大不但很聰明，而且很可怕。」

鳳鳳道：「她的確是的，但她卻說，愈可怕的女人，男人反而愈覺得可愛。」

老伯微笑道：「這句話我一定會永遠記得。」

鳳鳳眨了眨眼，道：「現在，你總該相信我了吧？」

老伯道：「我相信。」

鳳鳳歡喜嚷道：「你肯讓我去了？」

老伯道：「不肯。」

鳳鳳幾乎叫了起來，道：「爲什麼……爲什麼？」

老伯道：「你就算能離開這裡，也無法到達飛鵬堡。」

他沉著臉又道：「這條路上現在必定已到處都有他們的人，你不認得他們，他們一定認得你。」

鳳鳳道：「我不怕。」

老伯道：「你一定要怕。」

鳳鳳道：「你認爲我的武功那麼差勁？」

老伯道：「據我所知，律香川的手下至少有五十個人能活捉你，一百個能殺了你！」

他當然知道。

律香川的手下，以前就是他的手下。

鳳鳳垂下頭，看著自己的腿，忍不住道：「你說只有五十個能活捉我，反而有一百個人能殺我？」

老伯嘆道：「因爲捉一個人，比殺了他更難得多，你若連這道理都不懂，怎麼能走江湖？」

鳳鳳眼波流動，忽又抬頭，道：「但他們絕不會殺了我的，是不是？」

老伯道：「不錯，因爲他們一定要從你口中逼問我的下落。」

鳳鳳道：「那樣就更好了。」

老伯皺了皺眉，道：「怎麼會更好？」

鳳鳳道：「因爲他們若問我，我就會告訴他們，你已坐著馬車遠走高飛了，我甚至還會指出一條路，叫他們去追。」

她臉上帶著很得意的表情，因爲她總算已想到了一點老伯沒有想到的地方。

老伯道：「你認爲他們會相信你的話？」

鳳鳳道：「當然會相信，因爲他們始終還認爲我是他們那一邊的人，怎麼會想到……想到我已對你這麼好呢！」

她垂下頭，臉又紅了。

老伯道：「他們若問你，是怎麼逃出來的？你怎麼說？」

鳳鳳道：「我就說，因爲你受的傷很重，自知已活不長了，所以就放了我一條生路。」

她接著又道：「我這麼樣說，連律香川都不會不信，因爲你若要殺我，我早就死了……」

她慢慢的抬起頭看著老伯，目光是那麼溫柔。

她的嘴雖已沒有說話，但眼睛卻在說話──說出了她的情意、她的感激。

老伯也在看著她，過了很久，突然搖頭，道：「我還是不能讓你去！」

鳳鳳的手漸漸握緊，突然以手掩面，失聲痛哭，道：「我知道你爲什麼不讓我去，因爲你還是不信任我，還以爲我會出賣你，你……你……你難道還看不出我的心？」

老伯長長嘆息了一聲，柔聲道：「我知道你要走是爲了我，但你知不知道，我不讓你去，也是爲了你？」

鳳鳳用力搖著頭，大聲道：「我不知道，我也不懂。」

老伯柔聲道：「現在你也許已有了我的孩子，我怎麼能讓你去冒險？」

對這件事他比以前更有信心，因爲他已發覺自己並沒有那麼老。

他既然還能有慾望，就應該還能有孩子。

鳳鳳終於勉強忍住了哭聲，道：「就因爲我已可能有了你的孩子，所以才更不能不去。」

老伯道：「爲什麼？」

鳳鳳抽泣著，一字字道：「因爲我不該讓孩子一生出來就沒有父親！」

這句話就像條鞭子，捲住了老伯的心。

鳳鳳淒然道：「你自己也該知道，這已是你最後的希望，你絕不能再失去這一組人，你的仇敵不止律香川，還有萬鵬王，就憑你一個人的力量，無論如何也鬥不過他們！你就算還能活著出去，也只有死。」

這些話她剛才已說過，不過現在已完全沒有惡意。

她每個字都說得那麼沉痛，那麼懇切。

老伯無法回答，更無法爭辯，因爲他也知道她說的是事實。

他對自己也實在沒有信心。

鳳鳳凝視著他，忽然在他面前跪下，流著淚道：「求求你，爲了我，爲了孩子，爲了你自己，你都應該讓我去，否則我寧可現在就死在你面前。」

老伯又沉默了很久，終於一字字緩緩道：「距離飛鵬堡不遠的小城裡，有個鏢局，以前的主人叫武老刀，武老刀死了後，鏢局已封閉。」

鳳鳳眼睛亮了，失聲道：「你……你肯了？」

老伯沒有回答，只是接著道：「你只要一走進那鏢局，就會看到一個又矮又跛的跛老人，他一定會問你是誰，你千萬不能回答，連一個字都不能回答，要等他問你七次之後，你才能說『潛龍升天』，只說這四個字，他就明白是我要你去的了。」

鳳鳳突又伏倒在他腿上，失聲哭泣。

連她自己也分不清這時應該悲哀？還是值得歡喜？

無論如何，他們現在總算有一線希望。

但又有誰知道那是種什麼樣的希望呢？

這密室的確建造得非常巧妙。

鳳鳳潛入池水，找著了水池邊的一柄把手，輕輕的一扳，就覺得水在流動。

她順著流動的水滑出去，往上一升，就發覺人已在井裡。

抬起頭，星光滿天。

好燦爛的星光，她第一次發覺星光竟是如此輝煌美麗。

連空氣都是香甜的。

她深深的吸進一口氣，忍不住笑了，連眸子裡都充滿了笑意。

她無法不笑，無法不得意。

「沒有人能欺騙老伯，沒有人能出賣老伯！」

想到這句話，她更幾乎忍不住要笑出聲來。但現在她當然還不能笑得太開心，她還要再等一等，等老伯已絕對聽不到她笑聲的時候。到了那時，她隨便要怎麼笑都行！

星光滿天。

一個美麗的少女慢慢的從井裡升起，她穿的雖然是件男人的衣裳，但濕透了之後就已完全緊貼在她身上。

星光下，濕透了的衣裳看起來就像是透明的。

淡淡的星光照著她成熟的胸，纖細的腰，結實的腿……照著她臉上甜蜜美麗的微笑，照著她比星光還亮的眸子。

她看來像是天上的仙子，水中的女神。

夜很靜，沒有聲音，沒有人。

她忽然銀鈴般笑了起來，笑得彎下了腰。無論她笑得多開心，都是她應得的。

因爲她不但比別人美麗，也比別人聰明——甚至比老伯都聰明。

爲什麼少女們總能欺騙老人？甚至能欺騙比她精明十倍的老人？

是不是因爲老人們都太寂寞？所以對愛情的渴望反而比少年更強烈？

所以連一個目不識丁的少女，有時也會令一個經驗豐富、睿智飽學的老人沉迷在她的謊言裡。

是她真的騙過了他？

還是他爲了要捕捉那久已逝去的青春，所以在自己騙自己？

無論如何，青春總是美麗的。

自由更美麗。

鳳鳳只覺得自己現在自由得就像是這星光下的風，全身都充滿了青春的歡樂，青春的活力。

她還年輕，現在她想做什麼，就能做什麼，想到哪裡去，就能到哪裡去。

「沒有人比老伯聰明！沒有人能令老伯上當！」

她忍不住縱聲大笑了起來，現在她隨便想怎麼笑都行，想笑多久，就笑多久，想笑得多大聲，就笑得多大聲。

可是她笑得好像還太早了些。

突然間，她笑聲停頓。她看到了一條人影。

廿七　殺手同門

這人就像是幽靈般，動也不動的站在黑暗中，站得筆直。

鳳鳳看不清他的臉，更看不出他臉上的表情，只能看到他的眼睛。

一雙野獸般閃閃發著光的眼睛。

她突然覺得很冷，不由自主用雙手掩住了胸膛，低喝道：「你是什麼人？」

人影沒有動，也沒有出聲。他究竟是不是人？

鳳鳳冷笑道：「我知道你是幹什麼的，你也應該認得我！」

留守在這裡的人，當然應該是律香川的屬下。

律香川當然已將她的模樣和容貌詳細的告訴了他們，甚至已繪出了她和老伯的畫像，交給他們帶在身邊。

律香川做事之仔細周密，近年來在江湖中已博得極大的名聲。

鳳鳳昂起頭，大聲道：「快回去告訴你們的主子，就說我……」

她突然警覺。這個人若真是律香川的屬下，此刻早已該撲過來，怎會還靜靜的站在那裡。

她畢竟還沒有得意忘形，一想到這裡，身子忽然搖了搖，像是要跌倒。有風在吹，她身上的衣裳已貼得沒那麼緊。她故意將衣襟散開，露出衣裡雪白晶瑩赤裸著的胴體。

星光燦爛。

她知道自己的胴體在星光下看來是多麼誘人，也知道在哪種角度才能讓對方隱隱約約看到最誘人的地方，這本是她的武器。

她的確是懂得將自己的武器發出最大的效力。

衣襟飛揚。星光恰巧照在她身上最誘人犯罪的地方。

只要不是瞎子，就絕不會錯過，只要是男人，就一定會心動。

男人只要一心動，她就有法子對付。

這人不是瞎子，是個眼睛很亮的男人。

鳳鳳呻吟著，彎下腰，抱緊了自己。

她知道對方已看到，就及時將自己掩蓋。

她不想讓這人看得太多。

若要再看多些，就得付出代價。

她呻吟著，道：「快來……來扶我一把，我的肚子……」

這人果然忍不住走了過來。

她看到這人的腳，正慢慢的向她面前移動。

一雙很穩定的腳，但穿著的卻是雙布鞋，而且已十分破舊。

穿破鞋的男人，絕不會是個了不起的人，他這一生也許還沒有見過像鳳鳳這麼美麗的女子。

鳳鳳嘴角又不禁露出一絲狡黠的微笑，呻吟的聲音更可憐，這也是她的武器。

她知道男人喜歡聽女人的呻吟，愈可憐的呻吟愈能令人銷魂。

就只這呻吟聲，已足以喚起男人的慾望。

她非但不怕，而且也很懂得如何利用男人的這種慾望。

這人的腳步果然彷彿加快了些。

鳳鳳伸出手，顫聲道：「快……快，我已經受不了……」

這是句很有趣的雙關話，連她自己都覺有趣。

這人只要是個活人，就必定難免被她引誘得神魂不定。

她算準了這點。

她的腿突然飛起。

刹那間，她已連環踢出五腿，每一著踢的都是要害，無論這人是誰，先踢死他再說。

她還沒有親手殺死過人，想到很快就會有個活生生的人死在腳下，她的心也不禁開始跳起來。

就在這一刹那，她突然覺得足踝上一陣劇痛、頭腦一陣暈眩。

然後她就發覺她整個人已經被人倒吊著提在手裡，就像是提著一隻雞。

她想掙扎，但是踝上那種痛徹心脾的痛楚，已使她完全喪失了反抗的力量和勇氣。

這人用一隻手提著她，還是動也不動的站在那裡，他的手伸得很直，那雙明亮的眼睛，正在看她的臉。

她臉上帶著可憐的表情，淚已流了下來，顫聲道：「你揑痛了我，快放我下來。」

這人還是不聲不響，冷冷的盯著她。

鳳鳳流著淚道：「我的腳被你揑碎了，你究竟想什麼？難道想……想……」

她沒有說出那兩個字。

她要這男人自己去想那兩個字。自己去想像那件事。

「求求你，不要那樣做，我怕……我還是個女孩子。」

這不是哀求，而是提醒！提醒他可以在她身上找到什麼樣的樂趣。

她不怕那件事。

那本是最後的一樣武器，無疑也是最有效的一種。

「你看我的腳，求求你，我真的已受不了。」

這已不是提醒，而是邀請。

她沒有穿鞋子。

她的腳纖秀柔美，顯然一直都保護得很小心，因爲她知道，女人的腳在男人心目中，和那件事多麼接近。

但假如世上只有一個男人拒絕這種邀請，也許就是她現在遇著的這個人。

他的確在看著，但卻好像在看著個死人似的，目光反而更冷，更銳利。

鳳鳳終於明白自己遇著的是個怎麼樣的人了！

這人也許沒有老伯的威嚴氣勢，沒有律香川的陰沉狠毒，但卻比他們更可怕。

因爲她忽然發現這人眼睛裡有種奇特的殺氣。

很多人眼睛都有殺氣，但那種殺氣總帶著瘋狂和殘酷。

這人卻不同。

他是完全冷靜的，冷靜得出奇，這種冷靜遠比瘋狂更令人恐懼。

鳳鳳的心也冷了下來，不再說話。

這人又等了很久，才一字字道：「你還有沒有話說？」

鳳鳳嘆了口氣，道：「沒有了。」

她已發覺無論用什麼法子來對付這人，都完全沒有用。

這人冷冷道：「很好，現在我問一句，你就要答一句。」

鳳鳳咬著唇，道：「我若答不出呢？」

這人道：「你一句話答不出，我就先捏碎你這隻腳！」

他說話的態度還是很冷靜，但卻沒有人會懷疑他說的是假話。

他一字字接著道：「你只要有二句話答不出，我就把你的手腳全都捏碎。」

鳳鳳全身都已冰冷，顫聲道：「我……我明白了，你問吧。」

這人道：「你是什麼人？」

鳳鳳道：「我姓華，叫鳳鳳。」

這人道：「你怎會到這裡來了？來幹什麼？」

鳳鳳猶豫了。

她猶豫，並不是因爲她要爲老伯保守秘密，而是因爲她無法判斷說出來後，會有什麼樣的後果。

這人若是老伯的朋友，在他面前說出老伯的秘密，豈非也是不智之舉？

但若不說呢？是不是能用假話騙得過他？

她一向很會說謊，說謊本是她職業的一部份，但是在這人面前，她卻實在全無把握。

這人冷冷道：「我已不能再等，你……」

他瞳孔忽然收縮，忽然將鳳鳳重重往地下一摔，人已飛掠而起。

鳳鳳被摔得全身骨節都似已將鬆散，幾乎已暈了過去。

只見他人影飛鷹般沒入黑暗，黑暗中突也掠出兩個人來。

這兩人動作很快，手裡刀光閃動，一句話沒有說，刀光已劃向他的咽喉和小腹。

兩柄刀一上一下，不但快，而且配合得很好。

這兩人顯然也是以殺人爲職業的人。

只可惜他們遇見的是這一行的專家。

他們的刀剛砍出，就飛起。

然後他們的人也飛起，跌下。

鳳鳳甚至連這人將他們擊倒的動作都沒有看清，也沒有聽見他們的慘呼。

她只聽見一種奇異的、令人毛骨悚然的聲音。

她從未聽過如此可怕的聲音——很少有人能聽到這種聲音，那是骨頭碎裂的聲音。

星光本來是溫柔的，夜本來也是溫柔的，但這種聲音卻使得天地間立刻充滿一種殘酷詭秘之意。

鳳鳳忍不住機伶伶打了一個寒噤，似已將嘔吐。

她看著這人把屍體提起，拖入屋子裡，又將兩把刀沉入井底。

他不將屍體掩埋，因爲那也會留下痕跡。

他將屍體塞入了馬家廚房的灶裡！

鳳鳳雖然沒有看見，但卻已發覺他每一個動作都極準確、極實際，絕沒有浪費一分力氣，也沒有浪費一刻時間。

不但殺人時如此，殺人後也一樣。

然後她又看著這人走回來。

他腳步還是那麼鎮定，態度還是那麼冷靜。

她忽然想起他是什麼人了！

「孟星魂！你就是孟星魂！」

鳳鳳並沒有見過孟星魂。

孟星魂從不喜歡到快活林中找女人，幾乎從沒有在快活林出現過。

他就算出現，也是在深夜，確信沒有人會看到他的時候。

幾乎很少有人知道，世上還有他這麼一個人存在，他這一生，本就是活在陰影中的，直到遇見小蝶時，才看見光明。

鳳鳳沒有見過他，卻知道他！

她已在快活林中生活了很久，在她們那些女孩子之中，有種很神秘的傳說，快活林有個看不見的幽靈，名字叫：孟星魂！

最近她又聽老伯提起這個名字。

是她先問老伯！

「你在這世上已沒有親人？」

「有，還有個女兒。」

「她出嫁了？」

老伯勉強點點頭。

因爲他自己也不能確定，孟星魂能不能真算是他的女婿。

「女婿」這兩個字，本包含了一種很親密的感情，他沒有這種感情！

「你的女婿是什麼人？」

「孟星魂。」

他不經意就說出了這名字，因爲他想不到這名字會令鳳鳳多麼震驚。

「你不想去找他們？」

「因爲我不想讓他們被牽連。」

「爲什麼？」

老伯沒有回答，他不願任何人知道他心裡的歉疚和悔恨！

他無疑已毀了他女兒的一生。

現在他只希望他們能好好的活下去；安安定定的過一生。

只希望他們永遠不再沾上一絲血腥。

除此之外，現在他還能做什麼？

孟星魂已很久沒有殺人！

他本已不願再殺人。

現在他雖然看來還是同樣冷靜，但他的胃卻已收縮、痙攣，似將嘔吐。

因爲他自覺滿手血腥。

「孟星魂！你就是孟星魂！」

聽到這句話，他也不禁吃驚，厲聲道：「你怎麼知道我是誰？」

鳳鳳笑了，忽然道：「我不但知道你是孟星魂，還知道你就是老伯的女婿。」

她這句話剛說完，就看到孟星魂竄了過來，快如閃電一擊，她眼睛剛看到他的動作，人已被一把揪起。孟星魂用力揪住她的衣襟，厲聲道：「你認得老伯？」

鳳鳳冷笑道：「難道只有你能認得他？」

孟星魂道：「你怎會認得他的？」

鳳鳳抿了抿嘴，冷冷道：「那是我們的事，跟你有什麼關係？」

她態度突然變了，因爲她已有恃無恐。

孟星魂也已感覺到她態度的變化，立刻問道：「你跟他又有什麼關係？」

鳳鳳眼珠一轉，悠然說道：「我跟他的關係，總比你密切得多，你最好也不必問得太清楚，否則……」

孟星魂道：「否則怎麼樣？」

鳳鳳用眼角瞟著他，道：「否則你就得叫我一聲好聽的，因爲將來生出的孩子，就是你的小舅子，你怎麼能對我這樣不客氣！」

孟星魂吃驚的看著她，不但驚奇，而且懷疑。

他當然看得出她是個非常美麗、非常動人的女孩子，但他已看出了她天性的卑賤。

「一個人竟連自己都能出賣，還有什麼人是她不能出賣的？」

他永遠想不到老伯竟會和這麼樣一個女人，發生如此密切的關係。

鳳鳳看著他的眼色，冷冷道：「我說的話你不信？你看不起我？」

孟星魂絕不否認。

鳳鳳冷笑道：「我知道你已看出我是個怎麼樣的人，所以才看不起我，但你又比我高明多少呢！你還不是跟我一樣？一樣是賣的！」

她又抿了抿嘴，道：「但是我還比你強些，因爲我還能使別人快樂，你卻只懂得殺人。」

孟星魂的心在刺痛，咬著牙，慢慢放開手。

鳳鳳的衣襟又散開，她晶瑩的胸膛又露了出來，她並沒有掩蓋住的意思，眼波流動，忽然展顏一笑，嫣然道：「其實我也不該對你太兇的，因爲我們畢竟總算是一家人。」

孟星魂道：「你……你也是從高老大那裡出來的？」

鳳鳳點點頭，微笑道：「所以我才說，我們本是一樣的人，你若對我客氣些，我也會對你客氣些，你若肯幫我的忙，我也會幫著你。」

她突然又沉下臉，道：「但你若想在什麼人面前說我的壞話，我就有法子對付你。」

孟星魂看著她，看著她得意的表情，幾乎忍不住又想嘔吐。

他面上卻仍然絲毫無表情，沉聲道：「既然如此，你當然一定知道老伯在哪裡。」

鳳鳳昂起頭，悠然道：「那也得看情形。」

孟星魂道：「看什麼？」

鳳鳳道：「看你是不是已明白我的意思。」

孟星魂沉默了很久，終於慢慢的點點頭，道：「我明白。」

他的確明白，她怕他在老伯面前說的話太多。

鳳鳳嫣然道：「我就知道你一定會明白的，你看來並不像是個多嘴的人。」

她又變得很甜，輕輕道：「我們以前是一家人，以後也許還是一家人，我們兩個人若能一條心，以後的好處還多著哩。」

孟星魂捏緊手掌，因爲他已幾乎忍不住要一個耳光摑過去。

他實在不懂，老伯怎麼會要一個這樣的女人，怎能忍受一個這樣的女人？

老伯本該一眼就將她看透的。

孟星魂當然不懂，因爲他不是老伯，也許因爲他還年輕。

年輕人和老人之間，本就有著一段很大的距離，無論對什麼事的看法，都很少會完全相同的！

所以老人總覺年輕人幼稚愚蠢，就正如年輕人對老人的看法一樣。

年輕人雖然應該尊敬老人的思想和智慧。

但尊敬並不是贊成！

服從也不是！

廿八 血脈相連

繁星滿天，星星，不是流星。

流星的光芒雖燦爛，但在瞬間就會消失。

只有星星才是永恆的，光芒愈黯淡的星，往往也愈安定。

雖然它並不能引起人們的讚美和注意，但卻永遠不變；永遠存在。

做人的道理，是不是也一樣？

孟星魂抬起頭，凝視著滿天繁星，心情終於漸漸平靜。

這一年來他漸漸學會忍受一些以前所不能忍受的事。

直等他心情完全平靜後，他才敢看她。

因爲他本已動了殺機，已準備爲老伯殺了這女人。

但他並不是老伯，怎麼能爲老伯作主？

沒有人能替別人作主——沒有人能將自己當作主宰，當做神。

孟星魂在心裡嘆息了一聲，緩緩道：「你的意思我已完全懂得，現在你能帶我去見老伯？」

鳳鳳眼波流動，說道：「你是不是一定要去見他？」

孟星魂道：「是。」

鳳鳳嘆了口氣，說道：「其實，你不見他反而好些。」

孟星魂道：「爲什麼？」

鳳鳳悠悠說道：「也許你還不知道，他現在已沒有什麼東西能給你的了，除了麻煩外，什麼都沒有。」

她咬著嘴唇輕輕道：「但是我卻能給你……」

孟星魂不想聽她說下去，他生怕自己無法再控制自己，所以很快的打斷了她的話，說道：「我去找他，並不想要他給我什麼。」

鳳鳳眨眨眼，道：「難道你還能給他什麼？」

孟星魂一字字道：「只要是我有的，我全都能給他。」

鳳鳳道：「我實在沒想到你是個這樣的人。」

孟星魂道：「你以爲我是個怎麼樣的人？」

鳳鳳道：「一個聰明人。」

孟星魂道：「我不聰明。」

鳳鳳盯著他，突又笑了，哈哈的笑著道：「我剛才不過在試你，看你是不是真的可靠，否則我又怎敢帶你去呢？」

孟星魂冷冷道：「現在你已試過了。」

鳳鳳笑道：「所以現在我放心了，你跟我來吧。」

她轉過身，面上雖仍帶著笑容，但目中卻已露出了怨毒之色。

她本已如飛鳥般自由，想不到現在又要被人逼回籠子裡去。

爲了換取這自由，她已付出代價。

現在她發誓，要讓孟星魂付出更大的代價來還給她。

這密室的確就像是個籠子。

老伯盤膝坐在那裡，他本想睡一下的，卻睡不著。

只有失眠的人，才知道躺在床上睡不著，是件多麼痛苦的事。

所以他索性坐起來，看著面前的水池。

水池很平靜。

鳳鳳走時所激起的漣漪，現在已完全平靜。

可是她在老伯心裡激起的漣漪，卻未平靜——老伯心裡忽然覺得有種說不出的空虛寂寞，就彷彿突然失去了精神的寄託。

「難道我已將一切希望都寄託在她的身上？」

老伯實在不願相信，就算這是真的，也不敢相信，因爲他深知這是件多麼危險的事。

但他又不能不承認。

因爲他現在一心只想著，希望她能快點回來。

除了這件事外，他已幾乎完全不能思索。

他忽然發現他並沒有別人想像中那麼聰明，也沒有他自己想像中聰明。

多年前他就已判斷錯誤過一次。

那次他要對付的人是漢陽大豪，周大鬍子不但好酒、好色；而且貪財。

一個人只要有弱點，就容易對付。

所以他先送了個美麗的女人給周大鬍子，而且還在這美人身上掛滿了珍貴的寶石和珠翠。

他以爲周大鬍子定已將他當做朋友，對他絕不會再有防備。

所以他立刻以最快的速度趕到漢陽，卻不知周大鬍子早已準備好埋伏在等著他。

他帶著十二個人衝入周大鬍子的埋伏，回來時只剩下兩個人。

那次的錯誤，給了他一個極慘痛的教訓，他本來發誓絕不再犯同樣的錯誤。

誰知他又錯了，而且錯得更慘了。

「就算神也有算錯的時候，何況人？」

老伯一生所作的判斷和決定，不下千百次，只錯了兩次並不算多。

但除這兩次外，是不是每件事都做得很對？

他的屬下對他的命令雖然絕對尊敬服從，但他們究竟是不是真正同意他所做的事呢？抑或只不過因爲對他有所畏懼？

想到這裡，他忽然覺得全身都是冷汗。

在這一刹，他這一生中的胡做非爲，突然又全都在他眼前出現，就好像一幅幅可以活動的圖畫，雖已褪色，卻未消失。

他忽然發現這些事做得並非完全正確，有些假如他還能重新去做一遍，就絕不會像以前那麼樣做了。

他只記得那兩次錯誤，因爲只有那兩次錯誤是對他不利的。

還有些錯誤對他自己雖沒有損害，卻損害了別人，而且損害得很嚴重。

這些錯誤他不但久已忘懷，而且忘得很快。

「爲什麼一個人總要等到了窮途末路時，才會想到自己的錯呢？」

林秀、武老刀、還有他女兒、還有其他很多很多，豈非都已作了他錯誤判斷的犧牲？

他爲什麼一直要等到現在才想到這些人，一直到現在才覺得歉疚悔恨？

爲什麼別人對不起他，他就一直記恨在心，他對不起別人的，卻很快就會忘記？

老伯捏緊雙手，掌心也滿是冷汗。

他幾乎已不敢想下去，不敢想得太深。

幸好這裡有酒，他掙扎著下床，找到一罈酒！正想拍碎泥封，突然聽到水聲「嘩啦啦」一響。

他轉身，就看到了孟星魂！

孟星魂是個很妙的人。

他無論於什麼地方出現，看來都是那個樣子——就好像你一個人走到廁所裡去的樣子一樣。

平常他看來並不顯得十分平靜，因爲太冷靜的人也會引人注意。

只不過他無論心裡有多激動，臉上也不會露出來，更不會大哭大笑，大喊大叫，但他也絕不是麻木。

他的感情也許比任何人都豐富，只不過他一向隱藏得很好而已。

他看著老伯時，老伯也正在看著他。

他們就這樣靜靜的看著對方，既沒有驚喜的表情，也沒有熱烈的招呼。

誰也看不出他們心裡多麼激動，但他們自己卻已感覺得到，甚至於已感覺到連血都比平時流得快些。

這種感情絕不是「激動」兩個字所能形容。

他們本沒有這種感情。

嚴格說來，他們只不過還是陌生人，彼此都還沒有瞭解對方，連見面的時候都很少。

但在這一剎那間，他們卻突然有了這種感情。

「因爲他是我女兒的丈夫！」

「因爲他是我妻子的父親！」

這句話他們並沒有說出來，甚至連想都沒有真正的想到過，他們只隱約覺得自己和對方，已有了種奇異和神秘的聯繫，分也分不開，切也切不斷。

因爲他們在這世上最親近的人，都已只剩下一個。

那就是他的妻子，他的女兒。

除了他們自己外，沒有人能瞭解這件事的意義有多麼重要，多麼深切。

老伯突然道：「你來了？」

孟星魂點點頭，道：「我來了！」

這句話並沒有什麼意義，他們要說這麼一句話，只不過因爲生怕自己若再不說話，熱淚就已將奪眶而出。

老伯道：「你坐下。」

孟星魂就坐下。

老伯凝視著他，又過了很久很久，忽然笑了笑道：「我也曾想到過，世上假如還有一個人能找到這裡來，這人就一定是你。」

孟星魂也笑了笑，道：「除了你之外，也沒有別人造得出這麼樣一個地方。」

老伯道：「這地方還不夠好。」

孟星魂道：「還不夠？」

老伯道：「不夠，因爲你還是找來了。」

孟星魂沉默了半晌，緩緩道：「我本來未必能找得到的！」

他雖然並沒有提起鳳鳳，也沒有去看一眼，但他的意思老伯當然懂得。

鳳鳳就在旁邊，他們誰都沒有去看一眼。

老伯只笑了笑，道：「你怎麼會等在這裡的呢？難道沒有去追那輛馬車？」

孟星魂道：「我去追過。」

老伯道：「你追得並不遠？」

孟星魂道：「不遠。」

老伯道：「什麼事會讓你回頭的？」

孟星魂道：「兩件事。」

老伯道：「哪兩件事？」

孟星魂緩緩道：「有人看見那輛馬車往那條路上走的。」

老伯道：「有幾個人？」

孟星魂道：「我見過其中一個。」

老伯道：「哦？」

孟星魂說道：「他並不是守口如瓶的人，所以……」

老伯道：「所以怎麼樣？」

孟星魂又笑了笑，淡淡道：「我若是你，在那種情況下，就一定會叫那個人的嘴永遠閉上。」

老伯微笑道：「你我都知道，在那種情況下，叫人閉嘴的方法只有一種。」

孟星魂道：「不錯，我本來不該見到那個人的，卻見到了他，這其中當然有原因。」

老伯道：「你想的什麼原因？」

孟星魂道：「我想到了兩種可能。」

老伯道：「哪兩種？」

孟星魂道：「若非你走的根本不是那條路，就是你根本不在那輛馬車上！」

老伯目光閃動，說道：「難道就沒有第三種可能？」

孟星魂道：「沒有！」

老伯道：「你難道沒有想到過，也許那只不過是我的疏忽？」

孟星魂道：「在那種情況下，你絕不可能有這種疏忽。」

老伯道：「爲什麼？」

孟星魂道：「因爲你若是這樣的人，三十年前就已經死了。」

老伯凝視著他，目中帶著笑意，緩緩道：「想不到你居然很瞭解我。」

孟星魂道：「我應該瞭解。」

老伯道：「我們見面的時候並不多。」

孟星魂道：「你是否瞭解一個人，並不在見面的時候多少，有時就算是已追隨你一生的人，你也未必能瞭解他。」

老伯沉思著，忽然長長嘆息了一聲，道：「你的意思我懂。」

他不但懂，而且同意。

因爲這兩天來，他對很多事的觀念，都有很大的改變。

若是在三天前，他一定會覺得孟星魂這句話很荒謬。

那時他絕不承認自己居然會看錯律香川，現在他才知道；他非但沒有完全瞭解律香川，連他自己的女兒，他瞭解得都不多。

孟星魂也在沉思著，慢慢的接著道：「但還有些人你只要見過他一次，就會覺得你已瞭解他，就好像你們本就是多年的朋友。」

老伯道：「是否因爲他們本就是同一種人？」

孟星魂目光似在遠方，道：「我也不知道是不是因爲如此，我只知道人與人之間，往往會有很奇妙的情感，無論誰都無法解釋！」

老伯的目光也變得很遙遠，緩緩道：「譬如說──你和小蝶？」

孟星魂笑笑，笑聲中帶著種說不出的味道，因爲他只要想起小蝶，心裡就充滿了甜蜜的幸福，但卻有種纏綿入骨的相思和掛念。

「這幾天，她日子過得好嗎？吃不吃得下，睡不睡得著？」

他知道小蝶一定也在思念著他，也許比他思念更深，更多。

因爲他還有許多別的事要去做，要去思索。

她卻只有思念他，尤其是在晚上，星光照在床前，浪濤聲傳入窗戶的時候。

「這幾天來，她一定又瘦了很多！」

老伯一直在看著他的眼睛，也看出了他眼睛裡的思念。

知道有人對自己的女兒如此關懷摯愛，做父親的自然也同樣感動。

老伯心裡突然有種說不出的激動，幾乎忍不住要將這少年擁在懷裡。

但老伯並不是善於表露自己情感的人，所以他只淡淡的問了句：

「她知不知道你這次出來，是爲了找我的？」

孟星魂道：「她不但知道，而且就是她要我來的，因爲她一直都在記掛著你！」

老伯笑得很淒涼，又忍不住問道：「她沒有埋怨過我？」

孟星魂道：「沒有，因爲她不但瞭解你，而且崇拜你，她從小就崇拜你，現在還是和小時候同樣崇拜你，以後絕不會改變。」

老伯心裡突又一陣激動，熱淚幾乎已忍不住要奪眶而出，啞聲道：「但我卻一直錯怪了她──」

孟星魂打斷了他的話，道：「你也用不著爲這件事難受，因爲現在她已活得很好，無論如何，以前的事都已過去，最好誰也莫要再提起。」

提起這件事，他心裡也同樣難受。

他知道現在已不是自艾自怨的時候，現在的問題是，怎麼樣創造將來，絕不能再悲悼往事。

所以他立刻改變話題，道：「我知道你絕不可能會有那樣的疏忽，所以立刻回頭，但這還不是讓我回頭的唯一原因。」

老伯胸膛起伏，長長吐出口氣，道：「還有什麼原因？」

孟星魂道：「馬方中一家人的死因，也很令我懷疑。」

老伯黯然道：「你看見了他們的屍體？」

孟星魂點點頭，道：「他們本來是自己服毒而死的，但卻故意要使人認爲他們是死在別人的刀下，這其中當然也有原因。」

老伯神情更慘黯，道：「你已想到他們是爲我而死的？」

孟星魂道：「因爲他們當然也知道，只有死人才能真正的保守秘密。」

老伯長嘆道：「但他們的秘密，還是被你發現了！」

孟星魂道：「我並沒有發現什麼，只不過在懷疑而已。」

老伯道：「所以你才到這裡來？」

孟星魂道：「我本已準備往另一條路追了，因爲我也看不出這裡還有藏得住人的地方。」

老伯沉吟著，道：「你真的已準備往另一條路去追了？」

孟星魂點點頭。

老伯道：「若是追不出什麼來呢？你是不是還會回到這裡來等？」

孟星魂道：「也許會。」

老伯道：「你爲什麼不再到原來那條路上去追呢？」

孟星魂道：「最主要的原因是：那輛馬車到了八百里外，就忽然變得毫無消息。」

老伯失聲道：「爲什麼？」

孟星魂道：「那輛馬車本來很刺眼，趕車的人也很引人注意，所以一路上都有人看到，我一路打聽，都有人記得那輛馬車經過。」

老伯道：「後來呢？」

孟星魂道：「但一過了黃石鎮後，就再也沒有人看到過那輛馬車。」

老伯道：「趕車的人呢？」

孟星魂道：「也沒有人再見到過，車馬和人都好像已突然憑空消失。」

生。

老伯的瞳孔在收縮。

這件事他是多年前就已計劃好的，他一直都認爲絕不會再有差錯。現在他才發現，無論計劃多麼好的事，實際行動時往往也會有令人完全出乎意外的變化發生。

就因爲這種變化是誰也無法事先預料得到的，所以誰也無法預先防止。

因爲人畢竟不是神，並不能主宰一切。

就連神也不能！

神的意旨，也不是人人都遵守的。

一個人若能想到這一點，他對一件事的得失，就不會看得太嚴重了。

一個人的得失之心若淡些，活得也就會愉快得多。

過了很久，老伯才緩緩道：「你若會回到這裡來等，律香川當然也一樣。」

孟星魂道：「他絕不會自己來！」

老伯道：「爲什麼？」

孟星魂道：「第一，因爲他還有很多別的事要做，他現在很得意。」

「得意」這兩個字很妙。

有時那是種恭維，有時是種諷刺，有時還包含著另外一些意思。

得意的人往往就會做出一些不該做的事。

因爲一個人若是太得意，頭腦就會變得不太清楚了。

這點老伯當然也懂得。

孟星魂道：「何況他最多也只不過覺得懷疑而已，絕不會想到井底下還有秘密，就算派人守候在這裡，也絕不會派出主力。」

老伯道：「這一點我也想到。」

孟星魂道：「還有第二點。」

老伯道：「哦？」

孟星魂道：「我敢斷定他絕不會自己來找你，因爲他已不必自己來。」

老伯道：「爲什麼？」

孟星魂笑了笑，道：「因爲他相信有個人會替他找到你。」

老伯動容道：「誰？那個人是誰？」

孟星魂道：「我！」

他說出這個字，的確使一個人吃了一驚，但吃驚的人並不是老伯，而是鳳鳳。

老伯眼睛裡神色還是很平靜，非但沒有露出驚訝懷疑之色，甚至還彷彿有了一絲笑意。

鳳鳳忽然發現這兩人之間有一種很奇妙的感情，所以他們不但能互相瞭解，也能互相信任。

她本來很不甘心這樣安安份份的坐在旁邊的，可是她忽然覺得很疲倦，彷彿有種神秘的睡意正慢慢的往她脊椎裡往上爬，已漸漸爬上她的頭。

老伯和孟星魂的人影似已漸漸模糊，聲音也似已漸漸遙遠……

她拚命地想睜大她的眼睛，但，眼皮卻重得像是鉛塊……

老伯道：「你到花園去過？」

孟星魂道：「在我去的時候，那裡一個人都沒有。」

老伯道：「所以你很快就找到了那條地道。」

孟星魂道：「地道下還早已替我準備好了一條船！」

老伯道：「所以你就認爲是他們故意讓你來追蹤我的？」

孟星魂道：「不錯。」

老伯道：「他們沒有在暗中追蹤你？」

孟星魂道：「沒有人能在暗中追蹤我！」

老伯道：「有沒有人能令你說實話？」

孟星魂道：「有……」

這就是鳳鳳聽到他說的最後一個字。

然後她就忽然睡著。

老伯這才回過頭，看了她一眼，喃喃道：「她睡得真像是個孩子。」

孟星魂道：「她已不是孩子。」

老伯沉吟著，道：「是你想要她睡著的？」

孟星魂點點頭。

在水井中，他用最輕的手法點了她脊椎下的「睡穴」。

老伯目中帶著沉思的表情，深深道：「看來你並不信任她！」

孟星魂道：「你認爲我應該信任她？」

老伯沉思著，忽然長長嘆息了一聲，道：「等你到了我這樣的年紀、我這樣的處境，你也會信任她的。」

他慢慢的，一字字接著道：「因爲你已沒有第二個可以信任的人。」

孟星魂道：「可是你——」

老伯打斷了他的話道：「等你到了沒人信任時，才會知道那種感覺有多可怕。」

孟星魂道：「所以你一定要找個人來信任？」

老伯道：「不錯。」

孟星魂道：「爲什麼？」

老伯道：「那就像一個人忽然落入無邊無際的大海中，只要有一根浮木漂過來，你就立刻會去緊緊抓住它。就算你明知道這根浮木並不能救你，你也會去緊緊抓住它。」

孟星魂道：「但是抓得再緊也沒有用。」

老伯道：「雖然沒有用，卻至少可以使你覺得有種依靠。」

他笑了笑，笑得很苦澀，慢慢的接著道：「我知道你一定會認爲我這種想法很可笑，那也許只不過因爲我已是個老人，老人的想法，年輕人通常都會覺得很可笑。」

孟星魂凝視著他，過了很久，才緩緩說道：「我從來也沒有覺得你可笑過！」

老伯絕不可笑。

他可恨、可怕；有時甚至可憐。

但他絕不可笑。

只有覺得他想法可笑的人，才真正可笑。

廿九 屢見殺機

鳳鳳睡醒的時候，發覺老伯正在輕撫著她的柔髮，髮已乾透。她坐起來，揉了揉眼，密室中已沒有別的人，孟星魂已走了。她不安的摸了摸自己的頭髮，勉強笑道：「他什麼時候走的？我居然一點都不知道。」

老伯微笑著，柔聲道：「你睡得很沉，我不讓他吵醒你。」

鳳鳳皺著眉，道：「我怎麼會睡了這麼久？」

老伯道：「年輕人睡下去，就睡得很甜，只有老人卻容易被驚醒……老人睡得總比年輕人少些。」

鳳鳳眨眨眼，道：「爲什麼？」

老伯嘆息了一聲，苦笑道：「因爲老人剩下的時候已不多，花在睡覺上，豈非太可惜了？」

鳳鳳眼珠子轉動著，突然噘起嘴，道：「我知道你在騙我。」

老伯道：「我騙你？」

鳳鳳冷笑道：「你們一定有很多話不願意我聽見，所以故意要我睡著。」

老伯笑了，搖著頭笑道：「你年紀輕輕的，疑心病已經這麼大了，將來怎麼得了！」

鳳鳳低著頭，弄著自己的手指，過了半晌，才慢慢的道：「他什麼時候走的？」

老伯道：「走了已有一陣子。」

鳳鳳道：「你……你是不是叫他去通知虎組的人了？」

老伯點點頭。

鳳鳳用力咬著嘴唇道：「你怎能叫他去？」

老伯道：「爲什麼不能？」

鳳鳳道：「你能保證他對你一定很忠實？」

老伯道：「我不能——但我卻知道他對我的女兒很好。」

鳳鳳道：「但你莫忘了，連他自己都說過，是律香川故意讓他來找你的。」

老伯道：「我沒有忘。」

鳳鳳道：「就算他不會在律香川面前洩露你的秘密，但律香川一定會特別注意他的行動，對不？」

老伯道：「對。」

鳳鳳道：「律香川既然注意他的行動，只怕他一走出去，就會被律香川截住，怎麼能到得了飛鵬堡？」

老伯閉上眼，臉色似已變了些。

鳳鳳嘆了口氣，搖搖頭道：「無論如何，你都不該將這種事交給他做的，我若沒有睡著，一定不會讓你這麼樣做。」

老伯苦笑道：「你爲什麼要睡著呢？」

他又嘆了口氣，道：「我現在才發覺，一個人年紀大了，想的事確實就不如年輕時周到。」

鳳鳳的眼睛發亮，聲音突然溫柔，道：「但兩個人想，總比一個人周到。」

老伯拉起她的手，道：「你又在想什麼？」

鳳鳳道：「我在想，律香川現在一定全心全意對付孟星魂，就算他要動員所有的力量，也在所不惜。」

老伯嘆道：「不錯，因爲他知道無論動用多大的力量都値得。」

鳳鳳說道：「所以現在正是我們的機會，我正好趕到飛鵬堡去，只要孟星魂真的能爲你保守秘密，我們成功的機會比以前更大得多。」

她很快接著又道：「因爲這條路上本來就算有埋伏的人，現在也必定被孟星魂引開，只要我能和虎組的兄弟聯絡上，能將這一注保留下來，我們就有翻本的把握！」

她說得很快，很扼要，美麗的眼睛更充滿了堅決的表情，充滿了信心。

老伯忽然長嘆了一聲，道：「你知不知道我在想什麼？」

鳳鳳搖搖頭。

老伯將她的手握得更緊，柔聲道：「我在想，你不但可以做我的妻子，也可以做我的好幫手，我若在十年前就遇見了你，也許就不會發生今天這些事了。」

鳳鳳嫣然道：「你若在十年前遇見我，根本連看都不看我一眼。」

老伯道：「誰說的？」

鳳鳳笑道：「我說的，因爲那時我只不過是個黃毛丫頭。」

她拉起老伯的手，輕輕放在自己的小臉上，耳語般低語道：「但現在我卻快做母親了，等我們的孩子生出來後，我一定要讓他知道，他的父母爲了他，曾經多麼艱苦的奮鬥過。」

她聲音更低，更溫柔，又道：「若不是爲了他，我現在怎麼捨得離開你，怎麼捨得走！」

老伯的手在輕撫，目中忽然露出了凄涼之意，緩緩道：「我實在也捨不得讓你走。」

鳳鳳垂下頭，黯然道：「只可惜我非走不可，爲了我們的將來，爲了我們的孩子，無論多麼大的痛苦，我都能忍受，你也應該忍受。」

老伯的確能忍受。

他所忍受的痛苦遠比任何人想像中都多得多。

他看著鳳鳳消失在池水中。

池水碧綠。

最後漂浮在水面上的，是她的頭髮，漆黑的頭髮在綠水上散開，看來就像是一朵潑墨蓮花。

然後水面上就只剩下一團團溫柔美麗的漣漪，溫柔得正如她的眼波——

老伯目中又露出了空虛凄涼之色，彷彿又覺得忽然失去了什麼。

爲什麼老人總對得失看得比較重些？

是不是因爲他們自知再能得到的機會已不多？

最後，漣漪也消失。

水平如鏡，就像是什麼都沒有發生過。

然後老伯就慢慢的轉過頭，去看屋角上那通風的鐵管。彷彿在等待著這鐵管傳給他某種神秘的消息。

他究竟在等什麼？

夜。

孟星魂貼在井壁上，就像是隻壁虎——你若仔細觀察過一隻壁虎在等著蚊蠅飛過時的神情，才能想像到他現在的樣子。

風從井口吹過，帶著尖銳的呼嘯聲。

井壁上長滿了厚而滑膩的青苔，令人幾乎忍不住想嘔吐。

他沒有嘔吐，因爲他在等。只要他想等下去，無論什麼都可以忍受的。

因爲他有信心能等得到。

只有對自己有信心的人，才能等到收穫！

地面上忽然響起了腳步聲。

兩個人的腳步聲，兩個人在喃喃低語！

「那兩個小子怎麼還沒有等到我們就換班溜了？」

「我覺得這地方有點陰森森的，像是有鬼，他們莫要被鬼抓去了才好。」

他在笑，笑的聲音卻跟哭差不多。

「小王膽子最小，只怕是溜去喝酒壯膽——」

這句話還沒有講完，突然覺得有隻冰冷潮濕的手在後面扯住了他的衣領，衣領上的一粒鈕子已嵌入他喉頭下的肌肉裡，勒得他連氣都透不過來。

再看他的同伴，一張臉已完全扭曲，正張大了嘴，伸出了舌頭，拚命的想呼喊，卻喊不出。

「是不是律香川派你來的？」

聲音也在他們背後，比那隻手更冷。

兩個拚命的點頭。

「除了你們之外，這裡還有沒有別的人？」

兩個人同時搖頭。

然後，兩個人的頭突然重重的撞在一起。

孟星魂慢慢的放開手，看著他們像兩灘泥似的癱了在地上。

以殺止殺。

殺人只不過是種手段，只要目的正確，就不能算是罪惡！

孟星魂雖然明知這道理，但心情還是很難保持平靜。

沒有人比他更厭惡殺人，沒有人比他更痛恨暴力。

怎奈他已無選擇的餘地。

他抬起頭，沒有往地上再看第二眼。

星光已黯淡。

在朦朧的星光下看來，世上好像根本就沒有完全醜惡的事。

他找起兩個人的屍身，藏起。

飛鵬堡在北方。

北方有顆大星永恆不變，他找出了這一顆最亮的星。

可是他能不能到得了飛鵬堡呢？

凌晨。

菊花在熹微的晨光下垂著頭，似已憔悴。

花也像女人一樣，只有在一雙充滿愛心的手下，才會開得美麗。

孟星魂以最快的速度從老伯的花園外掠過去。

他甚至沒有往花園裡去看一眼。

現在已是初六的清晨，他剩下的時候，已不多了。

幸好花園裡也沒有人看見他，此刻還太早，人們的活動還沒有開始，但天已經亮了，夜行人的活動該已停止。

無論警戒多嚴密的地方，現在卻正是防守最薄弱的時候，因為夜間巡邏守望的人已經疲

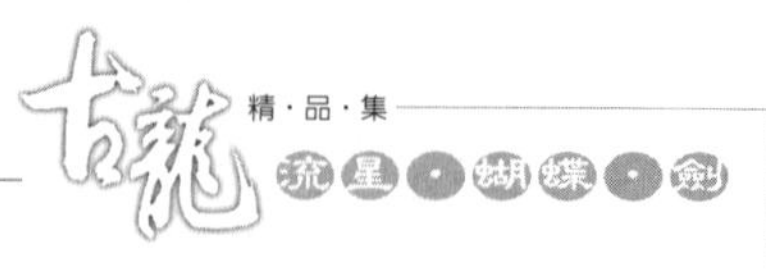

倦，該來換班的人卻還沒有完全清醒。

孟星魂就想把握住這機會衝過去。

他當然可以繞過這裡，但這卻是最近的一條路，爲了爭取時間，他只有冒險。

在這種情況下，時間甚至比鮮血還珍貴。

前面的密林中，乳白色的晨霧，正像輕煙般散發開。

他忽然聽到一陣比霧更淒迷的簫聲。

簫聲淒迷悱惻，纏綿入骨，就好像怨婦的低訴，充滿了訴不盡的愁苦寂寞。

孟星魂突然停下腳步。

然後他立刻就看到一個人從樹林裡，從迷霧中，慢慢的走出來。

一個頎長的年輕人，一身雪白的衣服。

簫卻是漆黑的，黑得發亮。

迷霧輕煙般自他腳底散開，他的人在霧裡，心也似在霧裡。

他本身就彷彿霧的精靈。

孟星魂停下來，凝視著他，目中帶著幾分驚訝，卻又似帶著幾分欣喜。

因爲這人是他的朋友，手足般的朋友。

他雖然已有很久沒有看見他，但昔日的感情卻常在心底。

那種同患難、共飢寒，在嚴冬蜷伏在一堆稻草裡，互相取暖的感情，本就是任何人都難以忘懷的。

「石群，石群……」

每當他想起這名字，心裡就會覺得很溫暖。

有一段時間，他對石群的感情甚至比對葉翔更深厚。

因爲葉翔是他們的大哥，永遠都比他們堅強能幹；永遠都在照顧著他們。

但石群卻是個很敏感、很脆弱的人。許多年艱苦的生活、許多次危險的磨練，雖已使他的外表變得和葉翔同樣堅強冷酷，但他的本質卻還是沒有變。

看到春逝花殘、燕去樓空；他也會惆悵嘆息、終日不歡。

他熱愛優美的音樂，遠勝於他之喜愛精妙的武功。

是以孟星魂始終認爲他應該做一個詩人，絕不該做一個殺人的刺客。

淒迷的簫聲忽然轉爲清越，在最高亢處戛然而止，留下了無窮令人低迴的韻致。

石群這時才抬起頭，看著孟星魂。

他的眼睛看來還是那麼蕭索，那麼憂鬱。

經過三年的遠征後，他心情非但沒有開朗，憂鬱反而更深。

孟星魂終於笑了笑，道：「你回來了？」

石群點點頭。

孟星魂道：「滇邊的情況如何？」

石群道：「還好。」

他也不是個喜歡說話的人。

自艱苦折磨中長大的孩子，通常都不願用言語來表達自己的感情。

孟星魂道：「去了很久？」

石群道：「很久……二年多。」

他嘴角露出一絲自嘲的笑意，慢慢的接著道：「兩年多，七條命，一道創口。」

孟星魂道：「你受了傷？」

石群道：「傷已好了。」

孟星魂笑了，微笑著道：「這兩年來，你好像並沒有變？」

石群道：「我沒有變，可是你呢？」

孟星魂沉默了很久，才長長嘆息了一聲，道：「我變了很多。」

石群道：「聽說你有了妻子。」

孟星魂道：「是的。」

提起小蝶，他目中就忍不住流露溫柔欣喜之色，接著道：「她是個很好很好的好女人，我希望你以後有機會能見到她。」

石群道：「我好像應該恭喜你。」

孟星魂微笑道：「你的確應該爲我歡喜。」

石群凝視著他，瞳孔似在收縮，突然說道：「可是，一個人就算有了恩愛的妻子，也不該忘記了朋友。」

孟星魂的笑意已凝結，過了很久，才緩緩道：「你是不是聽人說了很多話？」

石群道：「所以我現在想來聽聽你的！」

孟星魂抬起頭，天色陰暝，太陽還未升起。

他望著陰暝的穹蒼，癡癡的出神了很久，黯然道：「你知道，我跟你一樣，也不是一個適於殺人的人。」

石群用力咬著牙，道：「沒有人是天生就喜歡殺人的。」

孟星魂道：「所以你應該明白我，我並不是忘記了朋友，只不過想脫離這種生活。」

石群沒有開口，頰上的肌肉卻已因牙齦緊咬而痙攣收縮。

孟星魂道：「這種生活實在太可怕，我若再活下去，一定也會發瘋。」

石群道：「是不是就像葉翔一樣？」

孟星魂點點頭，慘然道：「就像葉翔一樣！」

石群道：「他本也該及早脫離這種生活的！」

孟星魂道：「不錯。」

石群道：「可是他並沒有這樣做，難道他不懂？難道他喜歡發瘋？」

沒有人願意發瘋。

石群的目光忽然變得冷銳，凝視著孟星魂道：「他沒有像你這樣，只因爲他懂得一樣你不懂的道理。」

孟星魂道：「什麼道理？」

石群道：「他懂得一個人並不是完全爲自己活著的，也懂得一個人若受了別人的恩情，無論如何都應該報答，否則他根本就不是人。」

孟星魂只笑了笑，笑得很苦澀。

石群道：「你在笑？你認爲我的話說錯了？」

孟星魂又長長嘆息了一聲，道：「你沒有錯，但我也沒有錯。」

石群道：「哦？」

孟星魂道：「人活在世上，有時固然難免要勉強自己去做些自己不願意做的事，但也得看那件事是否值得？是否正確？」

他知道石群也許還不太能瞭解這些話的意義，因爲在石群的思想中，根本就沒有這種思想。

他們受的教育，並沒有告訴他，什麼事是正確的，什麼事是不正確的。

他只知道什麼是恩，什麼是仇，只知道恩仇都是欠不得的。

這就是高老大的教育。

石群沉默著，彷彿也在思索著這些話的意義，過了很久，才緩緩道：「你有你的看法，我也有我的看法，現在我只想問你一句話。」

孟星魂道：「你問。」

石群緊握著他的簫，手背上已有青筋凸起，沉聲道：「我還是不是你的朋友？」

孟星魂道：「世上只有一樣事是永遠不會改變的，那就是真正的朋友。」

石群道：「那麼我們還是朋友？」

孟星魂道：「當然。」

石群道：「好，你跟我走。」

孟星魂道：「去哪裡？」

石群道：「去看高老大。她現在很想見你，她一直很想念你。」

孟星魂道：「現在就去？」

石群道：「現在……」

孟星魂目中露出痛苦之色，道：「我若是不去，你是不是會逼我去？」

石群道：「會，因爲你沒有不去的理由。」

孟星魂道：「現在我若是有件很重要的事情要去做呢？」

石群道：「沒有比這件事更重要。」

孟星魂道：「高老大可以等，這件事，卻不能等。」

石群道：「高老大也不能等。」

孟星魂道：「爲什麼？」

石群道：「她病了，病得很重。」

孟星魂聳然動容。

在這一瞬間，他幾乎想放開一切，跟著石群走了。

但他還是放不下老伯。

老伯已將一切都寄託在他身上，他不忍令老伯失望。

可是他也同樣不忍令高老大失望。

陰暝的穹蒼，已有陽光露出，他的臉色更沉重，目中的痛苦之色也更深。

石群逼視著他，一字字道：「還有件事我要告訴你！」

孟星魂道：「你說。」

石群道：「這次我來找你，已下了決心，絕不一個人回去。」

孟星魂慢慢的點了點頭，凄然道：「我一向很瞭解你！」

他的確瞭解石群，沒有人比他瞭解更深。

石群是個情感很脆弱的人，但性格卻堅強如鋼，只要一下定決心就永無更改。

他瞭解石群，因爲他自己也同樣是這種人。

石群道：「你若是願意，我們就一起回去，否則……」

孟星魂道：「否則怎麼樣？」

石群的眼角在跳動，一字字道：「否則若不是我死在這裡，就是你死在這裡，無論你是死是活，我都要帶你回去。」

孟星魂的手也握緊，道：「沒有別的選擇？」

石群道：「沒有。」

孟星魂長長嘆息，黯然道：「你知道我絕不忍殺你。」

石群道：「我卻能忍心殺你，所以你最好不要逼我。」

他垂下頭，望著手裡的簫，緩緩道：「我武功本不如你，可是這兩年來，情況也許已有了變化。」

孟星魂道：「哦！」

石群道：「一個時時刻刻都在別人刀鋒下的人，總比睡在自己妻子懷裡的人學得快些，學到的當然也比較多些。」

他已用不著說明學的是什麼，因爲孟星魂應該知道是什麼。

學怎麼樣殺人，同時也學怎樣才能不被人殺。

孟星魂勉強笑了笑，道：「我看得出你簫管裡已裝了暗器。」

石群道：「那是我故意要你看出來的，但你能看出裝的是哪種暗器麼？」

孟星魂道：「不能。」

石群淡淡道：「滇邊一帶，不但是點蒼派武功的發源地，也是江湖中一些逃亡者的隱藏處，那些奇能異士，遠比你想像中爲多。」

孟星魂道：「所以，你學會的，遠比我想像中的多？」

石群道：「不錯。」

孟星魂長長嘆息了一聲，慢慢的走過去，道：「好，我跟你……」

他走出了幾步，身子突然往前一衝，手已閃電般扣住了石群的腕子。

「噹」的，簫落地。

是鐵簫。石群的臉突然變得慘白。

孟星魂看著他，悠悠道：「我知道你學會了很多，但我也知道你絕沒有學會這一著。」

石群臉上僵硬的肌肉已漸漸放鬆，變得一點表情也沒有。

孟星魂道：「這一著你永遠也學不會的，因爲你不是這種人，你並沒有真的在準備對付我。」

石群淡淡道：「所以現在你無論用什麼法子對付我，我都不怪你。」

孟星魂道：「我沒有法子。」

石群道：「那麼你可以走了。」

孟星魂道：「我當然要走——」

他看著石群，冷漠的目光已充滿了溫暖，友情的溫暖。

他微笑著鬆開手，拍了拍石群的肩，接著道：「我當然要走，但卻是跟著你走，跟著你回去。」

石群看著他，目中似也有了一絲溫暖的笑意，忽然道：「你知道我爲什麼沒有防備你？」

孟星魂道：「爲什麼？」

石群笑了笑道：「因爲我早已知道你會跟我回去的。」

孟星魂也笑了。

在這麼樣兩個人的臉上，居然會出現如此溫暖的微笑。

這簡直就像是奇蹟。

除了友情外，世上還有什麼事能造成這種奇蹟？

沒有，絕沒有。

世上唯一無刺的玫瑰，就是友情。

陽光已升起，菊花卻更憔悴。

花園裡根本沒有人。

孟星魂從這裡望過去的時候，沒有被人發現，並不是因爲他選擇的時間正確，更不是因爲僥倖。

天下本沒有僥倖的事！

石群道：「我來的時候，這裡就是空著的。」

孟星魂道：「你來了多久？」

石群道：「不久。」

他忽然輕輕嘆息了一聲，道：「我若早些來，這些花也許就不會謝了。」

孟星魂道：「你跟高老大一起來的？」

石群道：「我一回去，她就要我陪她來。」

孟星魂道：「她來幹什麼？」

石群道：「來等你。」

孟星魂道：「等我？」

石群道：「她說你就算不在這裡，遲早也一定會來的。」

孟星魂沒有再說什麼，但臉上的表情卻好像變得很奇怪。

石群看著他臉上的表情道：「你在想什麼？」

孟星魂點點頭，笑得也很奇怪，道：「我在問自己，若不是你找我，我是不是會來呢？」

屋子裡暗得很，紫紅色的窗簾低垂。

她留在屋裡的時候，從不願屋裡有光。

窗下有張寬大而舒服的藤椅，本來是擺在老伯的密室中的！

老伯喜歡坐在這張藤椅，接見他的朋友和屬下，聽他們的意見和消息，然後再下決定。

有很多已改變了無數人命運的大事，都是老伯坐在這張藤椅上決定的。

此刻坐在這藤椅上的卻是高老大。

她的確顯得很衰弱，很憔悴。

屋子裡雖然暗，孟星魂卻還是能看得出來，他從未看過高老大這樣子。

看見他進來，高老大的眸子裡才有了光，展顏道：「我早就知道你一定會來。」

孟星魂臉上又露出了那種笑，淡淡道：「你真的知道？」

高老大道：「我雖沒有十分把握，但除此之外，我還有什麼法子找到你？還能在什麼地方等你？」

她還在笑著，既沒有嘆息，也沒有埋怨，但言詞中卻充滿了一種比嘆息更憂傷、比埋怨更能打動人心裡的感情。

孟星魂心裡忽然覺得一陣酸楚。

「她的確已漸漸老了，而且的確很寂寞。」

寂寞本已很可怕。

所有寂寞中最可怕的一種，就正是一個女人垂老時候的寂寞。

孟星魂走過去，看著她，柔聲道：「無論你在哪裡，只要我知道，都一定會去看你！」

高老大道：「真的？」

她並沒有等孟星魂回答，已緊緊握住他的手，道：「搬張凳子過來，我要他坐在我旁邊。」

這話雖然是對石群說的，但她的眼波卻始終沒有離開過孟星魂。

她的手冰冷而潮濕。

孟星魂道：「你……真的病了。」

高老大笑得淒涼而溫柔，柔聲道：「其實這也不能算是什麼病，只要知道你們都很好，我這病也很快就會好。」

孟星魂道：「我很好。」

高老大緩緩道：「可是，你看來卻好像比我更疲倦。」

孟星魂笑了笑，道：「我雖然有點累，但身體卻從未比現在更好過。」

高老大也笑了笑，眨著眼道：「看你這麼得意，是不是已經找到老伯？」

孟星魂臉上的笑容忽然消失。

高老大道：「是不是？」

孟星魂已開始感覺到，自己臉上的肌肉在漸漸僵硬。

高老大的笑容也變了，變得很勉強，道：「你爲什麼不說話？」

孟星魂咬緊了牙，過了很久，才一字字道：「因爲我不願在你面前說謊。」

高老大道：「你不必說謊。」

孟星魂道：「你若一定要問下去，我只有說謊了。」

高老大忽又笑了，微笑著道：「這麼樣說來，你一定已找到他。」

孟星魂沉默了很久，突然站起來，聲音已嘶啞，緩緩道：「過兩天我還會來看你，一定會再來。」

高老大道：「現在你難道要走？」

孟星魂點點頭道：「因爲我不敢再坐下去。」

高老大道：「你怕什麼？」

孟星魂嘴角已抽緊，一字字道：「怕我會說出老伯的消息。」

高老大道：「在我面前，你也不說？你不信任我？」

孟星魂什麼都不再說，慢慢的轉身走了出去。

石群並沒有阻攔他，高老大沒有抓住他。

但就在這時，那低垂的紫紅窗簾突然「唰」的被拉開。

孟星魂回過頭，就看見了律香川。

你無論在什麼時候，無論在什麼地方看見律香川，他看來總是那麼斯文親切、彬彬有禮。

他身上穿的衣服總是乾乾淨淨，連一點皺紋都沒有，臉上的笑容總是令人愉快的！

他還在看著孟星魂微笑。

孟星魂卻已笑不出來。

律香川微笑著道：「我們好像已有一年多沒見了，你還記不記得半夜廚房裡的蛋炒飯？」

孟星魂道：「我忘不了。」

律香川道：「那麼我們還是朋友？」

孟星魂道：「不是！」

律香川道：「一日為友，終生為友，這話你沒聽過？」

孟星魂道：「這句話你應該說給老伯聽。」

律香川又笑了，道：「我很想去說給他聽，只可惜不知道他在哪裡。」

孟星魂道：「你永遠不會知道的！」

律香川悠然道：「莫忘了世上本沒有絕對的事，任何事都可能改變的，隨時都會改變。」

孟星魂道：「只有一件事永不會變。」

律香川道：「哪件事？」

孟星魂冷冷道：「我們絕不是朋友。」

律香川道：「你不信任我？」

孟星魂道：「哼！」

律香川道：「但有件事你一定要信任我！」

他不等孟星魂說話，微笑著又道：「你一定要相信，我隨時都能要她的命！」

孟星魂的臉色變了。

律香川無論說什麼，他也許連一個字都不會相信。

但這件事他卻不能不信。

高老大坐的地方距離律香川還不及三尺，無論誰坐在那裡，都絕不可能離開律香川的暗器。

你可以懷疑律香川的別樣事，但卻絕不能懷疑他的暗器。

高老大額上也似有了冷汗。

孟星魂回過頭，石群還站在門口，一直都沒有動，但臉色卻也變成慘白，緊握著鐵簫的手背上，也已暴出了青筋。

律香川悠悠然笑道：「我知道你絕不願看著高老大死的。」

孟星魂手心雖已流滿冷汗，但嘴裡卻乾得出奇。

律香川道：「你若想她活下去，最好還是趕快說出老伯的消息。」

孟星魂嗄聲道：「你相信我的話？」

律香川微笑道：「你天生就不是說謊的人，這點我早已瞭解。」

孟星魂厲聲道：「好，那麼我告訴你，你永遠休想從我嘴裡得到老伯的消息，休想聽到一個字！」

律香川的笑容突然凝結。

高老大和石群的臉色也已變了。

他們都知道，孟星魂說的話也是永無更改的！

過了很久，律香川才冷冷道：「莫非你已忘了你是怎麼能活到現在的？」

孟星魂咬緊牙關，道：「我沒有忘記，絕不會忘。」

律香川道：「你寧可看著她死，也不願說出老伯的消息？」

孟星魂厲聲道：「我可以為她死，隨時都可以，但卻絕不會為任何人出賣朋友。」

律香川冷笑道：「老伯是你的朋友？他何時變成你朋友的？」

孟星魂道：「從他完全信任我的那刻開始。」

他瞪著律香川，目中似已有火在燃燒，一字字道：「還有件事你最好也記住，你若能真的殺了高老大，我無論死活，都一定要你的命！」

律香川忽然長長嘆了口氣，道：「我相信，你說的每句話我都相信。」

孟星魂道：「你最好相信。」

律香川淡淡道：「但若為了她呢？為了她，你總可以出賣朋友吧？」

孟星魂變色道：「她？她是誰？」

他心裡忽然有種不祥的預感，已隱約猜出律香川說的是誰。

律香川悠然道：「你想不想看看她？」

角落裡忽然有扇門開了。

孟星魂看過去，全身立刻冰冷，冷得連血液都已凝結。

一個人站在門後，正癡癡的看著他！

兩柄雪亮的鋼刀，架在她脖子上。

小蝶。

正是小蝶。

小蝶癡癡的看著他，目中已有一連串晶瑩的淚珠落下。

可是她沒有說話。

江湖中人只知道律香川的暗器可怕，卻不知他點穴的手段也同樣可怕。

暗器高手通常也必定是點穴高手，因爲那本是同一類的功夫。

同樣靠手的動作靈巧，同樣要準、要狠！

但無論點穴的手段多高，也還是無法控制住人的眼淚。

他可以令人不能動，不能說話，但卻無法令人不流淚。

沒有人能禁止別人流淚。

看到小蝶的眼淚，孟星魂的心似已被撕裂。

他真想不顧一切衝出去，不顧一切將她緊緊擁抱。

可是他不敢。

「你只要動一動，那兩柄刀立刻會割斷她的脖子！」

這句話律香川並沒有說出來，他根本不必說。

孟星魂當然應該明白。

律香川只不過淡淡的問了句：「為了她，是不是值得出賣朋友？」

孟星魂沒有說話，也沒有動，但卻可以感覺到全身的肌肉都在顫抖。

他忽然想起了韓棠釣鈎上的那條魚。

現在他自己就像是那條魚，所有的掙扎都已無用，已完全絕望。

律香川的釣鈎已鈎在他咽喉裡。

沒有人能救他，也沒有人會救他。

律香川悠然道：「我並不是個急性子的人，所以我還可等一下，只希望你莫要讓我等太久。」

他當然不必著急。

魚已在他的釣鈎上，急的是魚，不是他。

但再等下去可能怎麼樣呢？

無論等多久，結果絕不會改變的！

孟星魂全身的衣裳都已被冷汗濕透！

高老大忽然輕輕嘆了口氣，道：「我看你還是趕快說出來吧，我若是男人，爲了孫姑娘這樣的女孩子，我什麼事都肯做。」

孟星魂心裡又是一陣刺痛，就好像有把刀筆直刺了進去。

直到現在，他才完全明白。

原來高老大和律香川早已勾結在一起，這全都是他們早已計劃好的陰謀。

真正扳住他咽喉的人，並不是律香川，而是高老大。

奇怪的是，他並不覺得憤怒，只覺得悲哀，也同樣爲高老大悲哀。

但石群呢？

石群是不是也早已參與了這陰謀？

他忽又想到了石群手裡的那管簫，和簫管裡的暗器。

假如他能拿到那管簫，說不定還有一線反擊機會，在這種情況下，沒有任何武器比暗器更有效。

人在接近絕望時，無論多麼少的機會，都絕不肯放棄的！

他眼睛看著小蝶，步步往後退。

律香川微笑道：「你難道想走，只要你忍心留下她在這裡，我就讓你走。」

孟星魂突然回手，閃電般出手去抄石群手裡的那管簫。

他本已算準了石群站著的位置，算得很準。

誰知道他還是抄了個空。

石群已不在那裡，根本已不在這屋子裡。

誰也沒有注意他是什麼時候走了！

「若非他參與了這陰謀，律香川和高老大怎會對他如此疏忽？」

孟星魂心上又插入了一把刀。

只有被朋友出賣過的人，才能瞭解這種事多麼令人痛苦。

律香川冷冷道：「我已等了很久，你難道還要我再等下去？無論脾氣多好的人，都有生氣的時候，你難道一定要我生氣？」

孟星魂暗中嘆口氣，他知道今天自已已難免要死在這裡。

死也有很多種。

他只希望能死得光榮些，壯烈點。

問題是他能不能在律香川的暗器打在他身上之前，先衝過去呢？

他至少總得試一試，也已決心要試一試。

陽光已照入窗子，雖然帶來了光明，卻沒有帶來希望。

他盡量將自己放鬆，然後再抬起頭，凝視著小蝶。

這也許已是他最後一次看到她！

小蝶的目光中，也充滿了哀求——求他快走。

他懂。可是他不能這麼樣做。

「要死，我們也得死在一起。」

他的意思小蝶也懂。

她眼淚又開始流下，她的心已碎了。

就在這時，架在她脖子上的兩柄鋼刀突然飛起，落下。

刀飛起時，門後已發出了兩聲慘呼，兩個人撲面倒了下來。

接著，一隻手自門後伸出，攔腰抱起小蝶。

一人低喝道：「快退，退出去！」

這是石群的聲音。

孟星魂的身子一縮，已退出門外，用腳尖勾起了門，人已沖天而起。

只聽「篤，篤，篤」一連急響，十幾點寒星已暴雨般打在門上。

孟星魂掠上屋脊，立刻就看到刀光一閃。

三柄快刀。

刀光閃電般的劈下，一柄砍他的足，一柄以「玉帶橫腰」削他的腰，似乎一刀就想將他劈成兩截。

孟星魂身子一斜，貼著刀光斜斜的衝了過去，甚至已可感到這柄刀劃破了他的衣服。

但他的手卻已捏住這個人的腕子，向上一抬。

「叮」的，火光四濺。

這柄刀已架住了當頭劈下的那柄刀。

接著就是一片屋瓦碎裂的聲音，第三柄刀已被他一腳踩住。

幾乎就在這同一刹那間，揮刀的人也已被他踢得飛了出去。

他順勢一個肘拳，打在第二人肋骨上，肋骨幾乎已在這人胸膛裡。

還有一人已看得魂飛魄散，掉頭就往屋子下面跳。他身子剛躍起，一柄刀已自背後飛來，刀尖自背後刺入、前胸穿出，鮮血花雨般飛濺而出。

他的人就這樣倒在自己的血泊裡。

孟星魂一刀擲出，連看都沒有再看一眼，人已再次掠起。

石群正在花叢間向他招手，雪白的衣服也已被鮮血染紅了一片。

孟星魂凌空一個翻身，頭上腳下，飛燕投林，箭一般向那邊射了過去！

他掠起時已看到小蝶。

小蝶的穴道已被解開，正在花叢間喘息著，看到孟星魂撲過來，立刻張開了雙臂，目光又是悲痛，又是恐懼，又是歡喜。

孟星魂的整個人都幾乎壓在她身上。他等不及換氣就已衝下去，用盡全身力氣抱住了她。

他們立刻忘記了一切。

只要兩個人能緊緊擁在一起，別的事他們根本不在乎。

但石群在乎，也沒忘記他們還未脫離險境。

也不知爲了什麼，律香川居然還沒有追出來。

這個人做事的方法，總是令人想不到的，但無論他用的是哪種方法，都一定同樣可怕。

石群拉起了孟星魂，沉聲道：「走，有人追來我會擋住。」

孟星魂點點頭，用力握了握這隻手。

他沒有說話，因爲他心裡的感激已絕非任何言詞所能表達得出！

然後他轉過頭，想選條路衝出去！

沒有一條路是安全的。

誰也不知道這連一個人影都看不到的花園裡，究竟有多少可怕的埋伏？

孟星魂咬咬牙，決定從正門衝出去。

他剛拉起小蝶冷冷的手，就看到一個人從這條路上奔過來。

一個穿著男人衣服的女人，亮而烏黑的頭髮烏絲般在風中飛舞。

他已看出了這女人是誰。

鳳鳳！

鳳鳳已經奔過石徑，向花叢後的屋子奔過去。

她好像也已看到孟星魂，所以跑得更快——她的功夫本在兩條腿上。

小蝶看著孟星魂臉上的表情，忍不住問道：「你認識她？」

孟星魂點點頭，忽然咬咬牙，將小蝶推向石群，道：「你跟住他走，他照顧你。」

小蝶慘然失色，顫聲道：「你呢？」

孟星魂道：「三天後我再去找你！」

石群道：「到哪裡找？」

孟星魂道：「老地方。」

這句話未說完，他的人已掠起，用最快的速度向鳳鳳撲了過去。

他絕不能讓這女人活著，絕不能讓她洩露老伯的秘密。

屋子的門已被暗器擊開，暗器已完全嵌入堅實的木頭裡。

律香川的暗器不但準且狠，力量也足以穿透最怕冷的人在冬天穿的衣服。

卅 邪神門徒

現在鳳鳳距離這門至少還有二、三丈。

她腿上的功夫雖不弱，但從馬家村到這裡來的一段路也並不近。

何況男人的衣服穿在女人身上，總難免會有點拖拖拉拉的。

孟星魂算準自己一定可以在她到達那門之前，先趕過去。

他算錯了。

因爲他算的只是自己這一份力量，卻忘了估計別的。

他掠過花叢，腳尖點地，再掠起。

就在這時，腳下的土地忽然裂開，露出個洞穴。

四個人並排躺在那裡，手裡的匣弩同時向上抬，弩箭就暴雨般向孟星魂射了過去。

孟星魂也不知道避過多少次比這些箭更狠毒、更意外的暗器。

他閃避暗器的動作快，而且準。

但這次避暗器的動作卻不夠快。

因爲他的全心全意都已放在鳳鳳身上。

他身子掠過最後一排菊花時，淡黃的菊花上就多了串鮮紅的血珠。一枚短箭正射在他左腿上。箭已完全沒入肉裡。他甚至已可感覺到尖銳的箭在摩擦著他的骨骼。

可是他並沒有停下來。

他不能停。

現在正是決生死的一刹那，只要他停，就不知道有多少人要因此而死！

鳳鳳的黑髮就在他前面飛舞著。但在他眼中看來，卻彷彿忽然變得很遙遠。

腿上刺著的痛苦，不但影響了他的判斷力，也影響了他的速度。

痛苦也正如其他許多事一樣，有它完全相反的兩面——有時它能令人極端清醒，有時它卻能令人暈眩。

孟星魂只覺得這刺痛似已突然傳入骨髓，全身的肌肉立刻失去控制。

他知道自己再也無法支持，但他卻還是用出最後一分力量，向她撲過去，中指指節凸起，揮拳直擊她腰下氣血海穴。

這是致命的死穴，一擊就足以致命。

他揮拳擊出後，痛苦已刺入腦海，像尖針般刺了進去。

接著，就是一陣絕望的麻痺。

在這一瞬間，他還能感覺到自己凸起的指節，觸及了一個溫暖的肉體。

他想將全身力量都集中在這一節手指上，但這時他已暈了過去。

滿天星光如夢，微風輕拂著海水。

他們手牽著手，漫步在星空下的海岸上，遠處隱隱有漁歌傳來，淒婉而悅耳。

他將她拉到身邊，輕吻著她被風吹亂的髮絲，她眼中的情思深遠如海……

孟星魂忽然張開眼，所有的美夢立刻破滅了。

沒有星光，沒有海，也沒有他在夢中都無法忘記的人！

他是伏在剛才倒下去的地方，腿上痛楚反似比剛才更劇烈。

「我並沒有死。」

這是他想到的第一件事。

可是這件事並不重要，重要的是，鳳鳳是否還活著？

他絕不能讓她活著說出老伯的秘密。

有人在笑。

孟星魂掙扎著抬起頭，就看到律香川的眼睛。

律香川的眼睛發著光，但笑的並不是他！

笑的是鳳鳳。

她笑得好開心，好得意。

孟星魂全身突然僵硬，就好像突然被滿池寒冰凍住，連痛苦都已麻痺。

鳳鳳走過來，看著他，連目中都充滿了笑意。無論誰都不能不承認她是個非常美的女孩子。

有毒的罌粟豈非也很美麗？

孟星魂舐了舐乾燥的嘴唇，啞聲道：「你……你說出來了？」

鳳鳳笑聲中帶種可怕的譏誚之意，顯然覺得他這句話問得實在多餘！

她笑得就像剛從糞坑出來的母狗，吃吃的笑著道：「我當然說出來了，你以為我是來幹什麼的？小媳婦回門來替女婿說好話麼？」

孟星魂看著她，只覺得全身都已軟癱，連憤怒的力氣都已消蝕。

鳳鳳道：「你想不到會在這裡見著我，是不是？你想不到那老頭子會讓我走的，是不是？」

她大笑，又道：「好，我告訴你，我雖沒別的本事，但從十三歲的時候，就已學會怎麼去騙老頭子了，幹我們這行的若吃不住老頭子，還能夠吃誰？」

孟星魂在看著、聽著。

鳳鳳媚笑道：「其實你也不能怪我，我還年輕，總不能將終生交託給那個老頭子，他不但快要死了，而且死了後連一文都不會留下給我。」

孟星魂突然轉向律香川。

他神情忽然變得出奇地平靜，緩緩道：「你過來。」

律香川道：「你有話對我說？」

孟星魂道：「你聽不聽？」

律香川笑了笑，道：「有些人說的話，總是值得聽的，你就是那種人。」

他果然走了過來，但目中的警戒之色卻並未消除。

虎豹就算已經落入陷阱，還一樣可以傷人的。

律香川走到七尺外就停下，道：「現在無論你說什麼，我都可以聽得清楚了。」

孟星魂道：「我想問你要一樣東西。」

律香川道：「要什麼？」

孟星魂道：「這女人，我要你把她交給我。」

律香川又笑了，道：「你看上了她？」

孟星魂道：「我想要她的命。」

律香川沒有笑，鳳鳳卻笑了。

她好像突然聽到了天下最滑稽的事，笑得彎下了腰，指著孟星魂笑道：「我本來以爲他這人還不太笨，誰知道他卻是個呆子，而且還有瘋病。」

她又指著律香川，道：「他怎麼會把我交給你呢？你憑什麼要我的命？你以爲自己是什麼人？」

律香川等她說完了、笑完了，突然一把揪住她的頭髮，將她拉到孟星魂面前，淡淡道：「你要的是不是這個女人？」

孟星魂道：「是。」

律香川慢慢的點了點頭，目光移向鳳鳳的臉。

鳳鳳目中露出恐懼之色，勉強笑道：「你當然不會把我交給他的，是不是？我爲你做了那麼多事，又爲你找出了那姓孫的……」

律香川臉上全無表情，冷哼道：「但這些事你全都已做完了，是不是？」

鳳鳳臉色已發白，顫聲道：「以後我還可以爲你做別的事，無論要我做什麼，我都願意。」

律香川伸手輕撫她的臉，手掌慢慢的滑下，突然一把撕開了她的衣襟。

她完美的胴體立刻暴露在日光下。

律香川卻連看都沒有看一眼。

他已經在看著孟星魂，微笑道：「我知道你見過很多女人。」

孟星魂道：「我見過。」

律香川道：「你看這女人怎麼樣？」

孟星魂道：「還不錯。」

律香川道：「我爲什麼要平白將這麼樣一個女人交給你，我自己難道不能享用她？」

孟星魂道：「你能，但你也有不能做的事。」

律香川道：「哦？」

孟星魂道：「現在你已知道老伯在哪裡？」

律香川道：「女人總比較細心些，她已說得夠清楚。」

孟星魂道：「我知道你一定能找到老伯，但你是不是能到那井底的秘室中去？」

律香川道：「不能……現在還不能。」

沒有必要時，他從不說謊，——所以他說的謊才特別有效。

孟星魂道：「現在有誰能去割他的首級呢？」

律香川道：「沒有人。」

他忽又笑了笑，道：「但我可以將那口井封死，將他悶死在井底。」

孟星魂道：「你能等那麼久？」

律香川沉吟著，道：「也許能……我耐性一向不錯。」

孟星魂道：「你怎知他一定會被悶死？」

律香川凝視著他，過了很久，才一字一字道：「你是說，你可以到井底去爲我殺他？」

孟星魂閉上眼睛，緩緩道：「只要你將這女人交給我，我就替你去殺他！」

他閉上眼睛，熱淚已奪眶而出。

沒有人能想像他此刻心情之恐懼痛苦，沒有人能想到他會這麼做。

可是他不能不這麼做。

律香川眼睛裡已發出了光，盯著他，道：「我又怎知你說的話是否算數？」

鳳鳳一直在旁邊聽著，身子已開始發抖，突然嘶聲道：「不要聽他的話！他絕不會殺老伯，這一定又是他的詭計。」

律香川突然反手一巴掌摑在她臉上。

她蒼白的臉立刻紅腫，鮮血沿著嘴角淌落，被打落的牙齒卻已吞下肚裡。

她全身痙攣，已無法控制自己咽喉的肌肉。

孟星魂也連看都沒有看她一眼，冷冷道：「我說的話，從沒有人懷疑過。」

律香川道：「你爲什麼要做這件事？」

孟星魂道：「因爲我非做不可！」

律香川道：「沒有人逼你去殺他，也沒有人能逼你去殺他！」

孟星魂咬緊牙關，道：「他既是非死不可，誰殺他豈非都一樣？」

律香川道：「與其讓別人去殺他，倒不如由你去殺他，與其慢慢的死，倒不如死得快些，因爲等死比死更痛苦。」

孟星魂道：「不錯。」

律香川忽然長長吐出口氣，道：「我現在總算已明白你的意思了。」

孟星魂道：「只明白沒有用。」

律香川微笑道：「你以爲我會不答應？」

鳳鳳還在抹著嘴角的血，身子突然躍起，飛起兩腿踢向律香川的胸膛。

律香川連眼角都沒有看她，但手掌已切在她足踝上。

她立刻就憑空跌在地上，完美和纖秀的足踝已彎曲，就像一個惡作劇的孩子扭斷了玩偶的腳。

律香川還是沒有看她，淡淡道：「她已經完全是你的，你若沒有特別的法子對付她，我倒可以給你幾個很好的建議。」

鳳鳳看著自己彎曲折斷的足踝，淚流滿面，咬著牙道：「你這個畜牲，你不是人，不得好死的，我以前怎麼把你當做人。」

孟星魂已掙扎著站起，冷冷的看著她，等她罵完，才冷冷道：「你只後悔認錯了他？你自己做的事呢？」

鳳鳳哽聲道：「我做了什麼？……我有什麼好後悔的？」

孟星魂道：「你沒有？」

鳳鳳流著淚道：「我是個女人，每個女人都有權選擇自己喜歡的男人，我爲什麼沒有？你憑什麼一定要我將終生交給那半死的老頭子？」

她瞪著孟星魂，大聲道：「若有人要你一生去陪個半死的老太婆，你會怎麼樣？」

孟星魂的眼角又開始跳動，但目中的仇恨與殺氣卻已少了。

鳳鳳掙扎著爬起，又跌倒，嘶聲道：「你說，我做錯了什麼？你若是個人，就應該爲我說句公道話。」

孟星魂握緊雙拳，道：「這件事一開始你就不該做的！」

鳳鳳道：「你以爲我喜歡做，喜歡陪一個可以做我祖父的老頭子睡覺？」

孟星魂道：「你爲什麼要做？」

鳳鳳道：「我有什麼法子？十歲的時候我就已經賣給高老大，她就算要我去陪條狗睡覺，我也沒法子反抗的。」

孟星魂道：「可是你……」

鳳鳳大聲打斷了他的話，道：「你難道沒有爲高老大殺過人？你難道沒有爲她做過違背自己良心的事？不錯，我是個不要臉的女人，可是你呢？你又能比我強過多少？」

她突然伏倒在地上，失聲痛哭，道：「爹，娘——你們爲什麼要生下我，爲什麼要把我送落火坑，我也是十月懷胎出來的，爲什麼要比別人苦命？」

孟星魂臉色蒼白，目中已露出痛苦之色。

他忽然覺得她說的話並不是完全沒有道理。

她也是人，也有權活著，有權選擇自己所愛的人，跟這人度過一生，生自己的孩子，再將他們養育成人。

這本是人的基本權利。

沒有人能剝奪她這種權利。

她雖然出賣了老伯，可是她自己的一生，豈非也已同樣被人出賣。

孟星魂忽然發覺她也有値得同情的一面。

她欺騙別人，只不過是爲了保護自己，只不過是爲了要活下去。

一個人若是爲了保護自己的生命，無論做什麼事，都應該是可以原諒的。

你絕不能只看她可恨可惡的一面——只可惜世人偏偏只懂得看到人可惡的那一面，卻將自己可惡的一面隱藏起來。

人們若懂得像寬恕自己一樣去寬恕別人，這世界一定比現在可愛得多。

鳳鳳的痛哭已漸漸變爲抽泣，然後慢慢的拾起鞋，凝視著孟星魂，嗄聲道：「你不是要殺我？現在爲什麼還不動手？」

孟星魂的臉也因痛苦而扭曲。

他本來的確一心想殺死這女人爲老伯復仇，但現在已無法下手。

因爲他忽然發覺自己根本無權殺她。

任何人的生命都是同樣可貴的，誰也沒有殺死別人的權利。

孟星魂在心裡長長嘆息了一聲，慢慢轉過身。

律香川正笑著看他們，彷彿覺得這兩個人的情況很有趣。

孟星魂忽然道：「我們走吧。」

律香川道：「哪裡去？」

孟星魂道：「老伯那裡。」

律香川眨眨眼，道：「這女人呢？你不想殺死她了？」

孟星魂咬緊牙關，冷冷道：「比她更該殺的人，活著的還有很多。」

律香川忽然笑了，悠然道：「高老大說的果然不錯。」

孟星魂沉下臉，道：「她說了什麼？」

律香川道：「她早就知道你不忍下手殺這女人的，你自己根本就沒法子爲自己而殺人，她卻可以要你去殺人。」

孟星魂道：「哦？」

律香川微笑道：「因爲你的心腸根本就不夠硬，也不夠狠，所以你永遠只配做一個被人利用的刺客。」

孟星魂只覺得自己的胃在收縮，怒火已燃燒至咽喉。

律香川是在笑著，笑得就像一把刀。

孟星魂咬了咬牙，忽又道：「她的人呢？」

律香川道：「你想見她？」

他不讓孟星魂說話，接著又說道：「你見到她，又有什麼用？難道你敢反抗她？難道你敢殺了她？——你若真的敢，我甚至可以綁住她的手來交給你！」他大笑，又道：「但我知道你絕不敢的，因爲她是你的恩人，是你的老大，你欠她的情，一輩子也休想還得清的！」

孟星魂站在那裡，忽然間已汗流滿面。

律香川悠然道：「所以我看你還是乖乖的跟我走吧。」

孟星魂茫然道：「走？」

律香川道：「我已經將這女人交給你了，你殺不殺她，是你的事。」

孟星魂點點頭，道：「我明白。」

律香川道：「所以你對我說的話也得算數。」

孟星魂又點點頭。

鳳鳳忽然掙扎著爬過來，拉住孟星魂的衣角，嘶聲道：「不要去，千萬不要替這畜牲做任何事，否則你只有死得更快。」

孟星魂臉上又變得全無表情，淡淡道：「我說過的話一定算數。」

鳳鳳道：「他說的都是放屁，你又何必一定要守信？」

孟星魂道：「因為我不是他。」

鳳鳳看著他，目中的神情很奇特，好像很驚訝，又好像很疑惑。

她實在不能相信，世上竟有這樣的呆子。

她從未見過。

直到現在，她才真正看到人性中最高貴的一面，才懂得人性的尊嚴。

律香川忽然招了招手，花叢中立刻就有人飛步而來。

現在律香川的命令已和昔日的老伯同樣有效。

律香川冷冷道：「將這女人送到飛鵬堡去，我知道屠堡主很需要一個像這樣的女人！」

他的屬下立刻應聲道：「是！」

立刻就有兩個人過來，從地上拖起了鳳鳳。

鳳鳳眼淚又流下，卻連掙扎都沒有掙扎——一個在火坑中長大的女人，都早已逆來順受。

只要能活著，什麼都可以忍受。

孟星魂突然道：「等一等。」

律香川道：「難道你也想要她？」

他微笑著，又道：「那也行，只要你能提著老伯的頭顱來送給我，你要什麼都行。」

孟星魂沉著臉，道：「我只問你，你剛才說的是屠堡主？」

萬鵬王想必也像老伯一樣，被他們最信任的朋友和最得力的助手出賣了。

律香川當然早已和屠大鵬秘密勾結，這陰謀必已計劃了很久，武老刀的事件正是他們等待

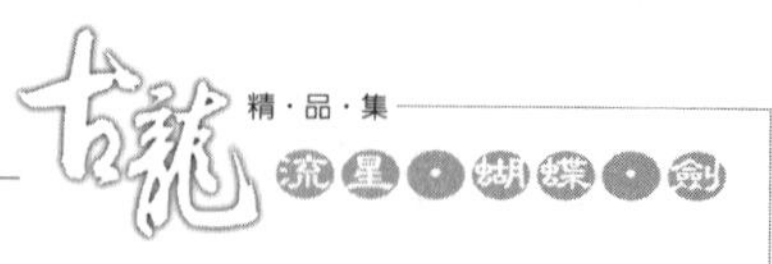

已久的機會。

他們藉著這機會讓老伯和萬鵬王衝突，幾次血戰不但使老伯和萬鵬王的力量都大爲削弱，也使得他們心上的壓力一天天加重。

等到這壓力變得不能忍受時，他們只有作孤注一擲的火併決鬥。

律香川當然早已算準，到了這時老伯就一定會將全部權力交給他。

因爲這時老伯已別無可以信任的人。

這也正是他陰謀中最重要的一環，到了這時，他已可將老伯一腳踢開。

這陰謀複雜卻完美，簡直無懈可擊。就連孟星魂都不能不佩服。

律香川凝視著，忽又笑道：「現在你不必再問，想必也已明白我們演的是齣什麼戲了。」

孟星魂道：「我只有一件事不明白。」

律香川道：「哦！」

孟星魂道：「我在這齣戲裡演的究竟是個什麼樣的角色？」

律香川想了想，道：「你本來只是個很小很小的角色。」

孟星魂道：「小角色？」

律香川道：「本來只想利用你加重老伯的壓力，利用你使他更信任我，但後來……」

孟星魂道：「後來怎麼樣？」

律香川嘆了口氣，道：「想不到後來你卻使自己這角色的戲加重了，我幾乎已有些後悔，根本就不該讓你這角色上場的！」

他的確後悔過，因爲他一直低估了這無名的刺客。

孟星魂沉默了很久，忽又問道：「高老大呢？她又是個什麼樣的角色？」

律香川道：「她是個女人！」

孟星魂道：「你的意思是說……」

律香川道：「我的意思就是說她是個女人，誰也不能改變這件事，她自己也不能。」

孟星魂道：「女人在一齣戲裡扮的通常都是很重要的角色。」

律香川道：「我這齣戲不是。」

他又笑了笑，道：「在我這齣戲，只有一個主角，就是我。」

孟星魂道：「這主角的收場呢？」

律香川道：「主角當然是好收場！」

孟星魂道：「你能確定？」

律香川道：「當然能確定，這齣戲裡每個角色的收場，都只有我才能決定，因爲我的角色本就是神，本就決定一切人的生死和命運！」

世上的確有種人總要將自己當做神。

這種人當然是天才，但也是瘋子。

瘋子的收場通常都很悲慘。

只可惜這齣戲現在已接近尾聲，每個角色的生死和命運似已都被安排好了，已沒有人能改變。

到最後，台上剩下的，也許只有律香川一個人，和滿台的死屍。

除非有奇蹟出現，這結局無法改變。

但奇蹟是很少會出現的。

很少，但卻不是絕對沒有！

卅一 絕境絕路

門已被封死。

肥壯的老鼠成群在後院房間出沒，有風吹過的地方，總帶著種令人作嘔的腐臭味。

不過在幾天前，這裡還是朋友們最羨慕的人家，好客的主人、能幹的妻子、活潑卻有禮貌的兒女、晚餐桌上有可口的小菜和美酒。

但現在這裡卻已變成凶宅。

每個人走過這家人門口時，都會遠遠的避開，掩鼻而過。

沒有人知道這裡究竟發生了什麼事。

沒有人知道這一家四口人爲什麼會在一夜之間同時慘遭橫死。

但謠言卻很多，各式各樣的謠言。

就連昔日最要好的朋友，現在也已變成了謠言的製造者。

你用不著爲這一家人不平，更不必爲他們難受。

因爲這本就是人生。

他們在活著時，有朋友，死，也是爲朋友而死的！

他們活得很美滿，很快樂，死，也死得很有價值。

這就已足夠！

後院中的荒草也彷彿是在一夜之間長出來的！

荒草間的石井，在夕陽之下看來，也似久已枯竭。

但井中當然還有水。

深碧色的水，已接近黑色。

律香川俯視著井水，喃喃道：「這口井很深，比我們廚房用的那口井還深。」

他忽然回頭，向孟星魂笑了笑，道：「你知不知打井也是種學問？你若不懂得方法，永遠也休想從地下挖得出水來。」

孟星魂聽著，只能聽著。

他忽然發現律香川常常會在某種很重要的時候，說些奇怪而毫無意義的話。

這是不是因爲他心裡也很緊張，故意說些話來緩和自己的情緒？

律香川又回頭去看井裡的水，彷彿在自言自語，道：「我早就應該自己來看看的，我若看見這口井，也許早就猜出老伯在哪裡了。」

他忽然又回頭問孟星魂，道：「你可知道這是爲什麼？」

孟星魂的回答很簡短：「不知道。」

律香川笑笑，道：「因爲我知道只有一個人能挖這樣好的井，這人是絕不會無緣無故到這破村子裡挖一口井的！」

孟星魂道：「哦。」

律香川道：「他當然也是老伯的朋友，除了老伯外，沒有人能叫他到這裡來挖井！」

孟星魂道：「這個人呢？」

律香川道：「死了……老伯的朋友好像已全都死了。」

他笑容中帶著刀一般的譏誚之意，接著又說道：「但無論如何，能想到在有水的井裡藏身的人，畢竟總算是個天才……你知不知道，躲藏也是種學問？」

孟星魂道：「不知道。」

律香川道：「那簡直可以說是最高深的學問，你不但要選最正確的地方，還得選擇最正確的時刻才躲進去，這兩種選擇都不容易。」

孟星魂道：「還有一點更重要。」

律香川道：「哦？」

孟星魂道：「你若真的不願被別人找到，就只能一個人躲進去。」

律香川又笑了，道：「不錯，這一點的確重要，更重要的是，只有呆子才會要女人爲他保守秘密，這話本是老伯自己說的，我始終不懂，他自己怎麼會忽然忘記了。」

孟星魂咬著牙，道：「我也不懂。」

律香川沉吟著，緩緩道：「這是不是因爲他已太老？太老的人和太年輕的人，這兩種人通常都最容易上女人的當。」

孟星魂道：「他不老──有種人只會死，不會老！」

律香川道：「不錯，我也只情願死，不願意老，老比死還可怕。」

他拍拍孟星魂的肩，微笑道：「所以你現在不如趕快去要他死吧。」

孟星魂道：「你呢？」

律香川道：「我當然會在這裡等著你，沒有親眼看見老伯的頭顱，我無論如何也不安心！」

孟星魂面上全無表情，目光遙視著遠方，一字一字道：「你會看到的，很快就會看到。」

律香川又拍拍他的肩，微笑道：「我信任你，你絕不是那種說了話不算數的人！」

孟星魂什麼話都沒有再說，突然縱身，人已躍入井水裡。

律香川俯下身，道：「快上來，愈快愈好，我等得不耐煩時，說不定會將這口井封死的。」

孟星魂道：「我明白。」

律香川又笑了笑道：「很好，我早就知道你是個明白人。」

井水冰冷。

冰冷的井水已將孟星魂的身子包圍，他全身都已浸入井水裡，直到他完全冷靜。

然後他立刻將自己的計劃重頭再想一遍！

他當然不會真的來殺老伯，誰也不能要他來殺老伯。

他這麼樣做，只不過爲了要見到老伯，然後計劃別的。

「老伯無論在哪裡，那地方就絕不會只有一條退路。」

他確信這一點，確信這密道必定另有退路，確信自己可以幫老伯逃出去。

孟星魂已消失在井水中。

律香川站在那裡，看著，等著。

然後，他身後忽然響起了一個人的腳步聲。

他並沒有回頭。

因爲他知道來的是誰。

這地方四面已佈下三重埋伏——一百四十六個人，三重埋伏。

除了他親信的人之外，連蒼蠅都休想飛得進這裡來。

現在的律香川已不比從前，他的生命已變得非常珍貴。

腳步聲很輕，說話的聲音低沉而有魅力。

高老大直走到他身旁，也俯首看著井水，淡淡道：「你認爲他真的會去殺老伯？」

律香川道：「他絕不會。」

高老大道：「那麼你爲何要讓他下去？」

律香川道：「我可以讓他下去，卻絕不會再讓他上來。」

高老大眼波流動，道：「可是你有沒有想到過，他下面也許另有退路？」

律香川道：「我想到過！」

高老大道：「你不怕他們從另一條路走？」

律香川道：「不怕。」

高老大道：「爲什麼？」

律香川忽然笑了笑，道：「我問你，這世上誰最瞭解老伯？」

高老大道：「你！」

律香川道：「當然是我。」

高老大說道：「你認爲他不會從另外一條路逃走？」

律香川道：「絕不會。」

高老大道：「爲什麼？」

律香川道：「因爲這裡已是他最後一條退路，他既已退到這裡，就無路可退……就算有路，他也絕不會再退！」

高老大道：「爲什麼？」

律香川道：「以前有沒有人想到過，老伯會被人逼到井底的狗洞裡去？」

高老大道：「沒有。」

律香川道：「他既已被逼到這裡，已是英雄末路，若沒有把握重振旗鼓，他寧可悶死在裡面，也絕不肯再出來的，他怎麼能再退？他還能退到哪裡去？」

他的確很瞭解老伯。

這裡的確是死地！

「若不能夠復仇、重振旗鼓的話，就不如死在這裡！」

這的確是老伯早已打算好的主意。

若是再退下去，情況只有更悲慘，更糟糕，更沒有報復的希望。

何況別人既然能追到這裡來，就當然還能追下去。

他就算能逃，又能逃到什麼時候呢？

逃亡不但是件可恥的事，而且痛苦，有時甚至比死更痛苦。

老伯的思想中，本來根本就沒有「逃亡」這兩個字。只有追！追捕！追殺！

高老大終於也明白律香川的意思了，嫣然道：「你是說，老伯到了這裡，就好像楚霸王已到烏江，寧死也不願再逃下去？」

律香川道：「我正是這意思。」

他忽然揮了揮手，連一個字都沒有說，立刻就有一連串的人走了過來，每個人手裡都捧著塊巨石。

巨石投入井水裡，井水飛濺而起。

三塊石頭、一箕泥沙；三十塊石塊、十箕泥沙，就算再深的井，也有被填滿的時候。

他根本不必再說一個字，因爲這件事也是他早已計劃好了的！

高老大看著他，忽然嘆了口氣。

律香川道：「你爲什麼嘆氣？」

高老大道：「我高興的時候也會嘆氣。」

律香川道：「你高興什麼？」

高老大道：「我當然高興，因爲我是你的好朋友，不是你的仇敵。」

無論誰若選擇了律香川這種人作仇敵，都的確是件很不幸的事。

只可惜選擇他作朋友的人，也同樣不幸——也許更不幸些。

像律香川這種人，你只有從未看見過他，才是真正幸運的！

井壁滑開。

孟星魂滑了進去，裡面的池水，就比較溫暖些了。

可是在這一瞬間，他忽然變得有些畏懼，幾乎不敢面對老伯！

因爲他不知見到老伯後，應該怎麼說。

他實在不忍告訴老伯，鳳鳳也出賣了他，這打擊對一個老人說來實在太大。甚至會令他比被律香川出賣時更痛苦。

男人發現自己被他們所愛的女人欺騙了之後，那種憤怒和痛苦，世上幾乎再也沒有別的事能比得上！

孟星魂更不忍告訴老伯，他最後的一注也已快被人吃掉，最後的希望也已斷絕。

現在已沒有人能趕到飛鵬堡去，將那些人救回來！

但現在也已到了無法再逃避現實的時候。

孟星魂在心裡嘆了口氣，只希望老伯能比他想像中還堅強些。

他探出了頭。

他愣住！

秘室中的情況還是和他離開的時候完全一樣，連枕頭擺的位置都沒有變。

但老伯卻已不見了。

孟星魂從池子裡躍出來，水淋淋的站在那裡，冷得不停的發抖。

他雖然剛從冷水裡躍出來，卻好像在寒夜中一下子跌入冷水裡。

這變化使得他所想的每件事都忽然變得既愚蠢，又可笑。

這變化簡直是他做夢都沒有想到過的！

過了很久，他才漸漸恢復了思考的能力。

老伯怎麼會不在這裡？

他是自己走的？還是被人劫走的？

他爲什麼忽然走了？走到哪裡去了？

他還能到哪裡去？

問題一個接著一個，所有的問題似乎全都無法解釋。

開始時孟星魂的思想亂極了，但是忽然間，他眼睛裡閃出了光。

他聽到一陣細碎的語聲，從那通風的鐵管中傳了過來。

這聲音彷彿給了他某種強烈的暗示，使得他眼睛發出了光。

「這該死的老狐狸！」

他嘴裡雖低聲詛咒著，人卻已倒在床上，大笑了起來，笑出了眼淚。

就在這時，他聽到了第一塊石頭投入井水的聲音。

接著，就是一連串天崩地裂的震動，這安全而堅固的地室，似乎都已被震動得搖晃起來。

孟星魂知道律香川已準備將這口井封死，可是他除了躲在那裡聽著之外，什麼事都不能做，什麼法子都沒有。

他並不驚惶。因爲他確信這秘室中必定還有第二條路。

震動終於平息——無論多深的井，總有被填滿的時候。

孟星魂慢慢的坐了起來，開始找尋他的第二條路。

沒有第二條路！

孟星魂終於絕望，終於放棄。

若連他都找不出那第二條路，就表示這裡根本沒有第二條路。

他坐下來。

這時他還沒有感覺到恐懼，只覺得很詫異，很奇怪。

他想不通老伯怎會將自己置於死地。

死一般的靜寂。

地室中變得愈來愈熱——墳墓中是不是也像這麼熱？

孟星魂忽然發覺呼吸也已漸漸困難。

他索性躺了下去！

「一個人在完全靜止的時候，所需要的空氣就比較少些。」

他雖然並不能瞭解這是什麼道理，但卻知道只有這麼做是對的。

他就像野獸一樣，對求生總能有某種奇妙的本能和直覺。

地室的頂也是用灰色的石板砌成的。

四四方方的石屋，看起來就像是一口棺材。

孟星魂靜靜的躺了很久，想了很久，忽然瞭解老伯為什麼沒有在這裡留下第二條路了。

一個像老伯那樣的人，若已被迫得逃到這種地方，像臭鼬一樣躲在這地洞裡，他心裡的那種感覺，一定已比死更痛苦。

若不能雪恥復仇，他怎麼還能活得下去？

「我若是老伯，我也不會再準備逃走了。既已到了這裡，就已只有一條路可走！」

孟星魂長長嘆息了一聲，心裡忽然湧出一陣恐懼之意。

那並不是對死的恐懼。

死並不可怕，可怕的只是他知道自己今生再也見不到他心愛的人。

世上，也只有這種恐懼比死更可怕，更令人痛苦。

「若沒有我，小蝶怎麼能活得下去？」

想起小蝶看著他的最後那一眼，想起她那充滿了癡情蜜愛，充滿了期望哀求的眼色。

孟星魂眼睛裡忽然湧出了一串淚珠。

水井已被填平、打實。

律香川背負著手，站在旁邊欣賞著，就像是一個偉大的畫家，正在欣賞著自己歷時雖久，卻已終於完成的傑作。

「沒有人再能從這口井裡逃出來！就連老伯也絕不能！」

這裡就是老伯和孟星魂的墳墓。

律香川忽然笑了笑，悠然道：「看來老伯真是個夠朋友的人。」

高老大看著他，顯然還不明白他這話的意思。

律香川微笑著又道：「他什麼事都用不著朋友去操心，就連他自己的墳墓，他自己都早就準備好了。」

高老大也笑了笑，淡淡道：「無論如何，這墳墓總算很結實，一個人死了後，能有這樣的墳墓，也該滿意了。」

酷熱，一種令人窒息的酷熱。

這裡並不是墳墓！

這裡就是地獄。

但地獄中至少還有光，還有火，這裡的燈卻已忽然熄滅。

孟星魂躺在黑暗中，流著汗，黑暗中彷彿已有隻無情的手，按住了他的喉。

他知道自己活下去的希望已很小，愈來愈小。

「但老伯卻還是活著的。」

老狐狸終於騙過了所有的人，找出了他雪恥復仇的路。

他的確騙過了所有的人，就連孟星魂都被他騙過了。

可是孟星魂並沒有怨恨，也沒有責怪。

想到律香川最後發現真相的表情，孟星魂甚至忍不住要笑出來。

他很想還能笑一笑，很想，想得要命。

只可惜他已笑不出。

律香川正在笑，沒法子不笑。

現在所有的仇敵都已被消滅，所有的陰謀和奮鬥都已結束。

等在他前面的，只有無窮的光榮、權力、財富、享受。現在他不笑，還要等到什麼時候？

高老大看著他，已看了很久，那眼色也不知是欽佩、是羨慕；還是妒忌。

律香川微笑著，忽然道：「你是不是覺得我很好看？」

高老大點點頭，道：「當然好看，成功的人總是特別好看的，你成功了。」

律香川道：「你妒忌我？」

高老大嫣然道：「有一點，一點點，其餘的卻是羨慕。」

律香川忽然嘆了口氣，道：「你若知道我成功是用什麼代價換來的，也許就不會羨慕我了。」

高老大眨眨眼，說道：「你花了什麼代價？你既沒有流過血，也沒有流過汗，流血、流汗的都是別人。」

律香川道：「不錯，流血、流汗的都是別人，不是我，可是你知不知道這幾年來，我過的都是什麼日子？」

高老大道：「我只知道你這些年來並沒有過一天苦日子。」

律香川說道：「要怎麼樣才算苦日子？我半夜裡睡不著，睡著了又被噩夢驚醒的時候，你看過沒有？」

高老大道：「你爲什麼會那樣子？」

律香川道：「因爲我擔心，擔心我的計劃會被人發現，擔心我的秘密會被人揭破，有時我甚至擔心得連一口水都喝不下，一喝下去就會嘔吐。」

高老大輕輕嘆了口氣，道：「原來害人的滋味也不好受。」

律香川道：「的確不好受，只不過比被害的滋味好受一點。」

他又笑了笑，悠然道：「成功的滋味也不好受，只不過比失敗的滋味好受一點。」

高老大道：「那麼你現在還埋怨什麼？」

律香川道：「我沒有埋怨，只不過有一點遺憾而已。」

高老大道：「什麼遺憾？」

律香川目光凝注著遠方，一字字道：「我還沒有親眼看到孫玉伯的屍首！」

他忽然轉身，就看到一個人正從牆外掠入，快步奔了過來。

這人叫于宏，是他帶來的三隊人中的一個小頭目。

律香川沉下了臉，冷冷道：「我叫你守在外面，誰叫你進來的！」

他的態度並不嚴厲，但卻有一種令人冷入骨髓的寒意。他和老伯不同。

老伯有時是狂風，有時是烈日，他卻只是種無聲無息的陰寒，冷得可以令人連血液都結冰。

于宏的臉色巨變，人在七尺外就已伏倒在地，道：「屬下本不敢擅離職守，只因有人送信來，他說是急事，而且一定要交給幫主親拆。」

老伯從來不是任何幫的幫主，也不是堡主、壇主，他喜歡別人拿他當朋友看待，雖然別人對他比任何主人都尊敬。

可是律香川卻喜歡「幫主」這名字，他覺得這兩個字本身就象徵著一種顯赫的地位和權力。

律香川道：「信在哪裡？」

卅二　同歸於盡

信封是普通的那一種，薄薄的，份量很輕。

信封上並沒有寫什麼，裡面也沒有信。

但這信封卻並不是空的。

律香川將信封完全撕開，才看到一叢細如牛毛般的銀針。

這正是他的獨門暗器七星針，正是他用來對付老伯的一筒七星針。

他認得這筒針，因爲這種暗器他從未用過第二次。

現在這一筒針竟又赫然回到他手裡！

他忽然覺得全身冰冷，厲聲喝叫道：「送信的人呢？」

于宏道：「還在外面等著。」

他這句話還沒有說完，就已看見律香川的身子凌空掠起。

就在這時，他也聽到了牆外傳入的慘叫聲。

牆外的埋伏每三人分成一組。

三個人中，一個是用刀的好手，一個是射箭的好手，另外一個用的是鈎鐮槍。

于宏用的是刀。

他聽到慘叫聲，正是他同組的夥伴發出的。

呼聲尖銳而短促。

律香川當然也聽見了，他掠過牆頭時，甚至也看到一條人影正從牆外向遠方竄了出去。

那顯然一定是送信來的人。

可是律香川並沒有追過去，反而將身子用力收縮，淩空縱身，又落回牆頭。

牆腳下有一柄折斷了的弓，和一根折成三截的鈎鐮槍。

兩個人都已伏在地上，頭顱軟軟的歪在一旁，脖子彷彿已被折斷。

律香川這次帶來的人，雖然並不能算是武林高手，但也絕沒有一個弱者。

送信來的這人竟能在一瞬間拍斷他們的脖子，揚長而去。

律香川凝視著遠方的黑暗，忽然目中似又露出一絲恐懼之意。

他沒有追，彷彿生怕黑暗中有某一個他最畏懼的人正在等著他！

過了很久，他臉色才漸漸恢復平靜輕輕躍下。

高老大已在牆下等著，目光帶著三分驚訝，七分疑懼。

她輕輕問道：「送信來的是誰？」

律香川搖搖頭。

高老大道：「送來的那封信呢？」

律香川慢慢的伸出了緊握著的手，過了很久，才慢慢的攤開。

掌心有一團握皺了的紙，紙包裡有七根牛芒般的銀針！

高老大皺了皺眉，道：「這是什麼？」

律香川道：「這是我用的七星針！」

高老大道：「是你的獨門暗器？」

律香川點點頭。

高老大道：「既然是你用的暗器，又有什麼好大驚小怪的？」

律香川的雙手又緊緊握起，沉聲道：「但這暗器本來應該在老伯脊椎裡的。」

高老大的臉色也變了，連呼吸都已停止。

老伯若已被埋在井底，這暗器怎會回到律香川手裡來？

過了很久，高老大總算才吐出口氣，道：「莫非他已不在下面？」

律香川咬緊牙，點了點頭。

高老大道：「可是……可是他既已逃了出去，為什麼又要將這針送回來呢？他這是什麼意思？」

律香川的臉色在夜色中看來慘白如紙，又過了很久，才一字字道：「我明白他的意思。」

高老大道：「你明白？」

律香川道：「他的意思是想告訴我，他並沒有死，而且隨時隨刻都可以回來找我！」

高老大道：「他為什麼要叫你提防著他呢？你若不知道他還活著，他來暗算你豈非更容易些？」

律香川道：「他就是要我時時刻刻的提防著他，要我緊張，要我害怕……他就算要我死，也不會要我死得太容易！」

他忽又笑了笑，道：「可是我絕不會上他這個當的，絕不會。」

他繼續笑道：「我絕不上他這個當的，絕不！」

他雖然在笑，可是他的臉卻已因恐懼和緊張而扭曲！

高老大目光也在凝視著遠方的黑暗，目中也露出了恐懼之色，輕輕道：「他若真的回來了，要找的人就不止你一個。」

律香川慢慢的點了點頭，道：「他要找的人當然不止我一個。」

高老大看著他，忽然握住了他的手。

兩雙冰冷的手，立刻緊緊握在一起。

他們兩個人從來也沒有如此接近過，但這時恐懼卻使得他們不能不結合在一起。

夜已很深，遠方一片黑暗。

他們所恐懼的那個人，究竟什麼時候會來？

有誰知道？

誰也不知道！

孟星魂更不知道。

現在他神智已漸漸昏迷，忽然覺得有說不出的疲倦，只想舒舒服服的睡一覺。

可是他也知道這一睡著，就永遠不會醒來了。

他掙扎，勉強睜開眼睛，但眼皮卻愈來愈重，重得就像鉛塊。

死亡已在黑暗中等著他。

直到他知覺幾乎已完全喪失時，還反反覆覆的在說著一句話：「小蝶，我對不起你……」

孟星魂突然驚醒。

他是被一陣急遽的敲擊聲驚醒的，聽來那就像驟雨打著屋頂的聲音。

開始時他還以爲自己又回到了他那海濱的小屋裡。

窗外密雨如珠，床上的被單雖陳舊，卻是剛換過的。

他正躺在床上，緊擁著他愛妻光滑柔軟的胴體，傾聽著雨點落在屋頂的聲音——那聲音聽來就像是音樂。

只要有她在身旁，天地間每種聲音，聽來都如音樂。

風正從窗戶裡吹進來，吹在他臉上，清涼而舒適。

他突然張開眼睛。

沒有雨，沒有窗子，也沒有他心愛的人。

但卻有風。

風竟是從那本已被封死的鐵管中吹進來的，敲打的聲音也同樣是從這裡傳進來的。

這是怎麼回事？

難道有人又要爲他挖墳墓？

他想不通，更想不出有誰會來救他。

但卻的確有風，那不但使他漸漸清醒，也使得他精神漸漸振奮。

他感覺一種新生的活力，又隨著呼吸進入他身體裡、血管裡。

死亡已離他遠去。

他搖了搖自己的手，好像要澄清這並不是夢，然後正想坐起。

就在這時，忽然有一點火光亮起，接著，他就看到一個人從水池裡伸出頭來，手裡高高舉著火摺子。

一個陌生人。

他當然有些驚訝，這陌生人神色卻更慌，眼珠子溜溜的四下一轉，只看了一眼就匆匆鑽回水池裡。

過了半晌，他就聽到一個陌生的聲音從那通風的鐵管中傳進來。

「裡面只有一個人。」

孟星魂忽然笑了，他忽然明白這是怎麼回事。

於是他等著。

並沒有等太久，他就又看到一個人從水池裡鑽出來。

這人並不陌生。

律香川已從水池中躍出，站在床前，而且已用防水的火摺子燃起了燈。

他臉上雖然還帶著微笑，但看起來已遠不及平時那麼溫文爾雅，容光煥發了。

無論誰一身水淋淋的時候，樣子都不會太好看的。

孟星魂卻很喜歡看到他這樣子，所以眼睛始終盯在他身上。

律香川的眼睛卻在四面移動著。

一個人樣子很狼狽的時候，非但不願意被人看見，也不想去看別人。

孟星魂忽然笑了笑，道：「你在找誰？」

律香川只好回頭看著他，也笑了笑，道：「你瞧我是來找誰的？」

孟星魂笑道：「我只知道，你絕不會是來找我的。」

律香川道：「爲什麼不會？這裡除了你之外，還會有什麼人？」

孟星魂道：「你知道老伯不在這裡？」

律香川笑笑。

孟星魂笑笑道：「你當然已知道他已不在這裡，才敢下來。可是你怎麼知道的呢？」

律香川沒有回答。

他一向拒絕回答對他不利的話。

所以他又朝四面看了看，走到床前，在床上按了按，又走過去，撕下條鹹肉嚐了嚐，皺著眉頭喃喃道：「床太硬，肉也太鹹，我若是他，一定會將這地方弄得舒服些！」

孟星魂笑笑道：「他用不著將這地方弄得太舒服。」

律香川道：「爲什麼？」

孟星魂道：「因為他絕不會在這地方待得太久的！」

律香川霍然轉身，盯著他的臉，過了半晌，忽又笑道：「你好像很佩服他。」

孟星魂道：「我的確很佩服他，可是，最佩服他的人卻不是我。」

律香川道：「哦？」

孟星魂淡淡道：「最佩服他的人是你，所以你才怕他，就因為怕他，所以才想幹掉他。」

律香川雖然還在笑，笑得卻已很勉強。

孟星魂道：「你難道不承認？」

律香川忽然嘆了口氣，道：「我承認，能騙過我的人並不多。」

孟星魂道：「一心想騙朋友的人，自己遲早也有被騙的時候，這句話你最好永遠記住。」

律香川道：「這句話是誰說的？」

孟星魂道：「我。」

律香川冷笑道：「但你自己豈非也同樣被他騙了？」

孟星魂道：「不錯，我也被他騙了，也上了他的當，但這樣的當我情願再上幾次。」

律香川目光閃動，道：「你什麼時候才知道自己上了當的？」

孟星魂道：「一走進來我就知道了。」

律香川道：「你也已想通了這是怎麼回事？」

孟星魂點點頭。

律香川又嘆息一聲，道：「你可不可以從頭說給我聽聽？」

孟星魂道：「可以。」

他臉上的表情彷彿很奇特，忽又笑了笑，接著道：「就算你不想聽，我也非說給你聽不可。」

其實沒有人能比他對老伯這計劃瞭解得更清楚，但他的確還是在很仔細的聽著。

因爲他這一生中，從來也沒有受過如此慘痛的教訓，所以這件事的每一個細節，他都希望能知道得更詳細、更清楚。

律香川道：「我在聽著。」

孟星魂道：「這整個計劃中最重要的一個人是誰，你知道麼？」

他希望永遠也不要再犯同樣的錯誤。

律香川道：「我知道，是鳳鳳。」

孟星魂道：「不錯，假如這也是一齣戲，戲裡的主角就是鳳鳳，不是你。」

律香川淡淡道：「任何人都不可能在每齣戲裡都當主角。」

孟星魂道：「只可惜她這次扮的卻是個很悲慘的角色，不但悲慘，而且可笑。」

「悲慘」和「可笑」並不衝突，因爲這兩種結果本是同一原因造成的——愚蠢。

愚蠢可以使一個人的境遇悲慘，也可以使他變得很可笑。

孟星魂道：「鳳鳳也許並不能算很愚蠢，只不過她太相信自己，也太低估了老伯。」

律香川嘆了口氣，道：「愚蠢的人是喜歡自作聰明的！」

孟星魂道：「她以爲她已騙過了老伯，以爲老伯已被她迷住，卻不知老伯早已看破了她的用心，所以才故意放她走的。」

律香川嘆道：「我本就在奇怪，老伯怎麼會信任一個她那樣的女人？」

孟星魂道：「老伯故意讓她相信已將最後一注押在飛鵬堡，再故意讓她將秘密洩露給你，那時非但她完全深信不疑，連我都相信了。」

律香川冷冷道：「但老伯爲什麼要騙你，難道他也不信任你？」

孟星魂道：「不，他這樣作只要使得這件事看來更真實，因爲我若已知道他的計劃，態度一定變得會有些不同，你當然立刻就會看出來的。」

他又笑了笑，道：「老伯當然也知道，無論誰要騙過你都不是容易的事。」

律香川道：「要騙過你好像也不容易。」

孟星魂說道：「我剛才若未發現從這通風鐵管中，可以聽到外面的聲音，到現在也許還不明白這件事。」

律香川道：「哦？」

孟星魂道：「我還未找到這裡的時候，老伯已將鳳鳳放出來了，那時她當然覺得很得意，一個人得意時總忍不住會笑的！」

律香川道：「你聽到她在笑？」

孟星魂道：「我若未聽到她的笑聲，也許永遠都不會發現老伯藏在這裡。」

律香川嘆道：「這又給了我個教訓，一個人最好永遠都莫要太得意。」

孟星魂道：「那時老伯就算真的被她騙過了，他已經從這鐵管中聽到她得意的笑聲，第二次又怎會再放她走呢？」

律香川道：「所以你才能確定，老伯一定是故意放她走的？」

孟星魂道：「不錯。」

孟星魂又接著道：「我不瞭解老伯的用意，所以又將她押回來了。老伯當時看到我將她押了回來，心裡一定在怪我多管閒事，可是，他面上卻絲毫不動聲色。」

卅三 奇兵突出

律香川淡淡道：「也許那時他就已經想到怎麼樣來利用你，只要可以被他利用的人，他一向都非常歡迎的。」

孟星魂微笑道：「很對。」

律香川冷笑道：「奇怪的是有些人被他利用了之後，居然還好像很得意。」

孟星魂道：「我本來就很得意。」

律香川道：「你得意什麼？」

孟星魂道：「因為我現在總算已完全明白他的意思了，你卻還被蒙在鼓裡。」

律香川道：「哦？」

孟星魂道：「你知不知他這計劃最重要的一點是什麼？」

律香川沉吟著道：「他要我相信他還躲在這裡，要我動用全力到這裡來對付他，他才能乘機趕到飛鵬堡去會合等在堡那邊的人，因為他只有將這最後一分力量保存下來，將來才有反擊的機會。」

孟星魂道：「你認為真有那麼多人在飛鵬堡外等著？」

律香川道：「絕不會沒有。」

手。

他說得很肯定。

因爲他知道老伯每一次決戰之前，都計劃得十分仔細周密，不到萬無一失時，絕不會出手。

飛鵬堡那邊若沒有人等著從後山接應，老伯就絕不會親自率領十二隊人自正面攻擊。

孟星魂道：「你認爲那些人不管有沒有接到老伯的訊號，都會在初七的正午發動攻擊？」

律香川道：「那只因爲老伯早已和他們說好了在初七的正午動手！」

這次他說的口氣已沒有剛才那麼肯定了。

孟星魂道：「你認爲老伯真的早就和他們說定了？難道他就完全沒有考慮到臨時會發生意外？他是不是個如此粗心大意的人？」

律香川忽然說不出話來了。

孟星魂淡淡道：「你總該知道，這一戰對他的關係多麼重大，他怎麼會下如此草率的決定？」

律香川的臉色已有些發青，過了很久，才緩緩道：「那麼你認爲他這樣做是什麼意思？」

孟星魂道：「他的意思，就是要你到這裡來找我！」

律香川道：「我還不懂。」

孟星魂道：「他算準了我會在半途被你攔截，我一個人孤掌難鳴，自然難免會落在你們手裡。」

律香川道：「還有呢？」

孟星魂道：「他也算準了你們會迫我到這裡來，迫著我下去殺他。」

律香川道：「他認爲我能夠用什麼法子來脅迫你？」

孟星魂目中現出怒意，冷笑道：「用小蝶、用高老大，你這人本就什麼手段都用得出的。」

律香川道：「他是不是也算準了你一下來，我就會將這口井封死？」

孟星魂道：「也許！」

律香川道：「他還算準了什麼？」

孟星魂道：「他還算準了你一定會將這口井重新挖開，一定會自己下來找他，因爲他一定有法子讓你知道他已不在這裡。你既害怕，又懷疑，當然非親自下來看看不可。」

律香川突然冷笑，道：「照你這麼說，他算出來的事倒真不少！」

孟星魂道：「的確不少。」

律香川冷笑道：「你以爲他是什麼？是個活神仙？」

孟星魂淡淡道：「不管他是不是這麼厲害的，我只知道至少有一樣事他沒有算錯。」

律香川道：「什麼事？」

孟星魂盯著他，一字字道：「他算準了只要你一下來，我就不會再讓你活著上去。」

律香川臉色似已忽然變了。

孟星魂道：「別的事你信不信都沒關係，這一點你卻非相信不可！」

律香川也在盯著他，慘白的臉色在黯淡的燈光下看來，就像是戴著個紙糊成的面具，雖然全無表情，卻顯得更詭密可怕。

孟星魂的臉色當然也不好看。

他已坐了起來，正盤膝坐在床上，一隻手按著被單，一隻手按著枕頭。

這樣子坐著好像並沒有什麼特別，無論誰坐在床上，姿勢都會跟他差不多。

奇怪的是，大敵當前，他怎麼還能這樣子舒舒服服的坐著？

只有他自己知道，坐著不但比躺著好，也比站著好。

若是站在那裡，就無異將全身都變成律香川暗器的目標，但坐著時卻可以將自己的身子縮小到最低程度。防守的範圍總是愈小愈好的。

何況，到了必要時，這枕頭就是他抵抗暗器的盾牌，這被單就是他攻擊的武器。

內家「束絮成棍」的功夫，他雖然並沒有練過，但一個像他這種終生以冒險爲職業的人，無論任何東西到了他手上，都是武器。

律香川一直在仔細觀察著他，就像是一個馴獸師在觀察著籠中的猛獸。

他的表情冷靜而嚴肅，孟星魂每一個細微的表情和動作，他都絕沒有錯過。

孟星魂也正以同樣冷靜的態度在觀察著他。

那情況又像是兩匹狼在籠中互相窺伺，互相等著對方將弱點暴露，然後就一下子撲上去，咬斷對方的咽喉。

也不知過了多久，律香川忽然笑了笑，道：「看來你的確是個很可怕的對手。」

孟星魂道：「哦？」

律香川道：「你不但很懂得隱藏自己的弱點，而且很沉得住氣。」

孟星魂道：「哦？」

律香川道：「只可惜你已犯了致命的錯誤，錯得簡直不可原諒。」

孟星魂道：「哦？」

律香川道：「你對付我這樣的人，本不該採取守勢的，因為我最可怕的一點是暗器，所以你就該先發制人，封住我的出手。」

孟星魂凝視著他，慢慢的點了點頭，道：「我的確本該搶先出手的，可是我不能這麼做。」

律香川道：「為什麼？」

孟星魂道：「因為我的腿受了傷，動作已遠不及平時靈活，若是搶先出手，一擊不中，情況就可能比現在更危險。」

律香川道：「你沒有一擊就中的把握？」

孟星魂道：「沒有，對付你這樣的敵手，誰也沒有一擊必中的把握。」

律香川道：「所以你不敢冒險？」

孟星魂道：「我的確不敢。」

律香川忽又笑了笑，道：「其實你本不必對我說實話的。」

孟星魂道：「你本來也不必提醒我的錯誤，我犯的錯誤愈大，對你豈非愈有利？」

律香川道：「我提醒你的錯誤，只不過想誘你先出手。」

孟星魂道：「你失敗了。」

律香川也慢慢的點點頭，道：「我失敗了。」

直到現在爲止，他們的態度還是很冷靜，極端冷靜，絕不衝動，絕不煩躁。

但極端冷靜也是種可怕的壓力。

幸好這密室中沒有第三個人，否則他也許會被這種奇特的壓力迫得發瘋。

又過了很久，孟星魂忽然也笑了笑，道：「其實我也早就知道你是個很可怕的對手。」

律香川道：「多謝。」

孟星魂道：「你不但也很沉得住氣，而且很懂得壓迫對方，使對方自己將弱點暴露。」

律香川微笑道：「我殺人的經驗，也許並不比你少。」

孟星魂道：「但現在你已知道我的弱點，爲什麼還不出手？」

律香川道：「因爲你就算有弱點，也防守得很好，防守有時比攻擊更難，你防守的能力卻比我見過的任何人都好得多。」

孟星魂道：「可是你的暗器……」

律香川道：「我的暗器雖利，但用來對付你，也同樣沒有一擊必中的把握！」

孟星魂道：「你用不著有一擊必中的把握，一擊之後，你還可以再擊！」

律香川道：「你又錯了。」

孟星魂道：「哦？」

律香川道：「高手相爭，只有第一擊才是真正可以致命的一擊，一擊之後，盛氣已衰，自信之心也必將減弱，再擊就更難得手。」

孟星魂道：「所以你在等著我先出手。」

律香川道：「我一向很沉得著氣。」

孟星魂又笑，道：「你不妨再等下去。」

律香川道：「我當然要等下去，等得愈久，對我愈有利。」

孟星魂道：「哦？」

律香川微笑道：「你知不知道你那高老大也來了？」

孟星魂道：「不知道。」

律香川道：「她若久久不見我上去，一定也會下來看看的。」

他微笑著，悠然接著道：「她就算不會助我出手，但有她在旁邊，你一定會覺得很不安的，那時我機會就更大了。」

孟星魂的眼角又開始跳動，但脖子卻似已漸漸僵硬。

律香川盯著他的眼睛，緩緩道：「其實高老大一直對你不錯，我也一直對你不錯，只要你願意做我的朋友，我立刻就可以將過去的事全部忘記。」

孟星魂道：「但我卻忘不了。」

律香川道：「你忘不了的是什麼？」

孟星魂道：「忘不了你那些朋友的下場！」

律香川嘆了口氣，道：「所以你還是決心要殺我？」

孟星魂道：「不是要殺你，是要你死。」

律香川道：「那又有什麼不同？」

孟星魂道：「我沒有把握殺你，但卻有把握要殺死你！」

律香川道：「我還是不明白你的意思。」

孟星魂道：「我的意思，就算你殺我的機會比較多，我還是可以要你陪著我死，無論我是死是活，反正你都已死定了。」

他說話的態度還是很冷靜，每個字都好像是經過深思熟慮之後才說出來的，而且確信自己說出了之後，就一定能做到。

律香川目中也露出一絲不安之色，勉強笑道：「但你還是不敢先出手！」

孟星魂道：「不錯。」

律香川道：「我並不想殺你，你既不敢出手，我就可以走。」

孟星魂道：「你可以走。」

律香川道：「你若想攔阻我，就勢必要先出手，只要你一擊不中，我就可以立刻置你於死地，那時你就絕沒有法子再要我陪你死了！」

孟星魂淡淡道：「不錯，你走吧，我絕不攔你，但你也莫忘了，這裡只有一條退路。」

他的態度更冷靜，慢慢的接著道：「你退的時候，我絕不攔你，但只要你一躍入水池中，我就會立刻跟著跳下去，在水池裡，你更連一分機會都沒有。」

律香川冷笑道：「你怎知道我水裡的功夫不如你？」

孟星魂道：「我不知道，所以你不妨試試。」

律香川看著他，瞳孔突然收縮，鼻尖似也已沁出汗珠。

孟星魂脖子上緊張的肌肉鬆弛，微笑道：「我固然不敢冒險，但你卻更不敢，因爲你的命現在比我值錢得多。」

律香川半垂下頭，目中露出一絲狡黠惡毒的笑意，道：「你認爲我的命比你值錢，所以比你怕死，但我卻知道有個人的看法和你不同。」

孟星魂道：「誰？」

律香川道：「小蝶，孫小蝶。」

他仰面而笑，接著道：「在她眼中看來，你的命一定比誰都值錢得多，你忍心拋下她死麼？」

小蝶！這名字就像是一根釘子，忽然被重重的敲入孟星魂心裡。

他的心一陣抽痛，痛得連眼淚都幾乎忍不住要奪眶而出。

天上地下，絕沒有任何事比這名字更能打動他。

絕沒有。

所以就在這時，律香川已出手！

任何人都知道律香川最可怕的武功就是暗器。

可是這一次他並沒有用暗器。

他突然一把抓住了鋪在床上的墊被，用力向外一拉。

坐在被上的孟星魂立刻就仰面倒下。

律香川已閃電般出手，抓住了他的足踝，用力向外一擰！

連他自己都未想到一個人踝骨碎裂的聲音聽來竟是如此刺耳。

但就在這時，孟星魂手裡的被單也揮出，蒙住了他的頭。

接著，孟星魂的身子也已彈起，用頭頂額角猛撞他的鼻樑。

他也仰面跌倒，冷汗隨著眼淚同時流下。

孟星魂咬緊牙關，從床上跳下，壓在他身上，揮拳痛擊他脅下的肋骨。

這些拳頭無論哪一擊都足以令人立刻暈厥。

但這兩人卻彷彿天生就有種野獸般忍受痛苦的本能。

兩人的骨頭雖已都被對方打斷了很多根，但還是互相糾纏著，不停的毆打——誰也想不到剛才那麼冷靜的兩個人，忽然間全都變成了野獸——這是不是因爲他們心裡隱藏的仇恨在這一刹那間突然全都發作？

律香川忽然一拳擊在孟星魂小腹上。

孟星魂踉蹌後退，全身都已隨著胃部收縮，整個人都縮在床角。

律香川鼻孔裡流著血，喘息著，還想撲過去，卻已幾乎筋疲力竭。

孟星魂也已不再有餘力反擊，卻還在掙扎著，嘶聲道：「我說過，我死，你也得陪我死！」

律香川咬著牙，獰笑道：「你爲什麼如此恨我？難道只因爲小蝶的兒子是我的？——你可以把小蝶搶走，但卻搶不走我的兒子。」

孟星魂已憤怒得全身發抖。

「你若想要別人死，自己就得保持冷靜，否則你也得死！」

很少有人比孟星魂更明白這道理，但這時他自己卻已完全忘記。

律香川爲什麼也忘了呢？

難道在他心底深處，也是愛著小蝶？——還是到他失去小蝶後，才發現自己是愛著她的？

所以他心裡的仇恨也和孟星魂同樣深。

兩人咬著牙，瞪著對方，野獸般喘息著，只要自己的力氣恢復了一分，就要向對方撲過去。

但就在這時候，他們忽然同時聽到一聲嘆息。

已有人無聲無息的從池水中鑽了出來，就像是魚一般輕，魚一般滑，甚至連水花都沒有被他激起。

無論誰一生中，都很難見到一個水性如此精妙的人。

一個陌生人。

一個很胖的陌生人。他浮在水上時，身子裡好像已吹滿了氣。

他正搖著頭嘆著氣道：「兩個一輩子都在練武的人，打起架來居然像兩頭野獸一樣，你們自己難道就一點也不覺得慚愧？」

律香川忽然也長長嘆息了一聲，道：「我實在很慚愧，慚愧極了。」

他雖然在嘆息著，但眼睛裡卻又發出了光。

孟星魂忽然發現他一定是認得這個人，非但認得，而且熟得很。

他的幫手終於來了。

孟星魂的心沉了下去，無論誰都看得出，這人也許並不是很可靠的朋友，但卻一定是個很可怕的敵人。

這人的眼睛也正在盯著孟星魂。

他的眼睛很小，但卻在閃閃發著光，就像是針尖一樣。

他的臉很圓，就連在嘆息的時候，臉上都帶著笑容，只不過笑得很奇特，讓你覺得他就算殺人的時候，也一定是在微笑著的！

他輕飄飄的浮在水上，全身彷彿連一點重量都沒有！

孟星魂也從未見過水上功夫如此精妙的人，忍不住問道：「你是誰？」

這人笑笑道：「你不認得我，我卻認得你！」

孟星魂道：「你認得我？」

這人微笑道：「你姓孟叫星魂，聽說是近十年來江湖中最冷酷，也最懂得殺人的刺客，但今天你卻讓我失望得很。」

他又搖著頭，嘆息著喃喃道：「一個成了名的刺客，就算要跟人拚命，至少也得保持一點點成名刺客的氣度，怎麼能像野狗般亂咬人？」

孟星魂凝視著他，過了很久，忽然道：「你認得我，我也認得你！」

這人道：「真的？」

孟星魂冷冷道：「你姓易，叫潛龍，聽說是近三十年來在江湖中水性最精妙，武功最博的人。」

這人大笑，道：「你果然認得我。」

孟星魂笑道：「但你卻早已令我失望得很。」

易潛龍道：「為什麼？」

孟星魂道：「因為你本是老伯最好的朋友，但卻在他最困難的時候，出賣了他。」

易潛龍瞪眼道：「誰說我出賣了他，我只不過不想再見他而已！」

孟星魂道：「為什麼不想再見他？」

易潛龍道：「因為我知道只要一見著他，他就會要我去替他拚命。」

孟星魂道：「所以你就溜了？」

易潛龍道：「這種時候不溜，還要等到什麼時候才溜？」

他理直氣壯的說出來，好像這本是天經地義的事。

孟星魂冷笑道：「好，夠義氣，夠朋友！」

易潛龍道：「我不能太夠朋友，老伯看得起我，就因為我是個老江湖，老江湖的意思就是不能太過講義氣，臉皮也不能太薄。」

孟星魂冷冷道：「你的確是個標準的老江湖。」

易潛龍忽然嘆了口氣，道：「我也知道你有點看不起我，可是你知不知道我有多少個兒子？多少個老婆？」

他不等孟星魂回答，就接著道：「我有十七個老婆，三十八個兒子，女兒還不算，你說，我還能不能夠爲別人去拚命？我若死了，誰替我養那些孤兒寡婦？」

孟星魂居然在聽著。

他本來絕不會和這種人說話的，對付這種人，用拳頭遠比用舌頭正確得多，但是他現在太需要時間。

需要時間來作判斷，需要時間來恢復體力。

只有談話才能給他時間，所以這次談話雖然令他憤怒又噁心，他卻還是只有聽下去，說下去。幸好易潛龍也像是很喜歡說話的人。

孟星魂道：「你既已溜了，爲什麼又回來？」

易潛龍道：「第一，我知道老伯已沒法子叫別人爲他拚命了；第二，我需要錢。」

孟星魂道：「你需要錢？」

易潛龍又嘆了口氣，苦笑道：「我們家吃飯的人太多，賺錢的人卻太少，無論誰想養活我那一大家子的人都不是件容易事！」

孟星魂道：「你想找誰要錢？」

易潛龍道：「找個願意給我錢的人，無論誰給我錢，只要是錢，我就要。」

他看著孟星魂，眨了眨眼，又笑道：「你有沒有錢？」

孟星魂道：「沒有。」

易潛龍道：「那麼我就只好找別人了！」

孟星魂道：「我雖然沒有錢，但卻可以想法子替你找到錢。」

易潛龍道：「什麼法子？」

孟星魂道：「律香川很有錢，你只要殺了他，他的錢豈非全都是你的？」

易潛龍拊掌大笑，道：「不錯，聽起來這倒是個好主意。」

律香川一直在旁邊微笑著，聽著，此刻忽然道：「這主意只有一點不好。」

易潛龍道：「哪點不好？」

律香川道：「我雖然很有錢，但卻沒有人知道我的錢藏在哪裡！」

易潛龍道：「我可以找。」

律香川道：「我可以保證你絕對找不到。」

他笑了笑，接著道：「但你只要殺了孟星魂，我就把我的錢分一半給你！」

易潛龍道：「只有一半？」

律香川道：「一半總比沒有好。」

易潛龍又大笑，說道：「不錯，就算一文也比沒有好。」

他轉向孟星魂，臉上還在笑，又道：「看來我只有殺了你了。」

孟星魂慢慢的點了點頭，道：「看來你的確只有殺了我了。」

易潛龍道：「我有了錢之後，一定會替你買口好棺材的。」

孟星魂道：「謝謝你。」

易潛龍道：「你還有什麼遺言沒有？」

孟星魂道：「只有一句。」

易潛龍道：「你快說，我喜歡別人的遺言，一個人臨死前說的話，通常都有點道理。」

孟星魂道：「還沒有拿回來放在自己口袋裡的錢，就不能算是錢。」

易潛龍拊掌道：「有道理，果然有道理。」

孟星魂道：「有些人問他要錢的時候，他通常卻只會在背後給你一刀的！」

易潛龍道：「我雖然已有很多年沒挨過刀了，倒還記得那種滋味並不太好受。」

孟星魂道：「很不好受，尤其是你，像你這麼胖的人，挨了刀之後，一定會流很多血。」

易潛龍忽然用力搖頭，道：「不行，我怕流血，小律，我看我們這交易還是談不成。」

律香川在旁邊聽著，一直不動聲色，此刻才微笑著道：「我肋骨已斷了三、四根，鼻樑好像也斷了，你殺了他後，還怕我不付錢？」

易潛龍說道：「是呀！我怕什麼？可是爲了安全起見，我看我們不如還是一起上去，等你付了錢之後，我再殺他！」

律香川道：「這樣子也行。」

孟星魂道：「不行！」

易潛龍道：「爲什麼不行？」

孟星魂道：「上去之後，就是他的天下了。」

易潛龍看著他，淡淡道：「你好像還沒有弄清楚一件事。」

孟星魂道：「什麼事？」

易潛龍道：「現在我是老大，我說行就行，根本就沒有你說話的餘地了。」

孟星魂道：「現在你是老大，到了上面，你就不是了。」

易潛龍道：「只要有錢拿，我就算做孫子也沒關係。」

孟星魂道：「好，我也有錢，我給你！」

他身子突然躍起，好像要撲過去跟易潛龍拚命，但躍到半空，突然一擰腰，已轉向律香川。

他要找的是律香川，不是易潛龍，也不是別人。

他就算死，也得要律香川陪著他死。

只可惜律香川早已防到他這一著，他還沒有撲過去，律香川已滾入水池裡。

水很冷。冷水能令人清醒。

律香川一頭扎入水裡，既不想要孟星魂的命，也不想跟易潛龍囉嗦，只想趕快離開這鬼地方。

好像有人抓住了他的腳。

可是他已在水裡摸到了那道暗門，用力往前一衝，抬起頭，已可看見井口的星光。

好可愛的星光。

他總算已離開了那鬼地方，而且以後也不會再來了。

風吹在身上，肋骨斷了的地方痛得要命。

可是律香川不在乎。

現在無論什麼事他都已不在乎。

現在他又已是老大。

在上面等著他的高老大，已連人影都看不見了。

「女人果然沒有一個靠得住的！」

律香川咬了咬牙，厲聲道：「來人！」

他說的話現在還是命令。

黑暗中立刻有人快步奔了過來，正是對他很忠實的那個小頭目于宏。

「愈對你忠實的人，你愈不能對他客氣，因爲你若想要他永遠對你忠實，就只有要他怕你！」

這不是老伯的原則，是律香川的。現在他已漸漸發現，他的原則不但比老伯有道理，也更有效。

所以他立刻沉下了臉，道：「暗卡上的兄弟們呢？」

于宏伏在地上，看起來不但很驚慌，而且很恐懼，顫聲道：「兄弟們全都還在卡上防守著，沒有人敢擅離職守。」

律香川冷笑一聲道：「你們防守得很好，非常的好……」

他忽然一巴掌摑在于宏臉上，厲聲道：「我問你，既沒有人敢擅離職守，易潛龍是怎樣進來的？」

于宏手掩著臉，吃吃道：「沒有人進來，屬下們只看到那位高……高夫人走了。」

律香川怒道：「誰叫你們放她走的？」

于宏哭喪著臉，道：「她是幫主的朋友，她要走，誰也不敢攔著。」

律香川冷笑。

但他也知道現在已不是立威的時候，現在還有別的事要做。

他忽然揚手，道：「弓箭手何在？過來封住這口井，若有人想上來，殺無赦！」

他的話就是命令，他的命令甚至已比老伯更有效。但這次他的命令好像不靈了。

沒有弓箭手，沒有人，連一個人都沒有來。律香川臉色變了。就在這時，他聽到易潛龍的笑聲！

易潛龍不知在何時已出來了，正笑嘻嘻的坐在井上，悠然道：「律幫主的弓箭手呢？爲什麼還不過來？」

他說的話忽然變成了命令。

忽然間，十七、八條人影一起從黑暗中飛了過來，噗通噗通，一起落在地上。

直直的落在地上，又直又硬。弓箭手雖然還是弓箭手，但卻已全都變成了死人。

律香川突又全身冰冷，從腳底冷起，一直冷到鼻尖。

易潛龍看著他，笑道：「律幫主，你的弓箭手已來了，你想要他們幹什麼？」

律香川似已麻木。

易潛龍道：「律幫主是不是還想將快刀手和鈎鐮手也一起傳來？」

律香川終於勉強笑了笑，道：「不必了。」

忽然間，他的笑又變得很親切，很誠懇，微笑著道：「其實，我早就該知道，易大叔既然來了，我就算再加八十道暗卡，在易大叔眼中也是一批廢物。」

易潛龍眨眨眼，大笑道：「我幾時又變成你的大叔了？」

律香川道：「易大叔一直都是我尊敬的人，從來也沒有變過。」

易潛龍道：「老伯呢？我記得你以前最尊敬的人好像是他。」

律香川嘆了口氣，苦笑道：「我的確一直都很尊敬他，可是他……」

易潛龍道：「他怎麼樣？」

律香川嘆道：「鳥盡弓藏，兔死狗烹，這句話易大叔總該聽過的？」

易潛龍道：「我聽過。」

律香川道：「在他眼中，我們只不過都是他的走狗，等到我們沒有利用價值時，就只有死路一條，我舅父陸漫天就是個很好的例子。」

易潛龍道：「他殺了陸漫天？」

律香川黯然道：「我舅父有時脾氣雖然古怪些，有時雖然喜歡和易大叔鬧鬧脾氣，其實他心裡一直還是將易大叔當作他生死與共的好兄弟。」

易潛龍道：「哦？」

律香川道：「所以他臨終之前，還叫我轉告易大叔一句話。」

易潛龍道：「什麼話？」

律香川淒然道：「他說他自己是韓信，要易大叔學學張良，因爲老伯和劉邦一樣，只可以共患難，不可以共富貴，到了富貴時，就總要懷疑他的老朋友要來搶他的寶座，只可惜我舅父明白得太遲了，否則又怎麼會慘死在他手上？」

易潛龍道：「原來你殺老伯，只不過是爲了要替你舅父報仇？」

律香川點點頭，道：「其實易大叔當然已很瞭解老伯，否則也不會悄然引退了。」

易潛龍看著他，看了很久，忽然道：「你知不知道你什麼時候看起來最老實，最可愛？」

律香川搖搖頭，他的確不明白易潛龍的意思。

易潛龍笑道：「就是你說謊的時候，你說謊時的樣子看起來實在老實極了。」

律香川道：「易大叔明察秋毫，在易大叔面前，我怎敢說謊？」

易潛龍道：「你說的是實話？」

律香川道：「半句不假。」

易潛龍道：「但有個人的說法卻跟你不同。」

律香川眨眼道：「易大叔千萬不要聽姓孟的話，他只不過是個見不得天日的刺客，而且是個被婊子養大的，他說的話從來也沒有人相信。」

易潛龍淡淡道：「他說的話我當然不信，無論誰說的話都不信——也許只有一個人是例外。」

律香川道：「誰？」

突然間，他身後響起了一個人的聲音，道：「我！」

卅四　最後一擊

律香川身子突然軟癱。他並沒有回頭去看，只聽到這個人的聲音，全身就已軟癱。

世上只有一個人，能在他不知不覺中走到他身後。

世上只有一個人，能令他跪下。

老伯。

沒有別人，只有老伯！孟星魂滿眶熱淚，幾乎已忍不住奪眶而出。

老伯還是老樣子，沒有變，連一點都沒有變。天地間好像沒有任何人、任何事能令他改變。

他站在那裡，還是站得很直，就好像一桿標槍插在地上。

淡淡的星光照著他的臉。只有他臉上的皺紋似已變得更深，但他的眸子卻還是同樣銳利，就好像劍已出匣，刀已出鞘。可是等他看到孟星魂時，這雙冷酷銳利的眼睛裡，立刻充滿了溫暖之意。

他只看了律香川一眼，目光就轉向孟星魂。

孟星魂忽然發現他的臉並不是完全沒有表情的，其實他臉上每條皺紋裡，都隱藏著誰也說不出有多麼豐富的感情。

他臉上每條皺紋本都是無限痛苦的經驗所刻劃的痕跡。

只有這種皺紋，才能隱藏他如此豐富的感情。孟星魂熱淚終於忍不住奪眶而出。

老伯凝視著他，良久良久，才慢慢的點了點頭，道：「你很好！」

他本似有很多話要說，卻只說了這三個字。

雖然只有三個字，但在孟星魂聽來，卻已勝過世上所有的言語。

然後他才感覺到有人在拍他的肩，他回過頭，就看到了易潛龍。

易潛龍的眼睛裡也充滿了笑意，已不是老江湖的笑，是溫暖而充滿了友誼的笑。

他微笑著道：「現在你總該完全明白了吧？」

孟星魂搖搖頭。

他的確還不能完全明白，因爲他太激動、太歡喜，幾乎已完全無法思索。

易潛龍很瞭解，所以接著道：「我非但沒有出賣老伯，也沒有溜走……我從來就沒有溜走過。」

孟星魂忽然瞭解，所以就替他說了下去：「別人以爲你溜走的時候，其實你正在暗中爲老伯訓練那一批新血。」

易潛龍道：「不錯，無論任何組織都和人一樣，時時刻刻都需要新的血液補充，否則它不但會衰老腐敗，而且隨時都可能崩潰。」

孟星魂目中忍不住流露崇敬之色，因爲他覺得現在所面對著的，不只是個偉大的朋友！

易潛龍也看得懂，微笑著道：「其實那也算不了什麼，那些年輕人非但充滿了熱情，而且全都很忠實，要訓練他們並不是件困難的事。」

年輕人永遠比較熱情忠實，狡黠和陰謀他們根本就不願去學。

孟星魂也年輕過，他點點頭，嘆道：「要訓練那些人的確不難，難的是那忍辱負重的勇氣，那遠比爲人去流血拚命還要難得多。」

易潛龍看著他，忽然用力握他的肩。

他們從此也成爲終生的朋友，因爲他們不但已互相瞭解，而且互相敬重。

只有對朋友完全忠實的人，才值得別人敬重。

「能夠爲朋友忍受屈辱的人，便永遠都不會寂寞。」

孟星魂忽又問道：「你們是不是已去過飛鵬堡了？」

易潛龍道：「當然去過，我訓練那些人，爲的本是要對付十二飛鵬的。」

孟星魂道：「那麼你怎會到了這裡？」

易潛龍道：「因爲我已和老伯約定，初五以前，他若有命令給我，我們就在初七的正午，從後山偷襲飛鵬堡，否則我們就立刻連夜趕來這裡。」

孟星魂道：「你沒有接到他的命令？」

易潛龍道：「沒有，傳令的人也已死在律香川手裡。」

律香川當然也在旁邊聽著，聽到這裡，胃部突然收縮，幾乎忍不住要吐。

直到現在，他才知道自己的錯誤在哪裡。

他本不該使老伯精選出的那批人死得太早，本該等他們到了飛鵬堡之後再下手的。

只可惜那時他實在太興奮、太得意了，已變得有些沉不住氣，所以才會造成這種不可原諒的錯誤。

現在這錯誤已永遠無法彌補。

律香川彎下腰，吐出了一灘苦水。

但還是沒有人看他一眼。

他本是個絕頂聰明的天才，不可一世的梟雄，他只差半步，就可達到成功的巔峰。

可是現在他在別人眼裡，竟似已變成完全不重要。

竟似已變成一個死人。

易潛龍道：「我趕到這裡，才知道老伯已有了復仇的計劃，而且將每一個細節都安排好了。」

孟星魂道：「你今天下午才趕到的？」

易潛龍道：「今天下午，老伯計劃中最重要的一點，就是時間，所以每一刻時間都要盡力爭取，因為我知道時間有時甚至比鮮血更可貴。」

孟星魂道：「我明白。」

這一點的確很少有人能比他更明白！

他若沒有時間觀念，也許已死過無數次。

易潛龍臉上露出自傲之色，微笑著道：「這三、四十年來，我參與老伯的行動不下兩百次，從來也沒有耽誤過片刻。」

孟星魂又嘆息了一聲，道：「無論誰有了你這樣的朋友，都應該覺得很高興。」

易潛龍緊握他的肩，道：「老伯有了你這樣的朋友，連我都高興。」

他接著又道：「老伯已算準了律香川必定會到這裡來找他，也算準了律香川看到那七星針後，必定會親自到下面去看看的，因爲他這人除了自己外，誰都不相信的。」

孟星魂忍不住冷笑道：「有時他連自己都不太信任。」

易潛龍道：「老伯的計劃本是要趁他下去的時候，發動攻勢，先殲滅他最基本的部下。」

他笑了笑，又道：「因爲他來得必定很匆忙，絕對沒有時間集中所有的力量，最多也只不過能將最基本的一批部下帶來。」

孟星魂道：「這裡的地勢你們當然比他熟悉得多，無疑已先佔了地利。」

易潛龍道：「而且他最擅長的，本是在暗中放冷箭傷人，但這次情況卻完全相反，他絕對沒有想到會有人在暗中等著對付他。」

孟星魂道：「所以你們又佔了天時！」

易潛龍道：「還有，他的人匆匆趕來，又已在這裡守候了很久，必定已有些疲倦，但我們的人卻正像初生之虎，猛虎出柙。」

他微笑著又道：「以逸待勞、以暗擊明，這一戰其實用不著交手，勝負之數已經很明顯。」

孟星魂微笑道：「天時、地利、人和，都已被你們佔盡了，老伯這計劃，實在可以稱得上是算無遺策。」

易潛龍道：「但，他卻還是有一件事沒有算出來。」

孟星魂道：「哦？」

易潛龍道：「他沒料到你也會跟著來，而且會到下面去。」

孟星魂苦笑道：「那時候我想錯了。」

易潛龍道：「但老伯卻明白你的想法，他知道你這次來，是準備跟他同生共死的！」

孟星魂喉頭突又哽咽，熱淚幾乎又忍不住要奪眶而出。

士為知己者死！

一個人就算為老伯這種朋友死，死了又何憾？

易潛龍也彷彿有很多感慨，嘆息著道：「老伯也知道你既然在下面，見到了律香川，就絕不會再讓他活著上來，就算拚著跟他同歸於盡，也絕不會再讓他活著上來。」

孟星魂道：「所以……所以你才會下去？」

易潛龍道：「因為老伯並不想他死，你更不能死，所以……」

他又拍了拍孟星魂的肩，笑道：「以後的事，你總該明白了吧？」

孟星魂點點頭。

他雖然點頭，卻還是不太明白——他不明白老伯為什麼還要讓律香川活著。

但他並沒有說什麼，因為他知道老伯做的事，是絕不會錯的。

絕不會。

對律香川他已錯了一次，絕不會再錯第二次。

老伯一直看著他們，聽著他們，目中似也有熱淚盈眶。

然後他才慢慢的走過來，凝視著他們，緩緩道：「我看錯過很多人，但卻沒有看錯你們，你們都是我的朋友，我的好朋友……」

他忽然擁住孟星魂的肩，一字一字道：「你不但是我的朋友，也是我的兒子……」

孟星魂點點頭，嗄聲道：「我是……我是……」

然後他滿眶熱淚就已流了下來。

夜更深，星已疏。

所有的人忽然間全都走了，只剩下律香川一個人跪在無邊的黑暗中。

他跪在這裡，居然沒有人睬他，沒有人看他一眼。

沒有責備，沒有辱罵，沒有報復。

老伯就這樣走了，易潛龍和孟星魂也就這樣走了，就讓他像野狗般跪在這裡。

甚至連那些弓箭手的死屍都已被抬走，卻將他留在這裡。

這個曾經也是不可一世的人物，現在竟真的已變得如此無足輕重。

風吹在身上，斷了的肋骨疼得更劇烈。

律香川忽然也覺得自己就像是條無主的野狗，已被這世界遺棄。

他無論是死是活，都已沒有人放在心上。

冷汗在往下流，眼淚是不是也將流下？

律香川擦了擦額上的冷汗，咬著牙，掙扎著站起來。

「無論如何，我還活著，只要活著，就一定還有機會。」

他在心裡這樣告訴自己，而且，努力使自己相信。

但也不知爲了什麼，他並沒有真的想報復，只覺得很疲倦，很累、很累……

這是不是因爲他的勇氣已喪失？

是不是因爲老伯沒有殺他，但卻已完全剝奪了他的自尊和勇氣？

現在，他只想喝一杯，痛痛快快的喝一杯……

這少年伏在桌上，突然被一陣急促的敲門聲驚醒。

他揉揉眼睛，站起來，打開了門。

外面不知何時已開始下雨。

律香川濕淋淋的站在雨裡，眼睛裡佈滿了紅絲，門已開了很久，他還是癡癡的站在那裡，似已忘記進來。

少年看著他，並不驚訝，就像是早已知道他一定會來的。

雨很冷。

六月的雨爲什麼會如此冷？

少年脫下身上的衣服披在律香川身上。

律香川忽然緊緊的擁抱住他，喃喃道：「只有你才是我真正的朋友，只有你。」

少年還是沒有說話，也沒有任何表情。

他太笨，所以笨得不知該用什麼方法表達自己的情感。

所以他只是無言的轉過身，將酒擺在桌子上。

律香川終於走進來，坐下。

酒雖是冷的，但喝下肚後，就立刻像火焰般燃燒了起來。

律香川的心也漸漸開始燃燒，忽然用力一拍桌子，大聲道：「我還是沒有死！只要我活著，就遲早總有一天要他們好看……你說是不是？」

少年點點頭。

無論律香川說什麼，他總是完全同意的。

律香川笑了，大笑道：「沒有人能擊倒我，我遲早還是會站起來的，等到那一天，我絕對不會忘了你，因爲只有你才是我的好朋友！」

他似乎想證明給這少年看，所以掙扎著站起來，努力想站得直些。

可是他腰突然彎了下來，全身忽然開始痙攣收縮，就像是突然有柄刀自背後刺入他胃裡。

等他抬起頭來，臉色已變爲死灰。

他咬著牙，瞪著凸起的眼睛充滿了驚訝和恐懼，嗄聲道：「你……你在酒裡下了毒？」

少年點點頭。

無論律香川說什麼，他還是完全同意。

律香川掙扎著，喘息著，道：「你爲什麼要這樣做？爲什麼？」

少年臉上還是全無表情，還是好像不知該用什麼法子表達自己的情感。

他只是淡淡的說道：「這種日子我已經過膩了，老伯答應我，讓我過過好日子。」

老伯。

果然是老伯！

老伯真正致命的一擊，原來在這裡等著他。

律香川咬牙道：「你……你這畜牲，我拿你當朋友，你卻出賣了我。」

少年淡淡道：「這種事我是跟你學的，你可以出賣老伯，我爲什麼不能出賣你？」

這一擊的力量更大。

律香川似已被打得眼前發黑，連眼前這愚蠢的少年都看不清了。

也許他根本就從未看清楚過這個人。

他怒吼著，想撲過去，捏斷這個人的咽喉。

可是他自己已先倒下。

他倒下的時候，滿嘴都是苦水。

他終於嚐到了被朋友出賣的滋味。

他終於嚐到了死的滋味。

死也許並不很痛苦，但被朋友出賣的痛苦，卻是任何人都不能忍受的！

連律香川都不能。

天已亮了。

黑夜無論多麼長，都總有天亮的時候。

只要你有勇氣，有耐心，就一定可以等得到光明。

光明從窗外照進來，椅子就在窗下。

老伯終於又坐回他自己的椅子上。

直到這時，孟星魂才發覺他畢竟還是蒼老了很多，而且顯得很疲倦。

一種滿足和愉快的疲倦。

他伸直雙腿，才緩緩長嘆一聲，道：「你一定很奇怪，我爲什麼不殺律香川？」

孟星魂道：「我不奇怪。」

老伯顯得很驚訝，道：「爲什麼？」

孟星魂微笑道：「因爲我知道你一定替他安排了很恰當的下場。」

老伯也笑了，但笑容中卻彷彿還是有種說不出的淒涼和辛酸。

律香川就像是他親手栽成的樹木。

沒有人願意將他自己親手栽成的樹砍斷的！

孟星魂忍又問道：「高老大呢？」

這句話他已憋了很久，終於還是忍不住問了出來。

老伯嘆息了一聲，道：「我並不怪她，她是個很有志氣的女人，一心想往上爬，雖然她用的方法錯了，但世上又有誰從未做錯過事呢？」

孟星魂道：「你……你讓她走了？」

老伯點點頭道：「而且我還要將她一心想要的那張地契送給她——以後你無論看到誰在想往上爬，都應該去扶他一把，千萬不要從背後去推他。」

孟星魂垂下頭，心裡充滿了感激，也充滿了崇敬。

老伯畢竟是老伯。

他也許做錯過很多事，但他的偉大之處，還是沒有人能及得上。

就在這時，他看到一個年輕人走到門口。

一個充滿了熱情和活力的年輕人，一舉一動都帶著無限鬥志和力量。

這正是老伯組織中的新血，也正是這社會的新血。

孟星魂看到他，就知道人類永遠不會滅亡。

只要人類存在，正義也永遠不會滅亡！

老伯看到這年輕人，精神彷彿也振奮了些，微笑道：「什麼事進來說吧。」

這年輕人沒有進來，躬身說道：「萬鵬王沒有死，死的是屠大鵬，他低估了萬鵬王，所以，他就死了。」

他的回答簡單、中肯而扼要，易潛龍多年的訓練顯然並沒有白費。

孟星魂幾乎忍不住想要問：

「鳳鳳呢？」

可是他沒有問，老伯也沒有問。

這個人是否存在都已不重要，已不值得別人關懷。

但孟星魂卻忍不住要問老伯：「應該怎麼樣去對付萬鵬王？」

萬鵬王既然還沒有死，他和老伯就遲早還是難免要決一死戰。

老伯嘆息著，道：「他沒有死，我也沒有死，所以我們只有繼續鬥下去，就算我們已覺得很厭倦，甚至很恐懼，也絕不能停止。」

孟星魂垂下頭，道：「我明白。」

一個人走入了江湖，就好像騎上虎背，要想下來實在太困難。

老伯道：「就算萬鵬王死了，還是有別人會來找我，除非我倒下去，否則這種鬥爭就永遠也不會停止。」

他嘆息著，又道：「像我這種人，這一生已只能活在永無休止的厭倦和恐懼裡，我想去殺別人的時候，也正等著別人來殺我。」

孟星魂也明白。

這一點當然也沒有人比他更明白。像這樣子活下去，雖然太糟了些，但卻還是非活下去不可。

老伯慢慢的接著道：「一個人種下的種籽若是苦的，自己就得去嚐那苦果，我既已錯了，就得要付出錯誤的代價，除了我之外，誰也不能替我去承受。」

他忽然笑了笑，又道：「可是你還年輕，只要你有勇氣，還是可以改變自己的命運，一個人犯了錯誤並不可恥，只要他能知錯認錯，就沒有什麼值得羞愧的。」

孟星魂忽然抬起頭，道：「我明白。」

老伯的笑容雖帶著些傷感，但已漸漸明朗，一字字道：「所以你千萬莫要再為任何事煩惱，快放下心事，去找小蝶，快去……」

他站起來，緊擁孟星魂的肩，微笑道：「我要你們為我活下去，好好的活下去！快快樂樂的活下去！」

快活林中燈光依舊輝煌。

但高老大的屋子裡卻還沒有燃燈。

她並不是厭惡光亮，而是畏懼——她並不是怕她臉上的皺紋會被照出來，而是怕光明照出她心裡的那些醜惡的創傷。

這些創傷久已結成了疤，永遠抹不去的疤。

還是有燈光從窗外照進來，照在她手裡一張陳舊殘皺的紙上！

這就是她不惜一切也要得到的地契。

她推開窗子，園林中一片錦繡，現在這一切總算已完全屬於她了。

她終於已從黑暗的溝渠中爬了上去。

她本該已滿足。

可是也不知道為了什麼，她心裡反而覺得很空虛，空虛得要命。

付出了那麼慘痛的代價之後，她真正能得到的是什麼？

除了虛空和寂寞，還有什麼？

孟星魂、葉翔、石群、小何，都已一個個走了，無論是死是活，都已永遠不會再回來。

這園林難道真能填補她心裡的空虛？這一張紙難道真能安慰她的寂寞？

她突然狂笑，狂笑著將手裡的地契撕得粉碎。

門外有人在呼喊：「大姐，快出來，洛陽的大爺已等得快急死了。」

高老大狂笑著，大聲道：「你就叫他去死吧——你們全都去死吧，死光了最好。」

門外不再有聲音。

每個人都知道，老大不高興的時候，大家最好莫要惹她。

她關起窗子，將長長的頭髮散下來，然後又慢慢的將身上衣服全都脫下，就這樣赤裸裸的站在黑暗中。

她的腰脊仍然堅挺纖細，她的腿仍然修長筆直，她的胸膛仍然可以埋藏很多很多男人的生命。

可是她自己知道，她自己的生命已剩下不多。

逝去的青春，是永遠不會再來了。

「一個人赤裸裸的來，也該赤裸裸的去。」

她又開始狂笑，狂笑著在黑暗中旋舞，突然自妝檯的抽屜中取出一樽酒，旋舞著喝了下去。

這是生命的苦酒，也是毒酒。

石群回來的時候，她已倒下，烏黑的頭髮散落在空白的胸膛上，美麗的金樽仍然在發著光。

可是她的生命卻已黯淡無光。

石群跪下來，就在她身旁跪下來，捧起一滿把她的頭髮。

眼淚就流在她的頭髮上！

她的頭髮忽然又有了光，晶瑩的淚光。

誰說大海無情？

在星光下看來，海水就像緞子般，溫柔和光滑。

潮已退了。

大海也和人的生命一樣，有時浪濤洶湧，有時平淡安靜。

孟星魂和小蝶攜著手，互相依偎著，凝視著無限溫柔的海洋。

他們的心情，也正和這星光下的海水一樣。

孩子已睡，這是一天中他們唯一能單獨相處、互相依偎的時候。

經過了一天勞累之後，這段時候彷彿顯得特別短，可是他們已滿足。

完全滿足。

因爲他們知道，今天過了，還有明天。明天必將更美麗。

無數個的明天，正在等著他們去享受。

忽然間，海面上又有一顆燦爛的流星閃過，使得這平靜的海洋變得更美麗生動。

孟星魂忽然道：「我做到了，畢竟做到了。」

小蝶偎在他懷裡，柔聲道：「你做到什麼？」

孟星魂緊擁著她道：「有人說，流星出現的時候，若能及時許個願，你的願望就一定能達到。」

小蝶嫣然道：「這是個很古老、也很美麗的傳說，只可惜從來沒有人真的能做到。」

孟星魂笑道：「但我這次卻做到了。」

小蝶眼睛裏光采更明亮道：「你真的在流星掠過的時候，及時許了個願？」

孟星魂笑道：「真的。」

小蝶道：「你的願望是什麼？」

孟星魂微笑著，沒有回答。

小蝶也沒有再問，因爲她已明白，他的願望，也就是她的願望。

他們的微笑平靜而幸福。

流星消逝的時候，光明已在望。

黑暗無論多麼長，光明遲早總是會來的。

全書完

古龍精品集 12

流星・蝴蝶・劍（下）

作者：古龍
發行人：陳曉林
出版所：風雲時代出版股份有限公司
地址：10576台北市民生東路五段178號7樓之3
電話：(02) 2756-0949　　傳真：(02) 2765-3799
封面原圖：明人出警圖（原圖爲國立故宮博物館典藏）
封面影像處理：風雲編輯小組
執行主編：劉宇青
行銷企劃：林安莉
業務總監：張瑋鳳
出版日期：古龍80週年紀念版2019年1月
ISBN10碼：986-146-319-4
ISBN13碼：978-986-146-319-4

風雲書網：http://www.eastbooks.com.tw
官方部落格：http://eastbooks.pixnet.net/blog
Facebook：http://www.facebook.com/h7560949
E-mail：h7560949@ms15.hinet.net
劃撥帳號：12043291
戶名：風雲時代出版股份有限公司

風雲發行所：33373桃園市龜山區公西村2鄰復興街304巷96號
電話：(03) 318-1378　　傳真：(03) 318-1378
法律顧問：永然法律事務所 李永然律師
北辰著作權事務所 蕭雄淋律師

行政院新聞局局版台業字第3595號 營利事業統一編號22759935

定價：240元

國家圖書館出版品預行編目資料

流星・蝴蝶・劍／古龍作. -- 再版. -- 臺北市：
風雲時代，2006〔民95〕
冊；　公分.　--（古龍武俠名著經典系列）
ISBN-13: 978-986-146-318-6（上冊：平裝）
ISBN-10: 986-146-318-6（上冊；平裝）
ISBN-13: 978-986-146-319-3（下冊：平裝）
ISBN-10: 986-146-319-4（下冊；平裝）
857.9　　95019665